中职中专教育部示范专业项目式规划教材·计算机类

Photoshop CS3 案例教程

刘　斯　主编

许碧玉　王文华　王爱欣　副主编

缪朱明　主审

科学出版社

北京

内 容 简 介

本书结合编者多年的教学经验，选取了读者比较感兴趣的案例编写而成。全书共 11 章，分别介绍了 Photoshop CS3 快速入门、图像的选取与移动、图像的绘制与编辑、图像色彩及其调整、图像的修复与修饰、矢量图形的绘制和编辑、图层的使用、通道和蒙版的使用、滤镜的应用、快捷高效的动作功能等，以及 Photoshop 在广告设计、网页设计方面的应用。

本书所选案例经典且具有代表性，有很强的实用性和可操作性。

本书可作为中等职业学校"图形图像"与"平面设计"课程的教材，各类计算机培训学校的平面设计教材，也可作为从事图形图像处理、产品外观设计、商业广告设计等人员的参考用书。

图书在版编目（CIP）数据

Photoshop CS3 案例教程/刘斯主编. —北京：科学出版社，2010
（中职中专教育部示范专业项目式规划教材·计算机类）
ISBN 978-7-03-027031-3

Ⅰ.①P⋯ Ⅱ.①刘⋯ Ⅲ.①图形软件，Photoshop CS3-专业学校-教材
Ⅳ.①TP391.41

中国版本图书馆 CIP 数据核字（2010）第 045125 号

责任编辑：陈砺川 唐洪昌 / 责任校对：耿 耘
责任印制：吕春珉 / 封面设计：胡文航

科 学 出 版 社 出版
北京东黄城根北街 16 号
邮政编码：100717
http://www.sciencep.com

双青印刷厂 印刷
科学出版社发行 各地新华书店经销

*

2010 年 4 月第 一 版   开本：787×1092 1/16
2010 年 4 月第一次印刷   印张：21 1/2
印数：1—3 000   字数：495 000

定价：36.00 元（含光盘）

（如有印装质量问题，我社负责调换〈路通〉）
销售部电话 010-62134988 编辑部电话 010-62138978-8020

中职中专教育部示范专业项目式规划教材·计算机类
编 委 会

主 任 于明远

编 委 （按姓氏笔画排序）

马晓波　　王小芳　　刘　斯　　李勤俭

邱文祥　　郦纪纯　　陈启浓　　姚茂群

桑子华　　班祥东　　莫晓强　　高　琰

曹福祥　　龚跃明　　楼红霞

前　言

Photoshop 是一款优秀的图形图像处理软件，它使得在专业领域与图形图像有关的行业发生了巨大的变化。全球每天有数以万计的设计师使用此款软件设计出优秀作品。无论是广告设计、产品包装、报纸插图、杂志封面，还是网页图画，只要有图像出现的地方，就能找到 Photoshop 应用的影子。

在编写本书过程中，我们充分考虑了中等职业学校的实际情况和今后的就业需求。在书中所设计的实例尽量贴近生活、贴近实际应用；在内容安排上尽量做到寓教于乐，使读者在学习和实践的过程中逐步加深对图像处理基本概念的理解，逐步熟悉有关的技巧和技能，做到举一反三、融会贯通，并可在学习和模仿的基础上，勇于自我探索，用自己的创意、用自己的方法来设计出优秀的平面作品，使读者在实现一个个具体任务的过程中，充分感受到设计和创作的成就感。

本书遵循初学者的认知规律，由浅入深、循序渐进地介绍了中文版 Photoshop CS3 的操作方法和设计技巧。全书共 11 章，主要内容包括 Photoshop CS3 快速入门、图像的选取与移动、图像的绘制与编辑、图像色彩及其调整、图像的修复与修饰、矢量图形的绘制和编辑、图层的使用、通道和蒙版的使用、滤镜的应用、快捷高效的动作功能和项目实训等。

本书具有如下特点。

1．针对性强。本书切实从职业学校的实际教学出发，以浅显易懂的语言和丰富的图示来进行说明，不强调理论和概念，主要介绍操作技能和技巧，旨在培养读者的职业能力和创新精神，也为扩大读者的视野做了有益努力。

2．实用性强。本书改变了以往 Photoshop 类书籍理论多、文字描述多的情况，而是从实用、专业的角度出发，剖析各个知识点，以练代讲，练中学，学中悟。读者只要跟随操作步骤完成每个案例的制作，就可以掌握 Photoshop 的技术精髓。这种全新的教学方式不仅大幅度提高了学习效率，还很好地激发了读者的学习兴趣和创作灵感。

3．结构清晰。在每一章开始部分明确地指出了本章的学习目标，有助于读者抓住重点，明确自己的学习任务；内容部分将知识点贯穿于实例中进行讲解；在每个章节的结束部分均配有要点回顾环节，为学生做好知识点的总结，以帮助学生巩固所学的内容，达到举一反三的目的。

4．内容排经过精心设计。本书在编写中力求体现当前教学改革精神，各章节以"任务驱动"的手法，安排了任务目的、相关知识、任务分析和任务实施，并加以适当的重点提示，具有很强的针对性和可操作性。实例设计上也是环环相扣，采用梯度式教学，易于读者在短期内掌握。

5．知识全面。本书大量的实例应用，蕴涵了 Photoshop 的大部分图像处理技巧，并且包含了平面设计在各个领域中的使用，如海报、包装、网页类等。通过学习，读者能够迅速掌握各种作品的制作特点和制作技术，快速提升软件应用技能和设计水平，以达到事半功倍的学习效果。

为了方便读者的学习，本书配有光盘，收录了每章节所有实例的源文件和相关素材。希望读者能够根据素材、步骤和提示进行快速、全面的学习和理解，也希望更多地关注本书案例中所包含的设计思路和艺术表现技巧，充分发挥想象，大胆尝试，提高自身的设计艺术水准和审美能力。

　　本书由刘斯任主编，许碧玉、王文华、王爱欣任副主编，由缪朱明主审。第 1 章由王文华编写，第 2 章与第 5 章由黄薇编写，第 3 章及第 11 章由许碧玉编写，第 4 章由王爱欣编写，第 6 章由吴小菊编写，第 7 章由陈雅玲编写，第 8 章及第 10 章由黄梅香编写，第 9 章由刘斯编写。在此感谢所有创作人员对本书付出的艰辛。

　　在本书的编写过程中，编者尽量使用通俗易懂的语言，并核查每一个案例的步骤，但难免会有不妥之处，恳请读者将意见和建议告知编者，编者的邮箱地址是 liusi_xm@163.com。

编　者

2010 年 1 月

目　录

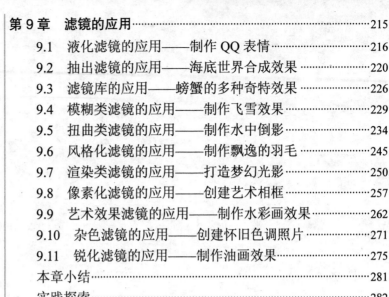

第 1 章
Photoshop CS3 快速入门

　　Photoshop 是设计领域中最为常用的软件之一，随着 CS3 版本的推出，其功能变得更为强大，应用范围也变得更加广泛。在第 1 章的学习里，我们将一起来揭开它神秘的面纱：首先，了解它在设计领域中的作用；然后再来熟悉图像的基础知识和 Photoshop CS3 的新增功能；同时，通过实例来进一步熟悉 Photoshop CS3 的工作环境及编辑工具。

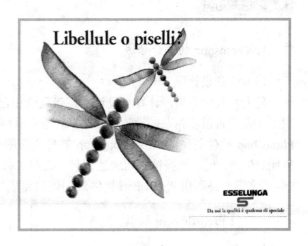

学习目标

> 了解Photoshop在设计领域的应用及有关图像的基本概念。
> 了解Photoshop CS3的操作界面以及新增功能。
> 掌握图像文件的管理。
> 掌握图像颜色的设置与填充。
> 掌握图像标尺以及参考线的应用。
> 了解文档的基本操作。

1.1　Photoshop CS3 概述

　　作为设计领域中最为常用的图像编辑软件，Photoshop 软件从 1.0 版本到 CS3 版本的升级后，其功能更为强大，操作更加简便。Photoshop CS3 已经成为设计界图像处理的行业标准。那么，它在设计领域中有哪些广泛的应用呢？不同类型的设计对图片设置又有哪些要求？既然新增许多功能，那么它有哪些优点？接下来，我们一起来揭开 Photoshop CS3 软件的神秘面纱。

　　首先，通过展示 Photoshop 软件在设计领域的应用，介绍该软件所应用图像的基本概念与要求，让学生了解软件的应用范围以及学习图像在实际设计中如何设置。此外，通过"修复添加水印效果图片"的学习，熟悉 Photoshop CS3 的操作界面以及新增功能。

1. Photoshop 的设计领域

（1）广告设计

　　随着科技的发展，计算机设计在广告设计中已经占据主导地位。Photoshop 软件广泛地应用于平面广告以及招贴的设计，人们平时经常看到的平面广告展板、海报、传单等大部分是由 Photoshop 软件制作的。由 Photoshop 软件制作的平面广告更直观，表达更透彻，形象也更加鲜明、生动，便于加强销售和传达信息。我们来看一组吸引消费者购物的广告，其中一些效果（包括文字）是利用 Photoshop 软件后期处理完成的，如图 1.1～图 1.4 所示。

图 1.1　荷兰豆

图 1.2　椰子

（2）电影海报

　　随着社会和科技的发展，电影海报不仅作为电影上映的宣传广告用途，而且还可作为收藏的艺术品。当今的电影海报大多画面精美，即使是同一部电影的海报，各国的版本都会有不同的表现手法，也会突出不同的主题。而为了表达出画面精美、人物形象、剧情氛围，电影海报常需要通过 Photoshop 软件制作出精彩效果，以达到吸引观众的目的，如图 1.5 和图 1.6 所示。

图 1.3　卷心菜

图 1.4　洋葱

图 1.5　电影海报一

图 1.6　电影海报二

（3）包装设计

随着经济社会的发展，越来越多的产品，除了注重本身的品质外，还特别注重包装设计。不论是食品、服装，还是办公用品等，都力求实现包装精美，以达到吸引消费者的目的。而包装设计时，大多用 Photoshop 软件就能实现其设计效果，如图 1.7 和图 1.8 所示。

图 1.7　封面图案一

图 1.8　封面图案二

（4）VI 设计

在商品繁多的时代，只有独特的品质以及视觉形象才能吸引消费者，并且充分地表达企业的文化精神。VI 设计以企业的标志设计为核心，力求简约、大方、醒目。VI 设计大多是 AI、

CorelDraw、Photoshop 这三个软件来完成，如图 1.9 和图 1.10 所示。

图 1.9　茶馆形象　　　　　　　　　　　　　　图 1.10　标志设计

（5）视觉艺术

迷幻的线条，大胆的用色与配比，夸张的表达方式，以及不失实用主义的图形应用，具备强烈的视觉冲击力，渗透出独特的气质。这种视觉艺术常用于个人的创意设计，可以天马行空，追求独特，常用 Photoshop 与 Illustrator 结合制作，如图 1.11 和图 1.12 所示。

图 1.11　创意设计一　　　　　　　　　　　　　图 1.12　创意设计二

（6）网页设计

在追求个性的互联网信息时代，许多企业、学校、个人选用网页来宣传自己。在众多的网页中，制作精美、充满个性的页面往往令人印象深刻和喜爱，从而有利于网站信息的传播。而网页的绘制利用 Photoshop 软件设计即可实现，如图 1.13 和图 1.14 所示。

图 1.13　网页设计一　　　　　　　　　　　　　图 1.14　网页设计二

除了以上 6 大方面，Photoshop 软件还应用于影楼后期图像处理（如婚纱照、艺术照、证件照修饰）、建筑后期上色（如室内装潢）、书籍封面设计、插画绘制等方面。Photoshop 在设计领域被如此广泛应用，大家是不是也想动手试试呢？别急，在操作前我们还需要了解一些 Photoshop 图像的基本概念，以避免在设计时事倍功半。

　　2. Photoshop 图像的基本概念

　　Photoshop 里图像的格式都一样吗？将图片无限放大后还会很清晰吗？在设计不同的作品时需要调整参数吗？带着这些疑问，我们来看看有关图像基本概念的知识。

　　（1）图像的格式

　　Photoshop 是以处理点阵图像为主的软件，即处理的图片为位图格式。位图是由带有颜色块的许多小方格构成的图像，如图 1.15 所示。位图的优点是颜色逼真，但经放大后会失真，图像的边缘会有锯齿状。位图处理软件擅长处理图像的色彩和特殊效果。

　　而矢量图是由 CorelDraw、Illustrator 等软件绘制和编辑的，由数学方式描述的曲线及曲线围成的色块制作的图形，其基本单位是锚点和路径。因此，矢量图无论放大或缩小多少，都有同样平滑的边缘，同样的视觉细节和清晰度，如图 1.16 所示。矢量图处理软件多用于标志、图案和文字设计。

图 1.15　位图　　　　　　　　　　　　　　图 1.16　矢量图

　　（2）像素的概念

　　在 Photoshop 里图像的最基本组成部分是像素，Photoshop 中用 px 表示。像素就是一个个带有颜色的小方格，每个小方格拥有独立的颜色和位置。我们平时看到具有丰富色彩的图像就是由千千万万的带有颜色的小方格组成的。当我们把图像无限放大时，观察到带有颜色的小方格，也就表明把位图无限放大，图像会模糊失真，如图 1.17 和图 1.18 所示。

图 1.17　放大前　　　　　　　　　　　　　图 1.18　放大后

（3）分辨率的设置

分辨率是指图像中每单位长度上显示的像素数量，分辨率越高图像就越清晰。针对不同类型的设计，分辨率有着不同的要求。比如在进行网页设计和软件界面设计时，将分辨率设置为 72dpi（d/in，即点/英寸，1in=2.54cm。dpi 为习惯用法）就可以了，如图 1.19 所示。

当设计作品需要印刷喷墨时，设置的分辨率要求达到 300dpi 以上，如我们看到的海报、书籍、请柬、招贴等，如图 1.20 所示。而如果是进行室外大型喷绘（作品设计时超过 3m），分辨率设置可为 45dpi，若写真喷绘则要求在 72～100dpi 之间。

图 1.19　网页

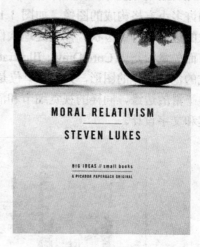

图 1.20　书籍

提　示

在新建图像前，一定要根据图像的用途来设置图像的分辨率。一般用于计算机屏幕观看的图像，默认将分辨率设为 72dpi 即可。

3. 修复画笔工具与污点修复画笔工具

了解了与图像相关的重要概念后，我们接着要通过一个实例来熟悉 Photoshop（PS）CS3 的操作环境。熟悉前，我们将先了解下面实例中应用到的"工具"知识点的内容。

1）【修复画笔工具】　🖊修复画笔工具：利用图像自身的样本像素来绘图，将样本像素的纹理、光照、透明度和阴影与所修复的像素进行匹配，使修复后的像素不留痕迹地融入图像的其余部分。

2）【污点修复画笔工具】　🖊污点修复画笔工具：能够自动地将所修饰区域的周围取样以修复图像。

任务分析

打开图片，使用修复工具将文字去除；建立选区，使用污点修复画笔工具将水印去除；最终完成作品。

任务实施

1）双击 Photoshop CS3 软件图标 ，打开 Photoshop CS3 操作界面，如图 1.21 所示。

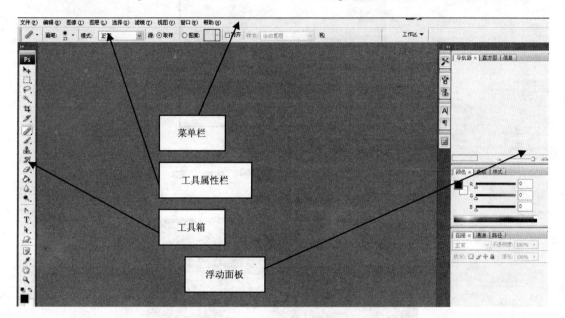

图 1.21 Photoshop CS3 操作界面

这个界面跟以往版本没有太大的区别，只是界面更加方便。比如单行的工具箱使得制图区域变得较大，如图 1.22 所示。工作区域增加了组合的方式，如图 1.23 所示。

2）双击灰色的"绘图工作区"，弹出【打开】对话框，选择素材图片"金毛狗.jpg"，如图 1.24 所示，单击【打开】按钮。

3）单击工具箱中的【椭圆选框工具】 按钮，其属性设置如图 1.25 所示，将图片右下角的水印文字选中，如图 1.26 所示。

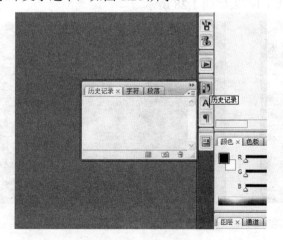

图 1.22 单行的工具箱

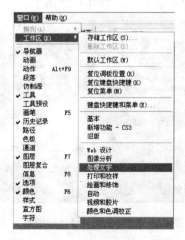

图 1.23 工作区域的组合方式

图1.24 【打开】对话框

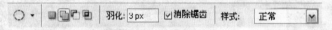

图1.25 椭圆选框工具属性设置

图1.26 选中水印文字

4）单击工具箱中的【污点修复画笔工具】 按钮。在选区内的文字上拖动鼠标，将绿地周围的文字去除，如图1.27所示。去除后的效果如图1.28所示。

图1.27 拖动鼠标将绿地周围的文字去除

图1.28 文字去除后的效果

5）执行【选择】|【取消选择】命令，这时发现金毛狗的身上还有文字影响了图片。同样

使用步骤 3）和 4）的操作方法将金毛狗身上的文字进行修复（建立选区可以使用【套索工具】 ，若需精细修复，可适当调整画笔的"硬度"），如图 1.29 所示。最终完成效果如图 1.30 所示。

图 1.29　拖动鼠标将金毛狗身上的文字去除　　　　图 1.30　最终效果

6）保存图片。执行【文件】|【存储为】命令，将图片重新命名为"金毛狗.psd"并保存到相应的文件夹下。

通过这个小案例的学习，我们了解并熟悉了 Photoshop CS3 的操作界面以及相应工具的使用。Photoshop CS3 软件还新增了许多功能，如【去红眼】、【调整进阶】、【快速选择】等功能，我们将在接下来的章节进行相应的学习。

1.2　图像文件基础操作——处理婚纱照

我们常常在新人的婚纱相册上看到一些色调非常漂亮的婚纱图片，读者是否已跃跃欲试，也想把自己的相片弄成那种效果呢？其实，只要通过 Photoshop 进行简单的处理操作就能够实现。那么，在设计前，首先要进行文件的基本操作，比如文件的新建、打开和关闭等。这些基本操作看起来虽然很简单，但是就跟建房屋时打地基一样，都是十分重要的。接下来我们将一起来学习。

通过学习如图 1.31 所示的"婚纱照"相册的内页排版实例，掌握文件的【新建】、【打开】、【关闭】，以及调整【图像大小】、【画布大小】和画布方向调整等技能。

图 1.31　"婚纱照"相册的内页排版效果

 相关知识

1. 文件的基本操作

（1）文件的新建

在进行设计前，要新建一个所需要的图像。在文件的【新建】对话框中，我们可以设定图像的尺寸、分辨率、颜色模式，还有背景内容等，如图 1.32 所示。

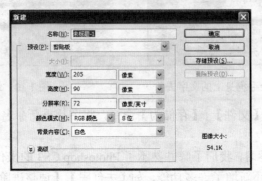

图 1.32 【新建】对话框

1）【名称】：即图像的"名字"，可以对图像的名称进行修改并且根据设计的需求设定。系统默认的名称为"未标题-1"，如图 1.33 所示。如果不改名称，再次新建图像时，系统将依次命名为"未标题-2"、"未标题-3"……

2）【预设】：即为 Photoshop 默认的尺寸设置。可以根据需要来设置尺寸，如图 1.33 所示。

3）【高度】和【宽度】：设置图像尺寸大小。单位除了像素外，还有英寸、厘米、毫米、点、派卡和列，如图 1.34 所示。

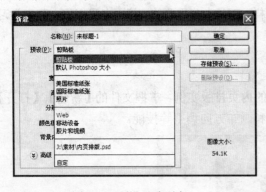

图 1.33 预设尺寸列表

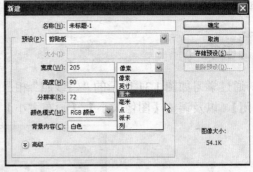

图 1.34 单位列表

4）【分辨率】：根据设计类型，确定不同的分辨率。当作品用于计算机浏览、印刷出品、室外喷绘时，是有具体分辨率大小要求的，此时，需要根据要求进行设定。

5）【颜色模式】：颜色模式主要有 RGB 模式、位图模式、灰度模式、CMYK 模式和 Lab 模式。而 RGB 模式是屏幕常用的颜色模式，CMYK 模式主要用于印刷。

6）【背景内容】：背景常用的颜色为白色，在其下拉菜单里还包括黑色和透明两个选项。一般新建文件时，常用的背景都设置为白色。

（2）文件的打开

当新建好文件后，需要置入素材图片时，这时候就要执行【文件】|【打开】命令，如图 1.35 所示，在弹出的对话框中选择所需要的素材，在 Photoshop 中打开。

此外，还可以在 Photoshop 界面的灰色工作区双击，在弹出的如图 1.36 所示的对话框中同样也可以打开素材图片。将文件夹的素材图片拖入操作界面也可以打开。

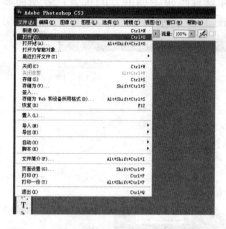

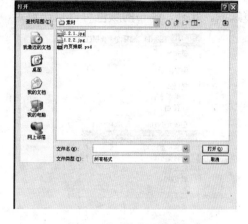

图 1.35 【文件】菜单中的【打开】命令　　　　　图 1.36 双击打开素材

（3）文件的格式与保存

当设计好作品时，就需要保存图像。执行【文件】|【存储】命令即可，如图 1.37 所示。在【存储为】对话框中，可选择文件存放的位置和文件的格式。

1）【PSD 格式】：此格式为 Photoshop 原始的存储格式，存储为 PSD 的源文件格式，方便日后的修改，但其占有的存储空间较大。

2）【JPG 格式】：JPG 格式是最常用的存储格式，常用于网络上传和图片预览，存储空间较小。

3）【TIFF 格式】：此格式为常用的打印格式，比如书籍出版和海报。存储为该文件格式之前，应该先检查文件的分辨率是否为 300dpi。

当确定文件格式后，即可保存，保存的文件格式如图 1.38 所示。

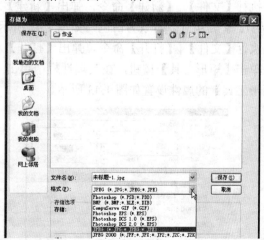

图 1.37 【文件】菜单中的【存储】命令　　　　　图 1.38 保存的文件格式

2. 画布大小的调整

在编辑图片时，发现已经设置好的图像大小不符合我们的要求时，可按以下方法对画布的大小进行合理的调整。

如图 1.39 所示，执行【图像】|【画布大小】命令，在弹出的【画布大小】对话框中，对画布的大小进行设置。直接输入想添加的尺寸大小，设置画布添加部分的位置，必须勾选【相对】复选框。此外，画布的颜色可以自己设定，如图 1.40 所示。

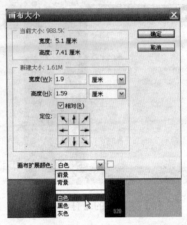

图 1.39　【画布大小】命令　　　　　图 1.40　添加画布的颜色

新建图像。打开素材，将素材处理为圆角矩形后，复制一层。然后利用【直线工具】和【自定形状工具】绘制线条和花朵作为修饰，并且添加文字。最后，为图片添加画框即可完成作品。

1）执行【文件】|【新建】命令，弹出【新建】对话框，设置文件大小为 800px×600px，分辨率为 72 像素/英寸，背景为白色，如图 1.41 所示。

2）执行【文件】|【打开】命令，弹出【打开】对话框，找到"婚纱.jpg"素材图片打开。

3）单击【矩形工具】按钮，在其属性栏中单击【圆角矩形工具】按钮，如图 1.42 所示。【圆角矩形工具】的属性设置如图 1.43 所示。

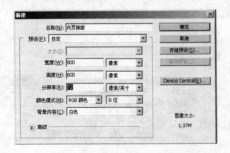

图 1.41　【新建】对话框　　　　　图 1.42　选择【圆角矩形工具】

图 1.43 【圆角矩形工具】属性设置

4）使用【移动工具】将素材图片"婚纱.jpg"移入新建的图像文件中。使用【圆角矩形工具】在素材图片上绘制一个圆角矩形路径，按"Ctrl+Enter"组合键将路径转化为选区，执行【选择】|【反向】命令，将选区反选，如图 1.44 所示。然后按"Delete"键，将多余的区域删除，如图 1.45 所示。

图 1.44　选区反选　　　　　　　　　图 1.45　将多余的区域删除

5）使用【移动工具】将图像移动至合适的位置，并且调整大小。新建图层，使用【直线工具】，工具属性的设置如图 1.46 所示。在背景上绘制两条垂直相交的灰色线条，如图 1.47 所示。

图 1.46　【直线工具】属性

6）再次使用【圆角矩形工具】，在"婚纱.jpg"图像里绘制竖直方向的圆角矩形路径，将其转化为选区，选取"新娘"部分；并将其移入已绘好相交直线的图像中，如图 1.48 所示。

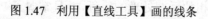

图 1.47　利用【直线工具】画的线条　　　　　图 1.48　移入图像

7）使用【自定形状工具】中的花朵形状，其属性设置如图 1.49 所示。新建图层，在其上绘制淡紫色的小花，然后使用【文字工具】，添加一些有关结婚的文字，标题用紫色，而说明文字用灰色，如图 1.50 所示。

图 1.49 【自定形状工具】属性设置

图 1.50 绘制淡紫色小花和说明文字 图 1.51 设置画布大小

8）作为婚纱照相册的内页，感觉还是单调一些，最后可以为其添加边框，让整幅图像看起来更完整。执行【图像】|【画布大小】命令，弹出【画布大小】对话框，对其进行数值设置，如图 1.51 所示。这样，一张风格浪漫的婚纱相册内页就完成了，最终效果如图 1.52 所示。

图 1.52 婚纱相册内页最终效果

9）最后执行【文件】|【存储】命令，弹出【存储为】对话框，确定保存的位置，输入文件名，设置格式为 ".jpg"，最后保存文件为 "相册内页.jpg"，如图 1.53 所示。

通过本案例的学习，我们了解了一般影楼婚纱相片后期处理的流程，并且掌握了 Photoshop 中有关文件的新建、素材的打开、文件的保存，以及画布大小的设置、圆角矩形图像形状的设置、自定义形状的设置等技巧。在相片的排版处理中，只要灵活运用形状工具就能设计出简单漂亮的内页图片。

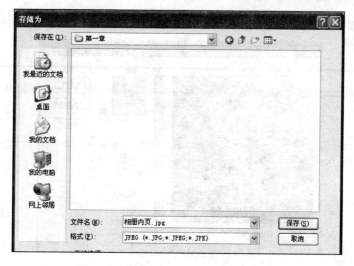

图 1.53 保存"相册内页"的文件格式

1.3 颜色的设置与填充——风车

童年的美好回忆中，总有一段是关于"风车"的。举着它，奔跑着，迎着风，呼呼地旋转，十分快乐。带给我们快乐的风车应该是彩色的，那么在 Photoshop 中，如何为白色的"风车"上色呢？本小节中我们将通过颜色的设置及填充来完成。

通过制作"彩色的风车"实例（如图 1.54 所示），介绍有关前景色和背景色的设置和填充颜色的方法。

1. 前景色和背景色设置的相关知识

（1）工具箱上的前景色和背景色设置

Photoshop 软件中的颜色大致分为前景色和背景

图 1.54 "彩色的风车"

色，前景色主要用于描边、画笔颜色、文本颜色等颜色的设置，背景色主要用于部分选区删除后的颜色、橡皮擦的颜色以及背景色的填充等。

工具箱上的前景色和背景色在默认的情况下是黑色和白色，让其恢复默认的颜色时，只需要单击工具箱上的【默认前景色和背景色】 按钮即可恢复到默认的黑白两色。单击双向箭头时，可将前景色和背景色进行互换。

要更改颜色时，单击设置【前景色】按钮，弹出如图 1.55 所示的【拾色器（前景色）】对话框，可以在颜色框内选取同类色系的不同颜色，可以通过右侧的彩条选框，更改颜色框的颜色系。如图 1.56 所示，确定颜色后，单击【确定】按钮即可更换前景颜色。背景色的更改操作与前景色的大致相同。

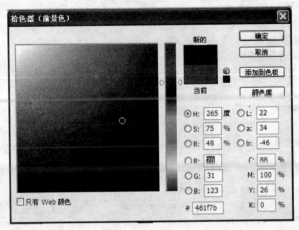

图 1.55 【拾色器（前景色）】对话框

【拾色器（前景色）】对话框中包括 4 种颜色模式，还有一个十六进制的颜色值，都可以用来精准地设置颜色值。HSB 模式是将色彩分为色相、饱和度、亮度 3 个部分，其色相色域从 0～360，饱和度和亮度色域从 0～100。RGB 模式分为红、绿、蓝 3 个组成色，分为 0～255 个色阶。而 CMYK 模式主要通过控制青、品、黄、黑等 4 色的值进行调色。而 Lab 模式是通过调整 A、B 两个色调参数和光强度来进行调色。

在如图 1.56 所示中，发现在"新的/当前"区域中多了一个感叹号标志，其下方有两个不同颜色的正方形，这表示，当前所选的颜色无法用于印刷，而印刷出的颜色为"感叹号"标志下的颜色。假如此时，颜色要用于印刷，可以单击"感叹号"标志，颜色马上变为印刷色。

单击【颜色库】按钮即可弹出【颜色库】对话框，这里可以挑选不同类型已经搭配好的颜色系，如图 1.57 所示。

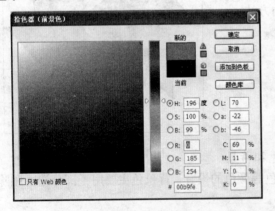

图 1.56 更改颜色设置

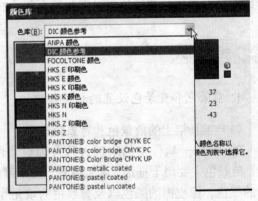

图 1.57 【颜色库】对话框

（2）颜色面板和色板面板

除了通过单击工具箱上的【设置前/背景色】按钮，弹出对应的【拾色器】对话框更改颜色外；还可以通过【颜色】面板和【色板】面板来更改前景色和背景色。

在【颜色】面板中包含不同模式的滑块系列，如图 1.58 所示。当滑动滑块时，前景色就随之发生变化。当要更改背景色时按"Alt"键，同时移动滑块即可改变颜色。

而在【色板】面板中，可以直接单击色块选取颜色改变前景色，如图 1.59 所示。若要改变背景色，则需要按"Ctrl"键再选取颜色即可。同样，【色板】面板也具有颜色库，在面板的右上方。

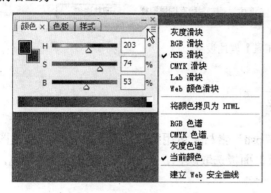

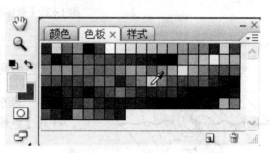

图 1.58 【颜色】面板　　　　　　　　图 1.59 【色板】面板

　　此外，若有一种自定义的颜色没有出现在面板上，可以单击下方的【创建前景色的新色板】按钮，将颜色保存起来，便于颜色切换时的应用。

2. 填充颜色

（1）快捷键方式

填充前景色，按"Alt+Delete"组合键即可；填充背景色，按"Ctrl+Delete"组合键即可。

（2）执行菜单命令方式

执行【编辑】|【填充】命令，弹出【填充】对话框，选择填充用的内容以及模式，即可将所选的颜色进行填充，如图 1.60 所示。假如要选择不是前景色和背景色外的颜色，可以选择【使用】下拉菜单中的【颜色】命令，弹出【选取一种颜色:】对话框，即可挑选自己喜欢的颜色，如图 1.61 所示。

　　该命令除了可以填充颜色外，还可以填充图案，方法跟填充颜色一致。

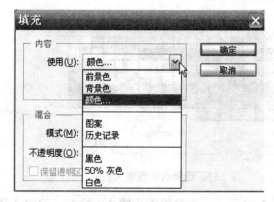

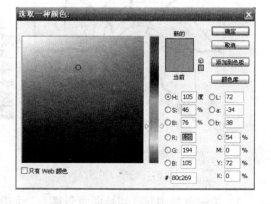

图 1.60 【填充】对话框　　　　　　　图 1.61 【选取一种颜色:】对话框

3. 魔棒工具

　　【魔棒工具】可以选择颜色一致的区域，其属性设置如图 1.62 所示。魔棒的容差范围是从 0～255，当容差值被设为 0 时，选区只能是和取样颜色完全相同的颜色区域，随着容差值的递增，选择的色彩范围也越来越大。如果勾选了工具选项中的【连续的】复选框，那么【魔棒工具】在选择时只选择连续区域。

图 1.62 【魔棒工具】属性设置

图 1.63 "风车"素材

任务分析

打开"风车.psd"素材，运用魔棒工具选取区域，新建图层，打开【色板】面板选取颜色，应用快捷键进行填充颜色。

任务实施

1）执行【文件】|【打开】命令，打开"风车.jpg"素材，如图 1.63 所示。

2）单击工具箱上的【魔棒工具】按钮，其属性设置如图 1.62 所示。选取设置"添加到选区"，设置容差为 10，勾选【连续】复选框，选择相邻区域的颜色。

3）风车一共 8 个叶片，想要将每个叶片都上色，必须建立选区，如何才能使得具有螺旋的区域被选中呢？使用【魔棒工具】单击 1 个叶片，一共 4 个选区。即可将 1 个叶片选中，如图 1.64 所示。

4）新建图层，在【色板】面板上选取黄色，如图 1.65 所示。这时候前景色变成黄色，按"Alt+Delete"组合键，即可在选区区域填充黄色，如图 1.66 所示。

图 1.64 选中 1 个叶片

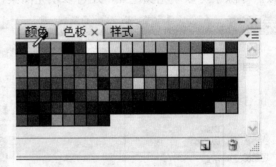

图 1.65 选择前景色为黄色

5）单击背景图层，切换回背景图层，如图 1.67 所示。重复操作步骤 3）和 4），使用【魔棒工具】，选取第 2 个叶片区域，如图 1.68 所示。然后在【色板】面板上选取橙色，切换到新建的图层并且按"Alt+Delete"组合键即可填充，如图 1.69 所示。

图 1.66　填充选区区域

图 1.67　切换回背景图层

图 1.68　选中第 2 个叶片

图 1.69　填充选区区域

6）在背景图层上建立选区，然后切换回新建图层，在【色板】面板上依次选取桃红、紫色、蓝色、湖蓝、绿色、浅绿对剩余的 6 个选区进行填色，最终效果如图 1.70 所示。

7）最后执行【文件】|【存储】命令，将该作品保存为"风车.psd"。

提　示

在本实例中，为图像选择颜色主要借助【色板】画板，填充颜色主要使用快捷键等方式，但关于填色与选色的其他方法在本小节相关知识中已有提及，读者也可以用提及的方法尝试一下。

图 1.70　"最终效果"

在本节中主要学习了有关前景色和背景色的设置，【拾色器】对话框中的相关色彩操作，有关在【颜色】面板、【色板】面板中对色彩的选取，并且学习了如何通过【编辑】菜单里的【填充】命令进行填充。掌握了通过快捷键等方式进行填色的技巧。填色和选色的操作在制图中十分常用，灵活运用填色技巧就可以绘制出多彩的图像。

1.4　图像标尺与参考线的使用——飘动的九格相片

为了使得设计的图像更加精准，在设计的过程中经常会用到参考线。比如，进行 Logo 设计、网页绘制、对称图像的制作等。如何对其进行操作呢？标尺和参考线又是什么？本节我们将一起来学习相关的知识。

图 1.71　"飘动的九格相片"效果图

任务目的

通过制作如图 1.71 所示的"飘动的九格相片"实例，学习辅助线的应用知识与技巧，提高图片设计的精准度。

相关知识

1. 标尺的应用

标尺可帮助读者精确地确定图像或元素的位置。执行【视图】|【标尺】命令或按"Ctrl+R"组合键即可打开标尺。标尺的单位可以设置为厘米、毫米、像素、英寸、点、派卡和百分比等，如图 1.72 所示。通过标尺，我们可以了解图形的大小，同时通过结合辅助线使得图像的位置更加精准。此外，通过双击标尺，可以直接更改图片文件的单位以及文字大小，设置装订线的大小、文件容纳文字大小、打印大小以及屏幕的大小，如图 1.73 所示。

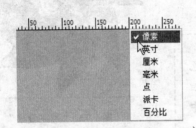

图 1.72　标尺的单位设置

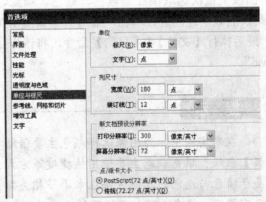

图 1.73　【首选项】对话框

2. 参考线的应用

在设定辅助线前，必须先打开标尺工具，可使用【选择工具】并拖动鼠标从标尺位置拖出参考线，也可以执行【视图】|【新建参考线】命令，弹出【新建参考线】对话框来设置完成参考线，如图 1.74 所示。当完成设计时，想将辅助线去除时，只需选中参考线，拖动鼠标将参考线拖回标尺或执行【视图】|【清除参考线】命令删除参考线。拖动鼠标"添加"与"删

除"参考线的操作方法如图 1.75 所示。

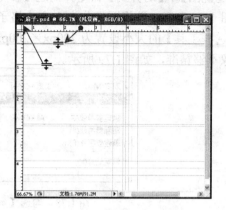

图 1.74　【新建参考线】对话框　　图 1.75　添加、删除参考线的操作方法

 提　示

　　可以通过执行【视图】|【显示额外内容】命令或按"Ctrl+H"组合键将参考线与标尺隐藏。

 **任务分析**

　　打开图像设置标尺后，通过新建参考线，将图像平分为 9 个区域，使视图对齐到参考线上，然后使用选框工具，选取大小一致的小图片进行复制。最后对小图片进行缩小，添加上投影效果完成实例。

 **任务实施**

　　1）打开素材图片"人物.jpg"图片，按"Ctrl+R"组合键，打开标尺。该图片的大小为 600px×600px，要将图片变成 9 等份。执行【视图】|【新建参考线】命令，在对话框中输入参考线的位置，如图 1.76 所示，分别在水平和垂直方向的 200px、400px 位置各建立两条参考线，如图 1.77 所示。

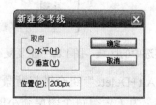

图 1.76　【新建参考线】对话框　　图 1.77　"参考线"效果

2）执行【视图】|【对齐到】命令并勾选【参考线】复选框，使得接下来的绘图能够对齐参考线，如图 1.78 所示。欲将图像分为 9 个小格子，必须建立格子的选取范围。切换到选框工具，【矩形选框工具】的大小设置为 200px×200px。使得接下绘制的每个矩形选框大小都一致，避免图像不够精准，如图 1.79 所示。

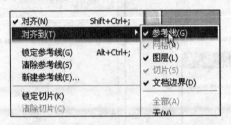

图 1.78　勾选【参考线】

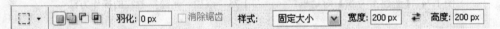

图 1.79　【矩形选框工具】的属性设置

3）想将一张相片变成 9 个部分，必须分别选取，复制到新的图层再进行缩小，重新排版。因此，使用固定好大小的【矩形选框工具】在参考线画好的格子里画一个 200px×200px 大小的正方形选区，如图 1.80 所示。

4）按"Ctrl+J"组合键复制背景图层选中的区域，如图 1.81 所示。然后，移动选区到不同的参考线方格位置，返回背景图层，按"Ctrl+J"组合键复制，重复步骤直到把背景图层分为 9 块，如图 1.82 所示。

图 1.80　绘制矩形选框　　图 1.81　复制背景图层选中的区域　图 1.82　重复复制背景图层为 9 块

5）单击背景图层，将前景色设置为白色，按"Alt+Delete"组合键将背景图层变成白色。单击图层 8，按"Ctrl+T"组合键对其进行自由变换，为了使得每个图层缩小的比例一致，不使用手动修改，使用变换的属性修改，具体数值修改如图 1.83 所示。

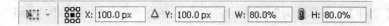

图 1.83　缩小图层设置

6）对每个图层都进行以上的设置，将高和宽的比值设置为 80%，图像的效果如图 1.84 所示。

7）为了使得图片变得更加立体，为其添加图层样式的投影效果。执行图层面板上的【混合选项】*fx.* 即可弹出【投影】对话框。【投影】主要通过叠在其下的"影子"图层的颜色、大小、距离、扩展来凸显图像的立体感。颜色为阴影的颜色，一般默认为 75%的黑；大小为影子的大小，扩展为影子的模糊程度，距离为图像与影子的距离。参数设置如图 1.85 所示。

图 1.84　缩小图层的图像效果

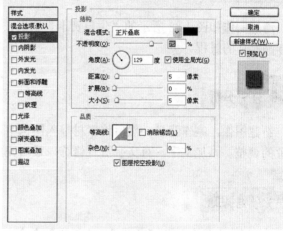

图 1.85　【投影】参数设置

8）当为"图层 1"～"图层 8"都添加投影效果后，图像的效果如图 1.86 所示。为了使图像看起来更具动感，更加生动，可通过自由变换"Ctrl+T"命令进行相关调整。将鼠标指针移动到矩形块的顶点，当其变为双向箭头时，移动方向；不同的图层移动的方向不用相同，这样相片看起来就有动感，最终效果如图 1.87 所示。

图 1.86　添加投影效果后的图像效果

图 1.87　最终效果

23

9）执行【文件】|【存储为】命令，将图像保存为"飘动的九格相片.psd"。

通过本案例的学习，熟悉标尺与参考线设置的相关知识并掌握如何利用标尺和参考线精准设计图片、划分图片的方法和技能。此外，了解图层模式里有关投影效果的设置、自由变化及精确变大和缩小的方法。

1.5 快速入门——制作生日贺卡

通过制作如图 1.88 所示的"生日贺卡"实例，灵活应用前面所涉及的知识点与技能，感受作品制作的过程。

新建图像，制作背景。然后将素材导入图像中，利用自由变换工具对其进行方向、大小、位置的调整。添加文字，对文字进行修饰，最后完成贺卡的制作。

1）新建文件。执行【文件】|【新建】命令，弹出【新建】对话框，参数设置如图 1.89 所示。

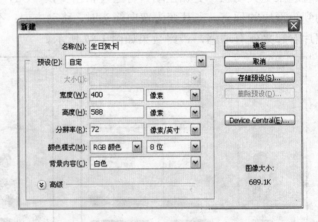

图 1.88 "生日贺卡"   图 1.89 新建文件

2）执行【文件】|【打开】命令，打开"背景.jpg"图像文件。使用工具箱中的【移动工具】将素材图像移动到"生日贺卡.psd"文件中，调整其位置，效果如图 1.90 所示。

3）执行【文件】|【打开】命令，打开"可爱女孩.jpg"图像文件。使用工具箱中的【套索工具】，将其属性栏中的【羽化】设置为 10，创建如图 1.91 所示的选区。

图 1.90　添加素材文件

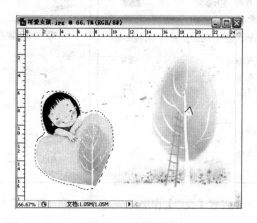

图 1.91　创建选区

4）使用工具箱中的【移动工具】，将选区的素材图像移动到"生日贺卡.psd"文件中，按"Ctrl+T"组合键调整好位置和大小，效果如图 1.92 所示。

5）使用工具箱中的【横排文字工具】，文字的颜色设置为白色，在图像上输入"花儿带去我的祝福"和"祝你生日快乐！"字样，效果如图 1.93 所示。

图 1.92　调整素材大小

图 1.93　添加文字

6）设置文字图层的图层样式。执行【窗口】|【图层】命令，弹出【图层】面板，单击【图层】面板下方的按钮，勾选【投影】和【内发光】复选框，设置如图 1.94 和图 1.95 所示。

7）得到最终效果如图 1.96 所示。执行【文件】|【存储】命令，将素材保存为"生日贺卡.psd"。

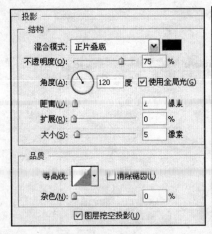 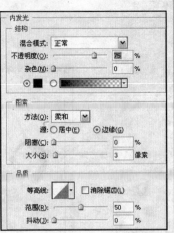 

图 1.94　设置【投影】图层样式　　图 1.95　设置【内发光】图层样式　　图 1.96　最终效果图

提　示

为了使图片在网络中传输的速度更快，一般将图像处理的最终效果保存为 "jpg" 格式，而不是 "psd" 格式。

本 章 小 结

通过本章的学习，我们了解了 Photoshop 在设计领域的应用和应用图像的基本概念；了解了 Photoshop CS3 操作界面和新增功能；掌握了有关图像文件的管理、图像颜色的设置与填充、图像标尺与参考线的应用，并了解文档的基本操作。本章的学习为接下来的章节学习打下了良好的基础。而在快速入门部分，我们则对前面的知识点进行了综合应用，加深了对 Photoshop CS3 软件的了解。

实 践 探 索

一、选择题

1. 用于网络上传和图片预览的文件存储格式为（　　）。

　　A. JPEG 格式　　　　　B. PSD 格式　　　　　C. TIFF 格式　　　　D. BMP 格式

2. 下列说法正确的是（　　）。

　　A. 进行网页设计和软件界面设计时，将分辨率设为 72dpi

　　B. 当设计作品需要印刷喷墨时，要求设置的分辨率达到 72dpi 即可

　　C. 分辨率是指显示器所能显示的像素的多少，分辨率越高图像就越模糊

　　D. 针对不同类型的设计，分辨率有着相同的标准要求

3. 按键盘中的（　　）键可以快速向图像中填充工具箱中的前景色。

　　A. "Alt+Delete"　　　B. "Ctrl+Delete"　　　C. "Ctrl+Shift"　　D. "Ctrl+Alt"

二、操作题

1. 绘制一个如图 1.97 所示的生日贺卡（提示：使用【油漆桶工具】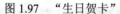填充纹理，将图层混合模式调整为"柔光"，使用【画布大小】命令建立边框，使用【魔棒工具】将素材抠取出，使用【移动工具】将素材移入图片中，最后使用【自定形状工具】，添加自定义形状中的小花点缀图片，并添加上标题）。

2. 设计一个如图 1.98 所示的饮品宣传四格图片（提示：使用【标尺】和【参考线】将图片划分为等大的四格；使用固定大小的【矩形选框工具】选取四幅水果图片，素材已提供。将其移入背景中，使用【自由变换】命令将其等比例缩小，并为其添加投影效果。最后拓展画布，添加文字）。

图 1.97 "生日贺卡"

图 1.98 "四格图片"

第 2 章
图像的选取与移动

　　图像的选取和移动是深入学习 Photoshop 中图像合成与设计的基础。选区的操作在设计中应用得非常多，经常根据设计的需要，用不同的选取工具来建立选区。在本章中，将详细讲解有关选取工具和移动工具的使用方法。

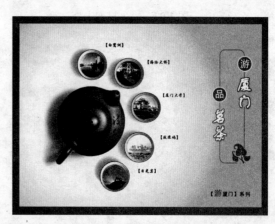

学习目标

➢ 掌握固定选取工具的应用。
➢ 掌握不规则物体的选择。
➢ 掌握相似颜色物体的选择。
➢ 掌握选区的调整与填充。
➢ 掌握图像的移动和裁切的应用。

2.1 选框、套索和魔棒工具的使用——游厦门

我们常常在公车站、商场外看到一些制作精美的旅游海报，漂亮的背景加上一些地方标志性建筑、文字和人物，很吸引人。那么，类似这样的旅游海报是怎么制作的呢？怎么把其他图片中喜欢的元素选取出来再移到新的图像上呢？如何拼贴呢？下面我们将一起来学习相关的知识与技能。

通过学习"游厦门"实例，如图 2.1 所示，掌握固定选取工具、不规则物体选择的相关知识及技能，如【椭圆选框工具】、【魔棒工具】、【磁性套索工具】等工具的应用。

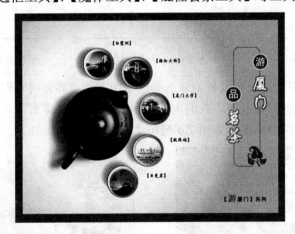

图 2.1 "游厦门"效果图

1. 固定选取工具的应用

选框类工具的轮廓比较固定，我们可以利用它们来制作一些形状较规则的选区，如矩形选区、椭圆选区等。选框工具共有 4 种，包括【矩形选框工具】、【椭圆选框工具】、【单行选框工具】和【单列选框工具】。它们的功能十分相似，但也有各自不同的特点。

（1）矩形选框工具

使用【矩形选框工具】 可以方便地在图像中制作出长宽随意的矩形选区。其属性如图 2.2 所示，该属性栏分为 3 部分：选择方式、羽化和消除锯齿、样式。这 3 部分将分别提供对【矩形选框工具】各种不同参数的设置。

图 2.2 【矩形选框工具】属性栏

1）在实际操作中，我们常常会遇到多个选区相加或者相减的问题，可以通过选择不同的选择方式来解决。【新选区】是指清除原有的选择区域，直接新建选区。【添加到选区】是指在原有选区的基础上，增加新的选择区域，形成最终的选择范围，如图 2.3 所示。【从选区减去】是指在原有选区中，减去与新的选择区域相交的部分，形成最终的选择范围，如图 2.4 所示。【与选区交叉】是指使原有选区和新建选区相交的部分成为最终的选择范围，如图 2.5 所示。

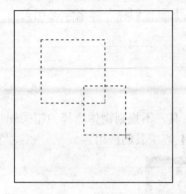 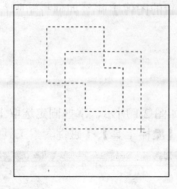 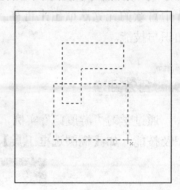

图 2.3 "添加到选区"　　　　图 2.4 "从选区减去"　　　　图 2.5 "与选区交叉"

2）设置【羽化】参数可以有效地消除选择区域中的硬边界并将它们柔化，使选择区域的边界产生朦胧渐隐的过渡效果。该参数的取值范围是从 0～250 像素，取值越大选区的边界会相应变得越朦胧。羽化前后的图片如图 2.6 与图 2.7 所示。

图 2.6 羽化前的图片　　　　　　图 2.7 羽化后的图片

3）【样式】选项中提供了 3 种样式。【正常】样式是默认的选择样式，可以用鼠标创建长宽任意的矩形选区。【约束长宽比】样式可以为矩形选区设定任意的长宽比，只要在对应的宽度和高度参数框中填入宽度和高度比值即可。在默认的状态下，宽度和高度的比值为 1∶1。【固定大小】样式是可以通过直接输入宽度值和高度值来精确定义矩形选区的大小。

（2）椭圆选框工具

使用【椭圆选框工具】 可以在图像中制作出半径随意的椭圆形选区。它的使用方法和工具属性栏的设置与【矩形选框工具】的大致相同。选择【椭圆工具】，按住 "Shift" 键拖动鼠标即可得到正圆。

（3）单行选框工具和单列选框工具

使用【单行选框工具】 可以在图像中制作出 1 像素高的单行选区。该工具的属性栏中只有选择方式可以设置，用法和原理都和【矩形选框工具】相同。使用【单列选框工具】的方法与【单行选框工具】相同，可以在图像中制作出 1 像素宽的单列选区。

> **提 示**
>
> 　　【消除锯齿】选项的原理就是在锯齿之间插入中间色调，这样就使那些边缘不规则的图像在视觉上消除了锯齿现象。而 Photoshop 中的图像是由一个个正方形的色块构成的，如果没有勾选【消除锯齿】复选框的话，在制作圆形选区或者其他形状不规则的选区时就会产生难看的锯齿边缘。

2．不规则物体的选取

（1）套索工具

套索工具组里的【套索工具】用于任意不规则选区；【多边形套索工具】用于有一定规则的选区；【磁性套索工具】是制作边缘比较清晰，且与背景颜色相差比较大的图片的选区，如图 2.8 所示。

图 2.8　【磁性套索工具】属性栏

1）选区加减的设置：做选区的时候，使用【新选区】选择方式较多。

2）【羽化】的取值范围在 0～250 之间，可羽化选区的边缘，数值越大，羽化的边缘越大。

3）【消除锯齿】的功能是让选区更平滑。

4）【宽度】的取值范围在 1～256 间，可设置一个像素宽度，一般使用的默认值 10。

5）【对比度】的取值范围在 1～100 间，可设置【磁性套索工具】检测边缘图像灵敏度。如果选取的图像与周围图像间的颜色对比度较强，那么就应设置一个较高的百分数值。反之，输入一个较低的百分数值。

6）【频率】的取值范围在 0～100，是用来设置在选取时关键点创建速率的一个选项。数值越大，速率越快，关键点就越多。当图的边缘较复杂时，需要较多的关键点来确定边缘的准确性，可采用较大的频率值，一般使用默认的值 57。

（2）魔棒工具

使用【魔棒工具】可轻易得到基于颜色的选区，能把图像中连续或者不连续的颜色相近的区域作为选区的范围，以选择颜色相同或相近的色块。其属性栏如图 2.9 所示。

图 2.9　【魔棒工具】属性栏

【容差】是用来控制【魔棒工具】在识别各像素色值差异时的容差范围，可以输入 0～255 之间的数值，取值越大容差的范围越大；相反取值越小容差的范围越小。如图 2.10 和图 2.11 所示为容差值不同时的选择效果。容差选项是最常用到的选项，它能够有效地控制魔棒工具的选择灵敏度。

图 2.10 "容差较小"效果　　　　图 2.11 "容差较大"效果

3. 描边

　　描边就是做出边缘的线条，即在边缘加上边框。有时为了使得素材更加突出一些，就采用描边效果。图层样式的描边设置，必须在图层上存在有效像素才能看到效果，方便修改控制。具体操作方法为单击图层面板的【添加图层样式】 fx，弹出混合选项里的【图层样式】对话框，对其大小、位置、颜色设置即可，如图 2.12 和图 2.13 所示。

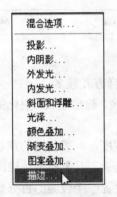
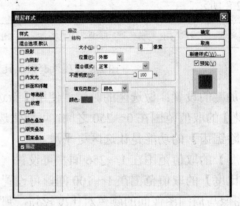

图 2.12　选择【描边】选项　　　　图 2.13　【图层样式】对话框

 任务分析

　　新建图像文件，填充渐变；将抠取的茶具素材移入图像中，使用选取工具复制茶具素材中的一个部分；将风景素材选中移入固定的选区中；添加文字，为图像建立边框。

任务实施

　　1）新建图像文件，大小为 800px×600px，分辨率为 72dpi，背景颜色为白色。

　　2）设置前景色为白色，背景色为#f69d49，设置径向渐变，如图 2.14 和图 2.15 所示。新建图层，在背景图层上拖一个径向渐变。

　　3）打开素材文件 "茶具.jpg"，如图 2.16 所示。单击工具箱中的【魔棒工具】，其属性设置如图 2.17 所示。勾选【连续】复选框，为了使图像上所有颜色类似的区域都选上。在素材 "茶具" 上的白色区域中单击，将白色区域选中；执行【选择】|【反向】命令，如图 2.18

所示，即可选中"茶具"，如图 2.19 所示。

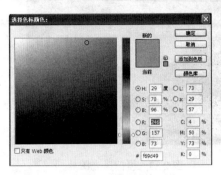

图 2.14　设置前景色　　　　图 2.15　设置径向渐变　　　　图 2.16　"茶具.jpg"素材

图 2.17　【魔棒工具】属性栏

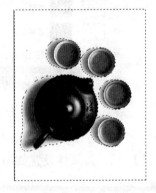
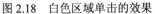
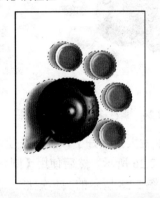

图 2.18　白色区域单击的效果　　　　图 2.19　选中"茶具"的效果

4）将选取的"茶具"素材抠取，移入背景中。然后使用【磁性套索工具】抠选一个茶杯的边缘，如图 2.20 所示。按"Ctrl+J"组合键，复制茶杯。将其移动到合适的位置，如图 2.21 所示。

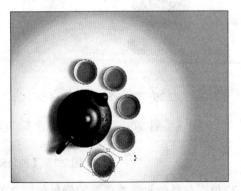

图 2.20　抠选一个茶杯的边缘　　　　图 2.21　茶杯的位置图

5）使用【椭圆选框工具】选取杯中茶的圆形部分，如图 2.22 所示。打开厦门风光的图

片，全选后复制，如图 2.23 所示。执行【编辑】|【贴入】命令，将素材移入选区当中，如图 2.24 所示（一共使用 5 张厦门风光图片），而【图层】面板如图 2.25 所示。

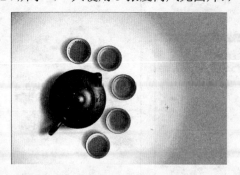

图 2.22　选取杯中茶的圆形部分

图 2.23　厦门风光图片

图 2.24　素材移入选区中的效果

图 2.25　【图层】面板情况

6）这样背景就大致做好了，接下来使用【文字工具】 **T.**，输入每杯茶的名称，即风景胜地的名称，如图 2.26 所示。然后使用【圆角矩形工具】 ，其属性设置如图 2.27 所示。在背景上绘制一个如图 2.28 所示的圆角矩形。

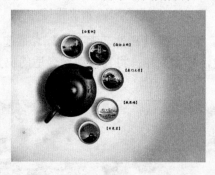

图 2.26　输入每杯茶的名称

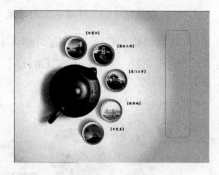

图 2.28　绘制圆角矩形

图 2.27　【圆角矩形工具】属性设置

7）单击前景色设置拾色器的颜色如图 2.29 所示。设置画笔的属性如图 2.30 所示，使用【路径选择工具】 **▶.**，右击用画笔对其进行描边。然后使用【直排文字工具】 ，输入"游厦门"、"品茗茶"的文字。对"厦门"、"茗茶"两个单词进行描边，颜色设为#6f2e00。对"游"和"品"

两个字，添加圆圈背景，大圆的颜色为#6f2e00，外轮廓为白色描边。将字体下的圆角矩形用【橡皮擦工具】擦除。然后使用【自定形状工具】，绘制一朵色彩为#6f2e00 的小花，如图 2.31 所示。

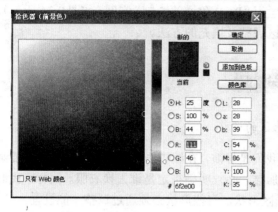

图 2.29　设置拾色器的颜色

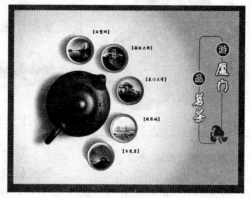

图 2.31　绘制一朵小花

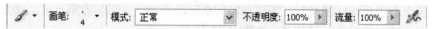

图 2.30　【画笔工具】属性设置

8）在背景图层，新建图层。使用【矩形选框工具】，在背景上拖一个矩形选框，然后按"Ctrl+I"组合键反选。设置前景色为#6f2e00，填充前景色，效果如图 2.32 所示。最后为素材添加说明文字，将"游厦门系列"中的"游"字突出用暗红色，加大字号，如图 2.33 所示。

这样，一幅富有特色的旅游平面广告就做好了。在设计广告时要多发散思考，不要就单独针对字面意思进行设计。最后保存为"游厦门茶具.psd"。

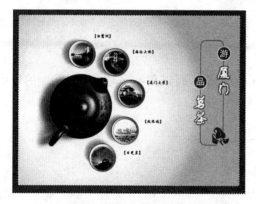

图 2.32　填充前景色后的效果

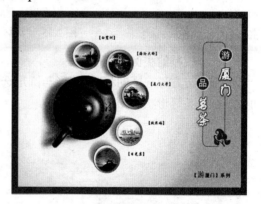

图 2.33　最终效果

2.2　选区的调整与填充——RGB 色谱的绘制

在平面设计中常常要接触不同的色彩模式，比如 RGB 色彩模式、CMYK 色彩模式、Lab 色彩模式等。RGB 色彩模式是工业界的一种颜色标准，即是代表红、绿、蓝 3 个通道的颜色，这个标准几乎包括了人类视力所能感知的所有颜色。那这个 RGB 色谱如何绘制呢？我们将在本小节中进行学习相关的知识以及技能。

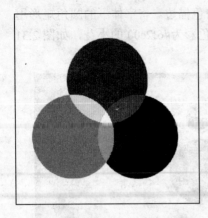

图 2.34 "RGB 色谱"

通过学习"RGB 色谱的绘制"实例（如图 2.34 所示），掌握有选区调整及填充的方法。

相关知识

1. 选区的调整

假设我们是导演，在编排一出舞台剧。如果我们要某个演员换服装，必须明确指定是谁去换衣服。同样，我们在建立选区时，并不是单纯只靠工具上有的选区形状，有些形状必须通过调整才能设置。

（1）选区相加的实例

通过正方形与圆形选区的叠加、椭圆与椭圆选区的叠加、方形与方形选区的叠加等，可以得到新的图形，比如帽子的外轮廓等，如图 2.35 所示。

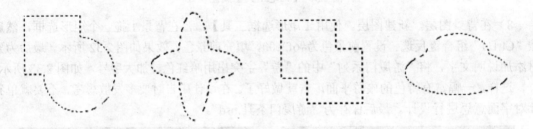

图 2.35 "选区相加的实例"

（2）选区相减的实例

通过方形与方形选区的相减、圆形与圆形选区的相减等，可以得到平时不容易绘制的形状，比如台阶、月亮等形状，如图 2.36 所示。

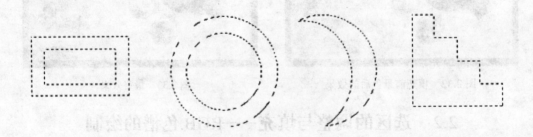

图 2.36 "选区相减的实例"

（3）选区相交的实例

通过方形与方形选区的相交、方形与圆形选区的相交、圆形与圆形选区的相交，可以绘制出半圆、花瓣、四分之一圆弧等形状，如图 2.37 所示。

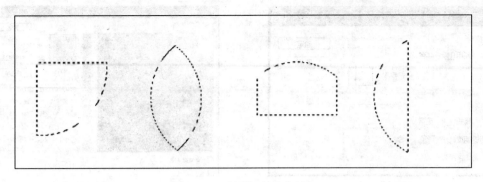

图 2.37　"选区相交的实例"

（4）绘制固定大小的选区

有时需要绘制大小一致的选区，这时可通过属性栏中的样式，设置选区的固定大小，如图 2.38 所示。这样就可以绘制出等大的圆形选区，如图 2.39 所示。通过位置不一的圆还可以做出不同的背景。通过绘制固定大小的线条或者圆，可以制作活泼、清爽、淡雅的界面背景。

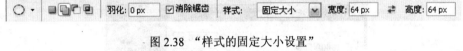

图 2.38　"样式的固定大小设置"

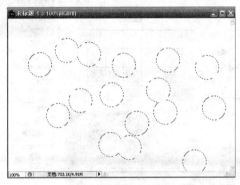

图 2.39　绘制等大的圆形

2. 选区的填充

当图像中建立区域范围时，可以为其填充颜色、图案，使得画面生动活泼。选区的填充方法有多种。

（1）颜色的填充

【方法一】：使用快捷方式填充，若要填充前景色按"Alt+Delete"组合键，填充背景色则按"Ctrl+Delete"组合键。

【方法二】：使用【油漆桶工具】，直接在选区范围上单击即可填充，填充的颜色为所设置的前景色。

【方法三】：执行【编辑】|【填充】命令，弹出【填充】对话框，如图 2.40 所示。选择【使用】下拉列表框中的【颜色...】选项，弹出【选取一种颜色：】对话框，如图 2.41 所示，选取自己想要的颜色，即可填充选区。

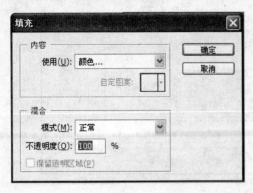
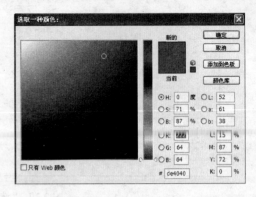

图 2.40 【填充】对话框　　　　　　　　　图 2.41 【选取一种颜色：】对话框

（2）图案的填充

建立选区后，若要填充系统自带的图案，则执行【编辑】|【填充】命令，在弹出的【填充】对话框中选择【使用】下拉列表框中的【图案】选项，在弹出的列表框中选取所需要的图案，并且可以通过向右的小箭头，追加所需要的纹理图案，如图 2.42 所示。

图 2.42 【填充】对话框

3. 选区的存储与载入

在进行图像处理时，有些选区尤其是一些创建时比较费时的选区，虽然目前无多大用处，但在以后的操作中还会用到，这时可以把这类选区保存起来。如果以后用到该选区，可以通过【载入选区】命令将其载入到原图像中。适当保存选区，可以减少许多不必要的麻烦。

（1）选区的存储

当图像文件中有选区时，可执行【选择】|【存储选区】命令，弹出【存储选区】对话框如图 2.43 所示。在"名称"文本框中给选区命名，即可保存选区。

（2）选区的载入

执行【选择】|【载入选区】命令，弹出【载入选区】对话框，如图 2.44 所示，在【通道】下拉列表框中选择相应的通道，可将其中保存的选区载入。

图 2.43 【存储选区】对话框

图 2.44 【载入选区】对话框

新建图像，设置【椭圆选框工具】的大小，在新图层建立正圆选框，并针对不同正圆的图层填充颜色。三圆相交的区域使用【选择】|【载入选区】命令将其载入，并填充颜色，完成效果。

1）执行【文件】|【新建】命令，弹出【新建】对话框，将文件大小设置为 600px×600px，分辨率为 72dpi，背景为白色，如图 2.45 所示。

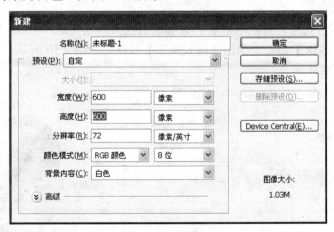

图 2.45 【新建】对话框

2）单击工具箱中的【椭圆选框工具】 按钮，并且设置其属性样式为固定大小 300px×300px，如图 2.46 所示。

图 2.46 【椭圆选框工具】属性设置

3）新建图层，将其命名为"原色红"。设置前景色为红色（R：255，G：0，B：0）。使

用已经设置好固定大小的【椭圆选框工具】○.绘制一个正圆,并执行【编辑】|【填充】命令,填充前景色,效果如图 2.47 所示。执行【选择】|【存储选区】命令,弹出【存储选区】对话框,在"名称"文本框中给选区命名为"红"。

4)新建图层,将其命名为"原色绿"。设置前景色为绿色(R:0,G:255,B:0)。使用已经设置好固定大小的【椭圆选框工具】○.绘制一个正圆,并执行【编辑】|【填充】命令,填充前景色,效果如图 2.48 所示。执行【选择】|【存储选区】命令,弹出【存储选区】对话框,在"名称"文本框中给选区命名为"绿"。

5)新建图层,将其命名为"原色蓝"。设置前景色为蓝色(R:0,G:0,B:255)。使用已经设置好固定大小的【椭圆选框工具】○.绘制一个正圆,并执行【编辑】|【填充】命令,填充前景色,效果如图 2.49 所示。执行【选择】|【存储选区】命令,弹出【存储选区】对话框,在【名称】文本框中给选区命名为"蓝"。

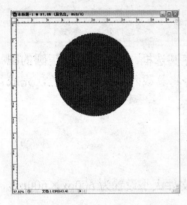 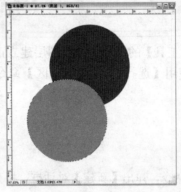 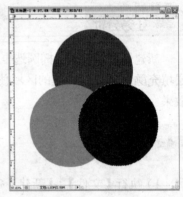

图 2.47　填充红色　　　　　图 2.48　填充绿色　　　　　图 2.49　填充蓝色

6)新建图层,将其命名为"相交 1"。设置前景色为青色(R:0,G:255,B:255)。执行【选择】|【载入选区】命令,弹出【载入选区】对话框如图 2.50 所示。在选区中填充前景色,效果如图 2.51 所示。

 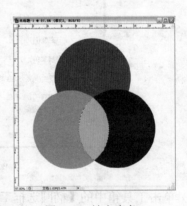

图 2.50　【载入选区】对话框　　　　　图 2.51　填充青色

7)新建图层,将其命名为"相交 2"。设置前景色为黄色(R:255,G:255,B:0)。按"Ctrl"键的同时单击【图层】面板上的"原色绿",出现绿色圆的图像选区。执行【选择】|【载入选区】命令,弹出【载入选区】对话框如图 2.52 所示。在选区中填充前景色,效果如图 2.53 所示。

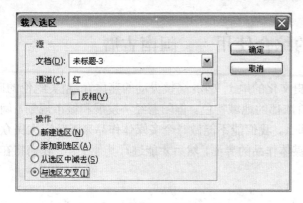

图 2.52　【载入选区】对话框

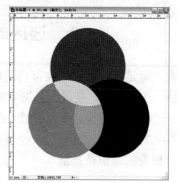

图 2.53　填充黄色

8）新建图层，将其命名为"相交 3"。设置前景色为紫色（R：255，G：0，B：255）。按"Ctrl"键同时单击【图层】面板上的"原色红"，出现红色圆的图像选区。执行【选择】|【载入选区】命令，弹出【载入选区】对话框如图 2.54 所示。在选区中填充前景色，效果如图 2.55 所示。

图 2.54　【载入选区】对话框

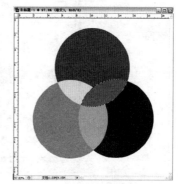

图 2.55　填充紫色

9）执行【选择】|【存储选区】命令，将当前的选区存储，命名为"相交"。

10）设置前景色为白色。新建图层，将其命名为"相交 4"。按"Ctrl"键同时单击【图层】面板上的"相交 2"，出现黄色部分的图像选区。执行【选择】|【载入选区】命令，弹出【载入选区】对话框如图 2.56 所示。在选区中填充前景色，取消选区。

11）最后保存文件为"RGB 色谱的绘制.psd"，最终效果如图 2.57 所示。

图 2.56　【载入选区】对话框

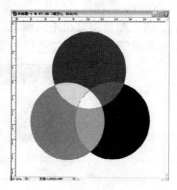

图 2.57　最终效果图

2.3　选区的综合使用——闽南古厝

闽南古厝是真正能够代表厦门历史文化的地上文物:高挑灵动的燕尾脊,精美绝伦的砖雕,红砖为墙,红瓦为顶,在蓝天下展示着浓郁的地域特色。但随着经济发展和城市规划,闽南的红砖民居已经越来越少,令人惋惜。那么,我们能不能做一个多媒体作品来呼吁广大民众保护闽南古厝呢?首先必须得设计一个多媒体作品的界面,然后才能进行其他工作。我们将在本小节中学习相关的知识及技能。

通过学习"闽南古厝"界面实例(如图 2.58 所示),掌握选区的综合应用。

图 2.58　"闽南古厝"界面

1.　画笔的添加

当 Photoshop 的预置文件中的画笔没有你想要的,可以在网络上下载。在"百度"中输入"PS 画笔下载"即可搜索出不同画笔的压缩包,进行下载,如图 2.59 所示。单击按钮即可下载自己喜欢的画笔,然后对其进行安装,如图 2.60 所示。这样就能结合主题进行设计绘制了。

图 2.59　"PS 画笔下载"

2. 选区的修改

执行【选择】|【修改】命令，可以快速地为选区进行改动，得到需要的形状。

（1）选区的边界

执行【选择】|【修改】|【边界】命令，如图 2.61 所示，弹出【边界选区】对话框，可以设置边框的大小，如图 2.62 所示。这样，就可以为图像直接添加边框，如图 2.63 所示。当扩展边界时，外边界的轮廓会随着宽度值的增大而变得更加平滑、有幅度。

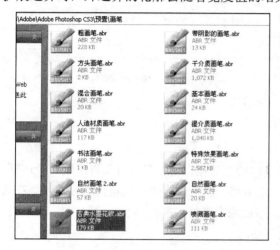

图 2.60 画笔形状

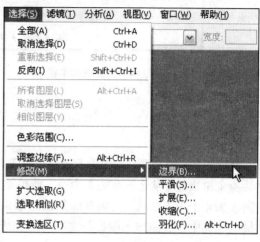

图 2.61 【边界】命令

图 2.62 【边界选区】对话框

图 2.63 为图像直接添加边框

（2）选区的平滑

可以选中选区附近与欲选取颜色相近的颜色，以达到减少棱角、使选区平滑的目的。通过选区的平滑修改，可以将直角矩形选区变成圆角的圆角矩形选区。将取样半径设置为 20 像素，如图 2.64 所示，那么直角边框将变成圆角边框，如图 2.65 所示。

（3）选区的扩展与缩小

【修改】菜单中的【扩展】与【缩小】命令与字面意思一样，就是将选区进行扩大与缩小。不同的是，当选区执行【扩展】命令时，选区的边框会随着扩展而变得平滑；而执行【缩小】命令时，则不会。

（4）选区的羽化

在第 1 章中，我们就已经向大家介绍了有关羽化的知识，羽化只是将边缘进行柔和处理，使得图像合成时边缘不会过于生硬，较为自然。

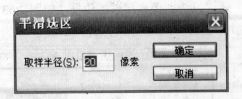

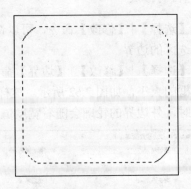

图 2.64　设置圆角半径　　　　　　　　　图 2.65　圆角边框

 **任务分析**

　　新建图像，添加底纹。使用【矩形选框工具】绘制边框，然后在其内部再绘制一个边框，对其 4 个角执行【从选区减去】命令，剪掉 4 个正方形，然后设置矩形选框的固定大小，在其内侧添加 4 个正方形选区，为其添加描边效果。添加画笔素材，在新图层上绘制形状，然后将素材贴入其中，并添加上图标与文字后，完成效果。

 **任务实施**

　　1）执行【文件】|【新建】命令，弹出【新建】对话框，将文件大小设置为 800px×600px，分辨率为 72dpi，背景为白色。

　　2）将"羊皮纸.jpg"素材拖入背景图像中，如图 2.66 所示，并按"Ctrl+T"组合键对素材大小进行自由变换，调整成合适大小。执行【图像】|【调整】|【色相/饱和度】命令，对弹出的【色相/饱和度】对话框的参数进行如图 2.67 所示的调整，使其色彩和主题更搭配一些。

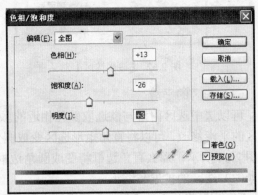

图 2.66　"羊皮纸素材"　　　　　　　　图 2.67　色彩与饱和度的调整值

　　3）新建图层，命名为"边框 1"。使用【矩形选框工具】（默认属性），在画布上拖一个矩形选区，然后执行【编辑】|【描边】命令，将前景色设置为如图 2.68 所示的颜色。在弹出的【描边】对话框中进行如图 2.69 所示的设置，并对其进行 6px 的描边。

图 2.68　前景色设置　　　　　　　图 2.69　设置【描边】对话框

　　4）新建图层，命名为"边框2"。执行【选择】|【修改】|【收缩】命令，弹出【收缩选区】对话框，进行如图 2.70 所示的设置。然后，设置选框的属性如图 2.71 所示，将缩小后的矩形选框减去 4 个正方形，如图 2.72 所示（将标尺打开后，右击标尺，在弹出的快捷菜单中将其单位改为像素，拖出辅助线以准确减去 4 个正方形）。最后，执行如图 2.73 所示的描边命令，对其进行 3px 的描边，效果如图 2.74 所示。

图 2.70　【收缩选区】对话框

图 2.71　选框属性的设置

图 2.72　矩形选框减去 4 个正方形

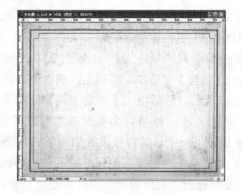

图 2.73　执行描边命令　　　　　　图 2.74　描边后有效果

5）新建图层，将其命名为"边框3"，将矩形边框的大小设置为 10px×10px，对其进行描边，如图 2.73 所示。并将描边后的矩形边框移动至合适的位置，然后复制 3 个图层，将其移动至内框的 4 个角上，如图 2.75 所示。接着将复制后的"边框3"和"边框2"、"边框1"图层全选中，按"Ctrl+E"组合键，将选中的图层进行合并。

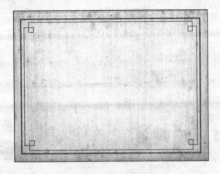

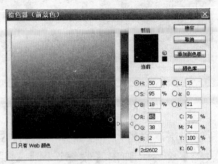

图 2.75　矩形边框移至内框的 4 个角上　　　　图 2.76　设置画笔前景色

6）将从网络上下载的画笔解压缩后，安装至 Adobe Photoshop CS3 中的预置的画笔文件夹中，然后重新打开 Photoshop 软件，调整好画笔大小，设置前景色如图 2.76 所示。在新图层上绘制一个水墨形状并用魔棒工具将其选中，如图 2.77 所示。执行【选择】|【修改】|【收缩】命令，弹出【收缩选区】对话框，将收缩量设置为 10 像素。打开"闽南古厝.jpg"素材，将其全选，复制；然后执行【编辑】|【贴入】命令，将素材贴入选区当中，这时，中间出现空白，若要使得其中间图像也出现，将前景色设置为白色，在蒙版中涂抹，图像就会全部出现，如图 2.78 所示。

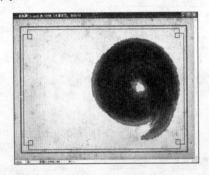

图 2.77　用魔棒工具选中水墨形状　　　　图 2.78　素材贴入选区中

7）单击"边框"所在的图层，使用【矩形选框工具】▭ 将边框上部的中间部分选取，然后按"Delete"键，将选区删除，如图 2.79 所示。

8）打开素材"屋顶.jpg"，如图 2.80 所示。使用【魔棒工具】🔧，将其"容差"设置为10，勾选【连续】复选框，将白色区域选中，然后按"Shift+Ctrl+I"组合键将建立的选区反选，如图 2.81 所示。然后使用【移动工具】↳ 将素材移入到背景图片中。将其进行自由变换，调整至合适的大小。然后，为界面添加标题"闽南古厝"，并且选择合适的字体与大小，如图 2.82 所示。而字体的特效设置如图 2.83 和图 2.84 所示。

9）复制 6 个"屋顶"图标，将其作为界面导航的标志，并为其添加投影效果。然后在其后添加文字标题"古厝简介"、"古厝遗址"、"古厝保护"、"古厝旅游"、"进入"、"退出"的 6个导航文字，如图 2.85 所示。

图 2.79　删除后效果

图 2.80　"屋顶.jpg"

图 2.81　选区反选

图 2.82　输入文字并调整字体与大小

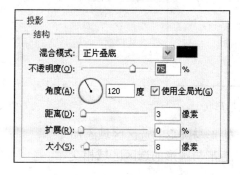

图 2.83　文字投影特效设置

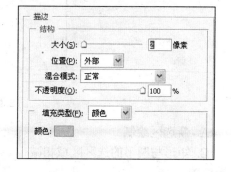

图 2.84　文字描边特效设置

图 2.85　最终效果

　　这样，一个具有古厝特色的界面就做好了。做界面时，要注意界面风格要统一，采用互相呼应的素材元素。最后保存文件为"闽南古厝.psd"。

本 章 小 结

本章学习了如何通过综合运用选区的属性来建立形状各异的选区和大小精准的选区,绘制界面的框架,并且如何填充素材,掌握了界面设计的一般操作流程。

实 践 探 索

一、选择题

1. 以卜哪个图标代表添加到选区( )。

A. ▢   B. ▣   C. ▨   D. ▣

2. 将一幅图像拖动至另一幅图像的便捷工具是( )。

A.【套索工具】   B.【移动工具】

C.【圆角矩形工具】   D.【抓手工具】

3. 如图 2.86 所示的扇形形状,通过设置选区的哪种属性可以实现( )。

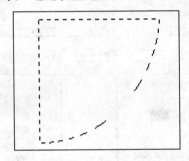

图 2.86　扇形形状

A. 新选区绘制   B. 矩形与圆形的选区区域添加

C. 矩形与圆形的选区区域相减   D. 矩形与圆形的选区区域相交

二、操作题

1. 绘制一个如图 2.87 所示的选区(提示:通过两个选区的相交实现)。

2. 设计一幅如图 2.88 所示的保护北极熊的多媒体作品的界面(提示:建立 800px×600px 大小的文件,利用选区工具,设计背景;然后利用磁性套索工具将北极熊素材抠取出来,并为其建立柔和的选区边缘。然后添加文字标题,最后利用选框工具和图层的混合样式为其制作导航的辅助图标)。

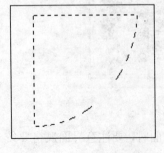 

图 2.87　绘制的选区形状   图 2.88　北极熊效果图

第 3 章
图像的绘制与编辑

在 Photoshop CS3 中绘图主要使用了【画笔工具】、【油漆桶工具】和【渐变工具】等工具，通过【画笔】控制面板设置出各式各样的画笔样式，配合【油漆桶工具】和【渐变工具】的使用，可以绘制出多姿多彩的图像。在本章中，主要介绍使用【画笔工具】、【油漆桶工具】和【渐变工具】对图像进行绘制和编辑。

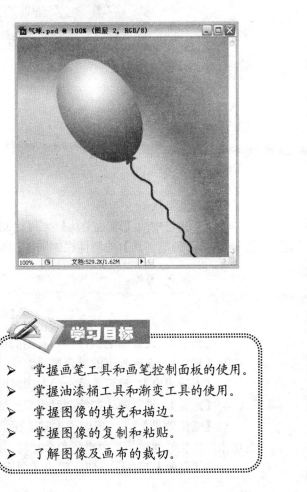

学习目标

➢ 掌握画笔工具和画笔控制面板的使用。

➢ 掌握油漆桶工具和渐变工具的使用。

➢ 掌握图像的填充和描边。

➢ 掌握图像的复制和粘贴。

➢ 了解图像及画布的裁切。

3.1 画笔的使用——绘制风景画

在 Photoshop CS3 中画笔的功能很强大，使用【画笔工具】和【橡皮擦工具】，配合上【画笔】控制面板，用户可以创作出各式各样的纹理、图案或图像。

 任务目的

通过制作如图 3.1 所示的"风景画"的实例，学习各种绘图工具和【画笔】控制面板的使用方法和技巧。

图 3.1 "风景画"效果图

 相关知识

1. 绘图工具

（1）画笔工具

使用工具箱中的【画笔工具】可绘制出边缘柔软的画笔效果，画笔的颜色为工具箱中的前景色。【画笔工具】的属性栏如图 3.2 所示。

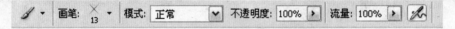

图 3.2 【画笔工具】属性栏

1）【画笔】：设置画笔的样式和画笔的粗细。

2）【模式】：设置画笔的混合模式。

3）【不透明度】：设置画笔在绘制图像时颜色的透明程度。

4）【流量】：设置画笔在绘制时笔墨扩散的量。

5）【喷枪效果】：选中该项时，在绘制过程中如有停顿时，画笔中的颜料会不停地喷射出来，停顿时间越长，色点颜色会越深，所占的面积越大。

单击【画笔】后的按钮，弹出【画笔】调板，如图 3.3 所示。【主直径】设置画笔的粗

细。【硬度】设置画笔边缘的虚实程度。下方可选择画笔的
样式。

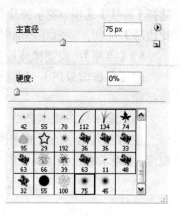

图 3.3　【画笔】调板

提　示

若要绘制直线，按住"Shift"键，使用【画笔工具】，在图像文件窗口中拖动，画出直线。

（2）铅笔工具

使用工具箱中的【铅笔工具】可绘制硬边的线条，如果画的是斜线，会有明显的锯齿，绘制的线条颜色是工具箱中的前景色。【铅笔工具】的属性栏如图 3.4 所示。

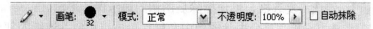

图 3.4　【铅笔工具】属性栏

【自动抹除】：勾选该复选框，如果铅笔线条的起点处是工具箱中的前景色，铅笔工具会将前景色擦除，填充上背景色；否则铅笔工具会填充上前景色。

（3）橡皮擦工具

使用工具箱中的【橡皮擦工具】可将图像擦除至工具箱中的背景色，并可将图像还原到历史记录面板中图像的任何一个状态。【橡皮擦工具】的属性栏如图 3.5 所示。

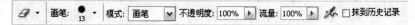

图 3.5　【橡皮擦工具】属性栏

1）【模式】：它有 3 种不同的模式，分别是"画笔"、"铅笔"和"块"。选择【画笔】和【铅笔】选项时，和画笔、铅笔工具的用法相似，只是绘画和擦除的区别。选择【块】选项时，就是一个方形的橡皮擦。

2）【抹到历史记录】：勾选该复选框，配合历史记录面板的使用，可将图像还原到历史记录面板中图像的任何一个状态。

（4）背景橡皮擦工具

使用工具箱中的【背景橡皮擦工具】可将图层上的颜色擦除成透明。【背景橡皮擦工具】的属性栏如图 3.6 所示。

图 3.6　【背景橡皮擦工具】属性栏

1）【连续】：软件会随鼠标的移动而不断地取样颜色。

2）【一次】：以第一次单击的颜色为取样颜色，在擦除时只能做一次连续擦除。

3）【背景色板】：以工具箱中的背景色为取样颜色，擦除与背景色相同或相邻的颜色像素。

4）【限制】：设置橡皮擦除的方式，有 3 种限制方式，分别是"不连续"、"连续"和"查找边缘"。选择【不连续】选项，表示擦除在【容差】范围内所有与取样点相同的颜色像素；

选择【连续】选项，表示擦除在【容差】范围内所有与取样点相同并相邻的颜色像素；选择【查找边缘】选项，表示在擦除时保持图像较强的边缘效果。

5）【容差】：控制橡皮擦除的图像范围，数值越大擦除颜色范围越大。

6）【保护前景色】：勾选该复选框，图像中与工具箱前景色相同的颜色像素将被保护，不被擦除。

（5）魔术橡皮擦工具

使用工具箱中的【魔术橡皮擦工具】  可根据颜色近似程度来确定将图像擦除成透明的程度。【魔术橡皮擦工具】的属性栏如图 3.7 所示。

图 3.7 【魔术橡皮擦工具】属性栏

1）【消除锯齿】：勾选该复选框，可使擦除后图像的边缘保持平滑。

2）【连续】：勾选该复选框，只会去除图像中和鼠标单击点相似并连续的部分。不选该项，将擦除图像中所有和鼠标单击点相似的像素，不管是否与鼠标单击点连续。

3）【对所有图层取样】：勾选该复选框，不管当前在哪个图层上操作，对所有的图层都起作用，而不是只针对当前操作的层。

2．【画笔】控制面板

从 Photoshop 7.0 到 Photoshop CS3 都有一个专门的【画笔】控制面板来控制画笔的选项设置。单击工具箱中的【画笔工具】 按钮，单击属性栏中的 按钮，弹出【画笔】控制面板，如图 3.8 所示。1 区域是【画笔工具】的选项窗口，可选择各种不同的画笔效果。2 区域【画笔工具】的画笔类型选择窗口，提供了各种不同形状、不同大小的画笔工具。3 区域是设置画笔大小的窗口。4 区域是【画笔工具】的预览窗口，可预览设置好的画笔。

（1）设置画笔的笔尖形状

在【画笔】控制面板中，单击【画笔笔尖形状】选项，其中参数设置如图 3.9 所示。

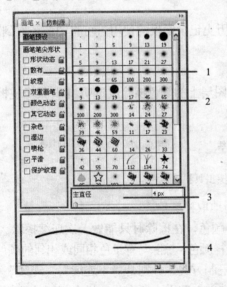

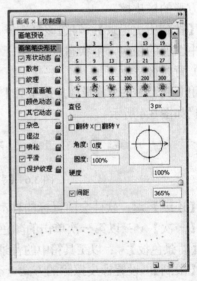

图 3.8 【画笔】控制面板　　　　　　　　　图 3.9 【画笔笔尖形状】选项

1）【直径】：控制画笔大小，最大取值为2500px。

2）【翻转 X】和【翻转 Y】：勾选该复选框，可更改所选画笔的显示方向。

3）【角度】：控制画笔的角度，所设置的角度在【圆度】参数发生变化时有效。

4）【圆度】：控制画笔长短轴的比例，取值范围为0～100%。

5）【硬度】：控制画笔边缘的虚实程度，数值越大，画笔边缘越清晰，取值范围为0～100%。

6）【间距】：控制画笔笔触之间的距离，数值越大，笔触之间的距离越大，取值范围为0～1000%。

（2）设置画笔的形状动态

在【画笔预设】控制面板中，单击【形状动态】选项，其中参数设置如图3.10所示。

1）【大小抖动】：控制画笔在绘制线条过程中标记点大小的动态变化。

2）【控制】：有6种选项，分别是【关】、【渐隐】、【钢笔压力】、【钢笔斜度】、【光轮笔】和【旋转】。【关】表示关掉该属性。【渐隐】表示渐隐的绘图方式。【钢笔压力】表示在绘图过程中控制画笔的压力。【钢笔斜度】使画笔和画布保持一定的夹角，如同在斜握画笔状态下绘图。【光轮笔】循环改变选项，例如，当选择画笔大小功能时，可逐渐放大或缩小画笔。【旋转】以绘图过程中的角度为基准旋转画笔，可得到比较连贯的绘图效果。

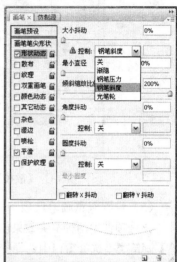

图3.10 【形状动态】参数设置

3）【最小直径】：控制画笔标记点可缩小的最小尺寸，以画笔直径的百分比为基础，取值范围为0～100%。

4）【倾斜缩放比例】：当【控制】为【钢笔斜度】时，用于定义画笔倾斜的比例。

5）【角度抖动】：控制画笔在绘制线条过程中标记点角度的动态变化情况。

6）【圆度抖动】：控制画笔在绘制线条过程中标记点圆度的动态变化情况。

7）【最小圆度】：控制画笔标记点的最小圆度。

（3）设置散布选项

在【画笔预设】控制面板中，单击【散布】选项，其中参数设置如图3.11所示。

1）【散布】：控制散布程度。数值越高，散布的位置和范围就越随机。选中【两轴】复选框时，画笔标记点呈放射状分布，不选该项，画笔标记点的分布和画笔绘制的线条方向垂直。

2）【数量】：指定每个空间间隔中画笔标记点的数量。

3）【数量抖动】：定义每个空间间隔中画笔标记点的数量变化。

（4）设置纹理选项

在【画笔预设】控制面板中，单击【纹理】选项，其中参数设置如图3.12所示。

1）【缩放】：控制图案的缩放比例。

2）【为每个笔尖设置纹理】：勾选该复选框，【最小深度】和【深度抖动】将被激活。

3）【模式】：设置画笔和图案之间的混合模式。

4）【深度】：控制画笔渗透到图案的深度，取值为0～100%。值为0时，只有画笔的颜色，图案不显示；值为100%，只显示图案。

5）【最小深度】：控制画笔渗透图案的最小深度。

6)【深度抖动】：控制画笔渗透图案的深度变化。

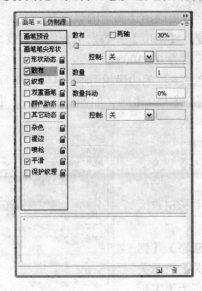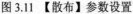

图 3.11 【散布】参数设置　　　　　　　图 3.12 【纹理】参数设置

（5）设置双重画笔选项

该选项使用两种笔尖效果创建画笔。使用方法是：首先选择一种原始画笔，然后在【双重画笔】画笔类型选择窗口中选择一种笔尖作为第二种画笔，并在【模式】下拉列表框中设置两种画笔的混合模式。【双重画笔】参数设置如图 3.13 所示，其中各选项的设置都是针对第二种画笔的。

【模式】：设置两种画笔之间的混合模式。

（6）设置颜色动态选项

选中该项，在绘制过程中，将会出现前景色和背景色相互混合的绘制效果。【颜色动态】参数设置如图 3.14 所示。

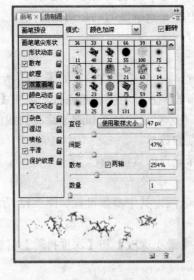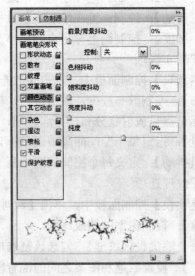

图 3.13 【双重画笔】参数设置　　　　图 3.14 【颜色动态】参数设置

1)【前景/背景抖动】：控制前景色和背景色的混合程度，数值越大，得到的颜色变化就越多。

2）【色相抖动】：控制绘制线条的色相动态变化范围。

3）【饱和度抖动】：控制饱和度的混合程度。

4）【亮度抖动】：控制亮度的混合程度。

5）【纯度】：控制混合后的整体颜色，数值越小，混合后的颜色就越接近无色，数值越大，混合后的颜色就越纯。

（7）其他动态设置

该选项用于画笔在绘制过程中的透明度和压力的变化效果。【其他动态】参数设置如图3.15所示。

1）【不透明度抖动】：控制绘制线条的不透明度动态变化范围。

2）【流量抖动】：控制绘制线条的流量动态变化范围。

（8）其他选项

1）【杂色】：勾选该复选框，可增加画笔自由随机效果，对于虚化边的画笔效果较为明显。

图3.15　【其他动态】参数设置

2）【湿边】：勾选该复选框，画笔具有水彩画笔的效果。

3）【喷枪】：勾选该复选框，可使画笔具有喷枪效果和渐变色调的效果。

4）【平滑】：勾选该复选框，可绘制出流畅的线条。

5）【保护纹理】：勾选该复选框，可对所有的画笔执行相同的纹理图案和缩放。

（9）【画笔】控制面板菜单

单击【画笔】控制面板右上角的██按钮，即可弹出【画笔】控制面板菜单，在其中可复位画笔、载入画笔、存储画笔、替换画笔和选择特殊样式画笔等。

 提　示

　　除了系统提供的各种画笔，也可以自定义画笔。定义的方法：使用创建选区工具在图像文件上创建选区，执行【编辑】|【定义画笔预设】命令，即可定义画笔。

 任务分析

新建一个图像文件。打开【图层】面板，新建若干个图层，在每一个图层上使用不同样式的画笔，绘制图案，最终完成作品。

任务实施

1）新建文件。执行【文件】|【新建】命令，弹出【新建】对话框，设置如图3.16所示。

2）设置工具箱中前景色为蓝色（R：100，G：130，B：200），背景色为白色。使用工具箱中的【渐变工具】██，在其属性栏选择【前景到背景】渐变色。在图像窗口从上到下拖动填充渐变色，效果如图3.17所示。

图 3.16　新建文件

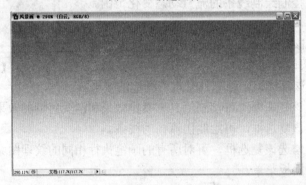

图 3.17　背景效果

3）执行【窗口】|【图层】命令，弹出【图层】面板，单击【图层】面板下方的◻按钮，新建一个图层，命名为"山"。

4）设置前景色为蓝色（R：108，G：148，B：157），使用工具箱中的【画笔工具】◢，在其属性栏【画笔笔尖形状】中选择【柔角 21】画笔，在"山"图层上绘制出山的形状，如图 3.18 所示。

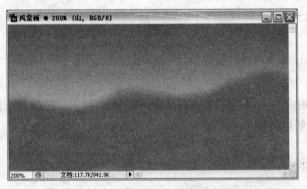

图 3.18　绘制山

5）执行【窗口】|【图层】命令，弹出【图层】面板，单击【图层】面板下方的◻按钮，新建一个图层，命名为"草 01"。

6）设置前景色深蓝色（R：71，G：91，B：96），背景色也为深蓝色（R：31，G：51，B：56）。使用工具箱中的【画笔工具】◢，在其属性栏【画笔笔尖形状】中选择【沙丘草】

画笔，调整其笔尖主直径为 60 左右，在"草 01"图层上绘制出沙丘草的形状，如图 3.19 所示。

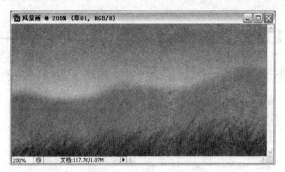

图 3.19　绘制沙丘草

7）执行【窗口】│【图层】命令，弹出【图层】面板，单击【图层】面板下方的▣按钮，新建一个图层，命名为"草 02"。

8）设置前景色为绿色（R：124，G：142，B：95），背景色为深绿色（R：62，G：104，B：66）。使用工具箱中的【画笔工具】✐，在其属性栏【画笔笔尖形状】中选择【草】画笔，调整其笔尖主直径为 80 左右，在"草 02"图层上绘制出草的形状，如图 3.20 所示。

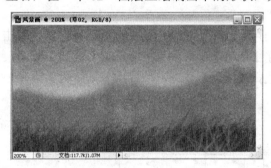

图 3.20　绘制草

9）执行【窗口】│【图层】命令，弹出【图层】面板，单击【图层】面板下方的▣按钮，新建一个图层，命名为"草 03"。

10）设置【前景色】为浅灰色（R：175，G：165，B：115），背景色为绿色（R：71，G：127，B：89）。使用工具箱中的【画笔工具】✐，在其属性栏【画笔笔尖形状】中选择【草】和【沙丘草】画笔，调整其笔尖主直径为 90 左右，在"草 03"图层上绘制出草的形状，如图 3.21 所示。

图 3.21　绘制草

11）执行【窗口】|【图层】命令，弹出【图层】面板，单击【图层】面板下方的 ▣ 按钮，新建一个图层，命名为"花"。

12）设置【前景色】为橙色（R：176，G：125，B：83）、背景色为灰色（R：178，G：152，B：129）。使用工具箱中的【画笔工具】 ✐ ，在其属性栏【画笔笔尖形状】中选择【绒毛球】画笔，调整其笔尖主直径为 40 左右，在"花"图层上点缀出花的形状，如图 3.22 所示。

图 3.22　绘制花

13）执行【窗口】|【图层】命令，弹出【图层】面板，单击【图层】面板下方的 ▣ 按钮，新建一个图层，命名为"白云"。

14）设置前景色为白色。使用工具箱中的【画笔工具】 ✐ ，单击属性栏中的 ▣ 按钮，弹出【画笔】控制面板，在【画笔笔尖形状】中选择【柔角 17】画笔，如图 3.23 所示。

15）在【纹理】中选择【云彩】纹理，缩放 45%，如图 3.24 所示。

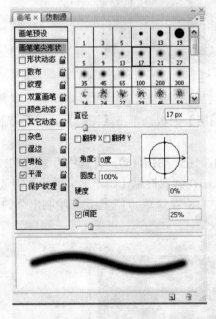

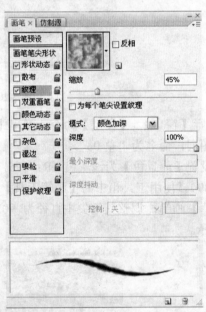

图 3.23　【画笔笔尖形状】设置　　　　图 3.24　【纹理】参数设置

16）在【其他动态】中设定不透明度抖动值为 100%，如图 3.25 所示。

17）在【散布】中设定散布值为 43%，如图 3.26 所示。

18）在【画笔工具】属性栏中设定不透明度为 80%。然后在"云"图层上绘制云的形状，如图 3.27 所示。

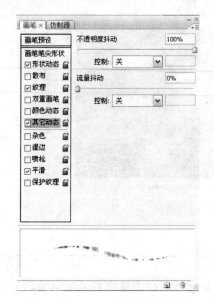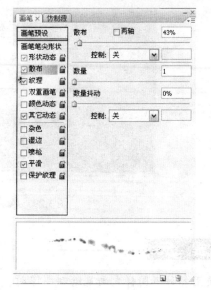

图 3.25　设置不透明度抖动　　　　　图 3.26　设置散布

图 3.27　绘制云

19）鼠标指针放在【图层】面板"白云"图层名的后方，右击，在弹出的快捷菜单中选择【复制图层】命令，得到"白云 副本"。使用工具箱中的【移动工具】把"白云副本"图层向左下方移动。按"Ctrl+T"组合键变换云的大小。在【图层】面板中设定"白云副本"图层不透明度为 56%。效果如图 3.28 所示。

图 3.28　复制白云图层

20）最终效果如图 3.29 所示。保存文件为"风景画.psd"。

图 3.29　风景画最终效果

　提　示

❖使用各种不同样式画笔绘制图像时，如对绘制的图像有部分不满意，可使用【橡皮擦工具】将其擦除。

❖在绘制过程中注意画面虚实处理和各部分位置关系。

3.2　油漆桶工具和渐变工具的使用——绘制气球

【油漆桶工具】和【渐变工具】对图像进行上色的重要工具。使用【油漆桶工具】可根据像素的颜色近似程度来填充颜色或图案。使用【渐变工具】可对选区或整个图像填充渐变色。

任务目的

通过制作如图 3.30 所示的"气球"的实例，学习【油漆桶工具】和【渐变工具】的使用方法和技巧。

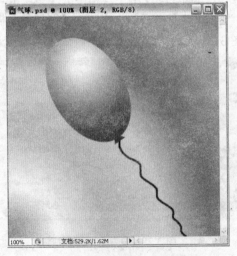

图 3.30　"气球"效果图

1. 油漆桶工具

使用工具箱中的【油漆桶工具】根据像素颜色的近似程度来填充颜色，填充的颜色为前景色或连续图。【油漆桶工具】的属性栏如图 3.31 所示。

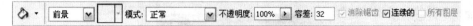

图 3.31 【油漆桶工具】属性栏

1）【前景】：使用工具箱中的前景色填充图像。单击其右侧的下三角按钮，在弹出的下拉列表中选择【图案】选项时，则可使用系统自带的图案或自定义的图案进行填充。当选择了【图案】选项时，在其后面的选择框中选择一个图案。

2）【模式】：设置填充颜色或图案和原图像颜色的混合模式。

3）【不透明度】：设置填充颜色或图案的透明程度。

4）【容差】：控制每次填充的范围，数值越大，所填充的范围越大。

5）【消除锯齿】：勾选该复选框可使填充的边缘保持平滑。

6）【连续的】：勾选该复选框，填充与鼠标单击点所在颜色相同或相近并连续的部分，否则填充与鼠标单击点所在颜色相同或相近的所有像素点。

7）【所有图层】：勾选该复选框，不管当前在哪个图层操作，对所有图层都起作用，而不是只针对当前操作层。

2. 渐变工具

使用工具箱中的【渐变工具】可填充渐变色，如果不创建选区，将作用于整个图像。【渐变工具】的属性栏如图 3.32 所示。

图 3.32 【渐变工具】属性栏

1）：选择渐变颜色。单击颜色条，弹出【渐变编辑器】对话框，设置渐变颜色。

2）：设置渐变类型，有线性渐变，径向渐变，角度渐变，对称渐变，菱形渐变。

3）【反向】：勾选该复选框，可将现有的渐变色逆转方向。

4）【仿色】：控制色彩的显示，勾选该复选框可使色彩过渡更平滑。

5）【透明区域】：勾选该复选框，可打开透明蒙版，使绘制图像时保持透明填色效果。

单击渐变颜色条时，弹出【渐变编辑器】对话框如图 3.33 所示。

对图 3.33 所示的标准做如下说明。

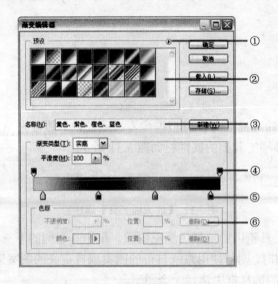

图 3.33 【渐变编辑器】对话框

①：单击该三角按钮可弹出菜单，用来载入其他内定的渐变色或将修改后的渐变色恢复到初始状态。

②：渐变颜色显示窗口。

③：渐变色名称栏。

④：不透明度标记点，设置渐变色的透明程度。

⑤：颜色标记点，设置渐变颜色。添加渐变颜色只需在颜色条下方单击，则可增加一种颜色，双击颜色标记点，可设置颜色。删除渐变颜色，只需将颜色标记点直接向下拖动，直至颜色消失。

⑥：透明度或颜色标记点的数据删除按钮。

新建一个图像文件。打开【图层】面板，在背景图层上使用【渐变工具】填充渐变色，作为背景。新建一图层，创建一气球选区，使用【渐变工具】填充渐变色，作为气球。使用【画笔工具】绘制气球的线，最终完成作品。

1）新建文件。执行【文件】|【新建】命令，弹出【新建】对话框，设置如图 3.34 所示。

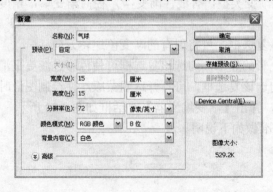

图 3.34　新建文件

2）使用工具箱中的【渐变工具】■，设置渐变类型为径向渐变■，不透明度为 50%，单击渐变颜色条，弹出【渐变编辑器】对话框中，设置渐变色名称为"色谱"，如图 3.35 所示。

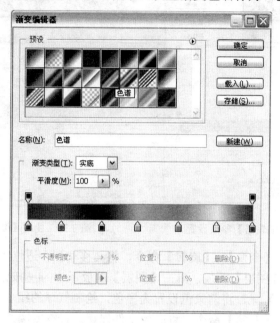

图 3.35 【渐变编辑器】对话框

3）在图像文件上，从左下角拖动至右上角，效果如图 3.36 所示。

4）执行【窗口】|【图层】命令，弹出【图层】面板，单击【图层】面板下方的■按钮，新建一个图层。使用工具箱中的【椭圆选框工具】○和【多边形套索工具】♡创建如图 3.37 所示的选区。

图 3.36 使用【渐变工具】上色

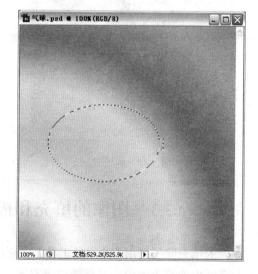

图 3.37 创建选区

5）使用工具箱中的【渐变工具】■，设置渐变类型为径向渐变■，不透明度为 100%，单击渐变颜色条，然后在弹出的【渐变编辑器】对话框中，设置渐变色，如图 3.38 所示。

6）在选区中上渐变色，效果如图 3.39 所示。

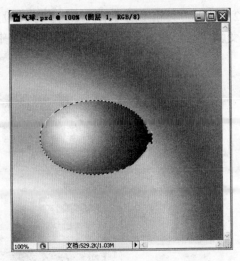

图 3.38 【渐变编辑器】参数设置   图 3.39 使用【渐变工具】上色

7）执行【编辑】│【变换】│【旋转】命令，将其移动到合适位置，效果如图 3.40 所示。

8）取消选区。在【图层】面板，单击【图层】面板下方的 回 按钮，新建一个图层。使用工具箱中的【画笔工具】 ，将前景色设置为黑色，绘制气球的线。

9）执行【文件】│【存储】命令，将图像文件保存。最终图像效果如图 3.41 所示。

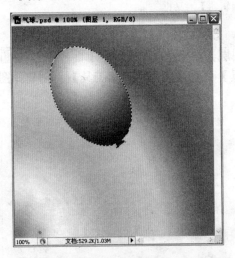

图 3.40 旋转气球   图 3.41 最终图像效果

3.3 图像的填充和描边——绘制彩色铅笔

图像的填充除了使用【油漆桶工具】填充颜色或图案，还可使用菜单命令。使用菜单命令可以在选区内或整个图像上填充颜色或图案，可对选区进行描边处理。

通过制作如图 3.42 所示的"彩色铅笔"的实例，学习使用菜单命令对图像进行填充和描边。

相关知识

1. 图像的填充

图像的填充除了使用【油漆桶工具】，还可使用菜单命令。执行【编辑】|【填充】命令，弹出【填充】对话框，设置其中参数，即可对图像填充颜色或图案。【填充】对话框如图 3.43 所示。

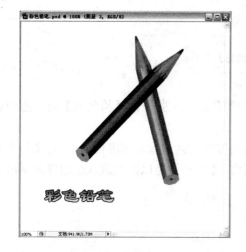

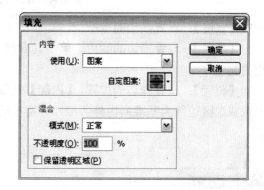

图 3.42　"彩色铅笔"效果图　　　　图 3.43　【填充】对话框

1）【使用】：设置填充的内容，有前景色、背景色、颜色（自定义的颜色）、图案、历史记录、黑色、50%灰色和白色。若选择图案，在【自定图案】中选择一种图案。图案可以是系统自带的，也可以是自定义的图案。

提　示

图案的定义：在图像文件中创建一个羽化值为 0 的矩形选区，执行【编辑】|【定义图案】命令，即可将选区内的图像定义为图案。

2）【模式】：设置填充颜色或图案和原图像颜色的混合模式。

3）【不透明度】：设置填充颜色或图案的透明程度。

4）【保留透明区域】：勾选该复选框，可以保护图像中的透明区域不被填充。若当前操作图层为背景图层，则该项不可用。

2. 图像的描边

图像的描边有 3 种方法。一是使用菜单命令，执行【编辑】|【描边】命令；二是使用描边路径命令；三是添加【描边】图层样式。在本节中主要介绍第一种方法。执行【编辑】|【描边】命令，弹出【描边】对话框，设置其中参数，即可对选区或图层进行描边。对【描边】对话框的设置如图 3.44 所示。

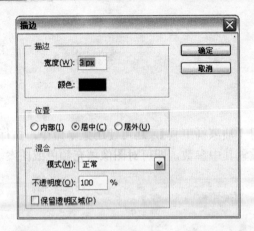

图 3.44　设置【描边】对话框

1）【宽度】：设置描边的宽窄。

2）【颜色】：设置描边的颜色。单击其右侧的颜色块，在弹出的【拾色器】对话框中设置描边的颜色。

3）【位置】：设置描边的位置，【内部】是以图像或选区边缘为基准向内描边；【居中】是以图像或选区边缘为基准向内外各描 1/2 宽度的边；【居外】是以图像或选区边缘为基准向外描边。

新建一个图像文件。打开【图层】面板，新建一图层，创建一矩形选区，使用【渐变工具】填充渐变色，作为铅笔的笔杆部分。使用【套索工具】在笔尖部分创建一选区，对其颜色进行调整，变换大小。使用【多边形套索工具】在铅笔的底端创建一选区，填充上颜色，最终完成作品。

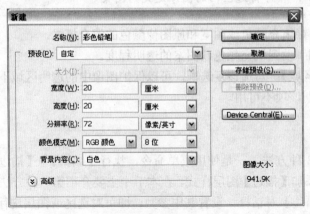

1）新建文件。执行【文件】|【新建】命令，弹出【新建】对话框，设置如图 3.45 所示。

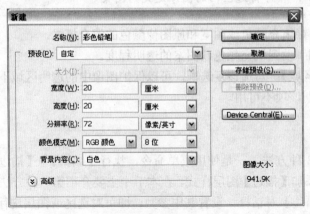

图 3.45　新建文件

2）执行【窗口】|【图层】命令，弹出【图层】面板，单击【图层】面板下方的█按钮，新建一个图层。

3）在图像文件上使用工具箱中的【矩形选框工具】█创建一个矩形选区，效果如图 3.46 所示。

4）单击工具箱中的【渐变工具】█按钮，并单击其属性栏颜色条，设置弹出的【渐变编辑器】对话框，如图 3.47 所示。渐变颜色是绿色（R：78，G：125，B：3）—浅绿色（R：196，G：230，B：92）—绿色（R：78，G：125，B：3）—绿色（R：78，G：125，B：3）。

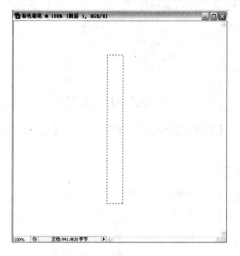

图 3.46　创建选区

图 3.47　【渐变编辑器】对话框

5）在选区使用工具箱中的【渐变工具】█，设置渐变类型为【线性渐变】█，填充颜色效果如图 3.48 所示。

6）在笔尖位置使用工具箱中的【套索工具】█，创建如图 3.49 所示的选区。

图 3.48　【渐变工具】填充渐变色

图 3.49　使用【套索工具】创建选区

7）缩定透明像素。单击【图层】面板上方的█按钮，缩定该图层图像的透明像素。

8）添加杂色。执行【滤镜】|【杂色】|【添加杂色】命令，参数设置如图 3.50 所示。

9）设置模糊。执行【滤镜】|【模糊】|【动感模糊】命令，参数设置如图 3.51 所示。

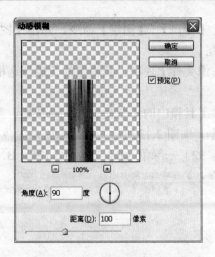

图 3.50　【添加杂色】参数设置　　　　图 3.51　【动感模糊】参数设置

10）调整笔尖颜色。执行【图像】|【调整】|【色相/饱和度】命令，弹出【色相/饱和度】对话框，设置如图 3.52 所示。

11）将选区竖直向上移动，效果如图 3.53 所示。

图 3.52　【色相/饱和度】参数设置　　　　图 3.53　移动选区

12）执行【编辑】|【填充】命令，设置填充的颜色为绿色（R：78，G：125，B：3）。

13）取消选区。使用工具箱中的【矩形选框工具】创建一个矩形选区，效果如图 3.54 所示。

14）对笔尖进行变形。执行【编辑】|【变形】|【透视】命令，效果如图 3.55 所示。

图 3.54　创建矩形选区　　　　图 3.55　执行变形

15）在【图层】面板，单击【图层】面板下方的 🔲 按钮，新建一个图层。使用工具箱中的【多边形套索工具】🔽 创建如图 3.56 所示选区。

16）执行【编辑】|【填充】命令，设置填充的颜色为米黄色（R：186，G：157，B：128）。

17）使用工具箱中的【椭圆选框工具】🔘 在米黄色区域的中间创建一小椭圆选区，执行【编辑】|【填充】命令，设置填充的颜色为绿色（R：78，G：125，B：3）。取消选区，笔的底端制作完成，效果如图 3.57 所示。

图 3.56　【多边形套索工具】创建选区　　　图 3.57　制作笔的底端

18）在【图层】面板，将铅笔的两个图层都选中，执行【图层】|【合并图层】命令，将铅笔的图层合并成一个图层。

19）使用相同的方法再绘制一把铅笔。

20）执行【编辑】|【变换】|【旋转】命令，将其移动到合适位置，效果如图 3.58 所示。

21）使用工具箱中的【文字工具】🅣 在图像文件中输入文字"彩色铅笔"，效果如图 3.59 所示。

图 3.58　调整铅笔位置和角度　　　　　图 3.59　输入文字

22）在【图层】面板，按住"Ctrl"键，单击文字图层，调出文字的选区。单击【图层】面板下方的 🔲 按钮，新建一个图层。在选区中使用工具箱中的【渐变工具】🔲 填充渐变色。

23）执行【编辑】|【描边】命令，设置描边颜色为深蓝色，对选区描边。

24）执行【文件】|【存储】命令，将图像文件保存。最终图像效果如图 3.60 所示。

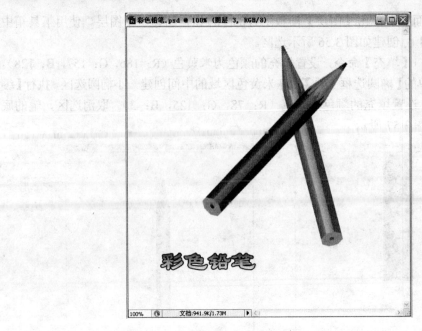

图 3.60　最终图像效果

本 章 小 结

在本章中主要学习了绘图工具的使用，主要有【画笔工具】、【油漆桶工具】和【渐变工具】的使用，还包括了【铅笔工具】和【橡皮擦工具】等的使用，学习了【画笔】控制面板的设置，以及图像的复制和粘贴、填充和描边、画布的裁切等。在绘制过程中，灵活运用这些工具，就可以绘制出多姿多彩的图像。

实 践 探 索

一、选择题

1. 【渐变工具】不能在（　　）色彩模式文件中使用。

   A. RGB　　　　　　　B. Lab　　　　　　　C. 灰度　　　　　　　D. 索引和位图

2. 画笔间距的默认值是（　　）。

   A. 25%　　　　　　　B. 50%　　　　　　　C. 75 %　　　　　　　D. 100%

3. 在调节画笔选项时，可以控制画笔硬度中心的大小是（　　）。

   A. 主直径　　　　　　B. 间距　　　　　　　C. 硬度　　　　　　　D. 角度

4. 在以下对【渐变工具】的描述中，错误的是（　　）。

   A. 渐变工具一次只能向图像中填充两种颜色

   B. 渐变工具包含 4 种渐变类型

   C. 使用渐变工具按"Shift"键的同时可沿水平方向填充渐变色

   D. 渐变工具一次可向图像中填充多种渐变色

   E. 渐变工具还可以向图像中填充图案

二、操作题

1. 使用【画笔工具】绘制如图 3.72 所示的信纸（提示：使用【画笔工具】创建线条和信纸的底纹，综合使用【选区工具】和【油漆桶工具】创建信纸两边的浅蓝色区域，添加上素材）。

2. 使用【渐变工具】绘制如图 3.73 所示的几何体模型（提示：综合使用选区工具创建几何体选区，使用【渐变工具】填充颜色）。

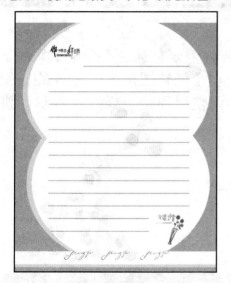

图 3.72　信纸

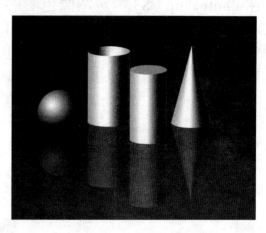

图 3.73　几何体模型

第 4 章
图像色彩及其调整

在 Photoshop CS3 中对图像色彩的调整主要是通过【图像】菜单下的【调整】子菜单的命令或通过【图层】添加【调整图层】来完成的。使用【调整】命令和【添加调整层】对图像的调整原理是一样的。本章的讲解以【调整】命令的使用为重点。

4

学习目标

➢ 掌握色彩的基础知识。
➢ 掌握颜色模式及转变方法。
➢ 掌握图像色阶的调整方法。
➢ 掌握图像色相及饱和度的调整方法。
➢ 掌握图像特殊效果的调整方法。

4.1　色彩基础知识

色彩是影响画面效果的关键要素之一，不同的色彩给人不同的心理感受，合理地运用色彩是学习图像处理的基础知识。

1. 颜色模式

颜色模式即颜色的表达方式。也就是说颜色通过什么样的方式、什么媒介表示出来的。

（1）常用颜色模式

常见的颜色模式有 RGB 颜色模式、CMYK 颜色模式、索引颜色模式、灰度颜色模式、位图颜色模式等。不同的颜色模式表示出的颜色数量不同，通道数量不同，文件占用空间也不同。

1）RGB 颜色模式，即通过 R（red）红色、G（green）绿色、B（blue）蓝色等 3 种颜色的光线来表示出各种的颜色，即色光模式。每种颜色的光线从 0～255 被分成 256 个色阶，0 表示没使用这种光线，255 表示这种光线最饱和的状态。此模式含有 4 个通道，除了红色、绿色、蓝色 3 个通道外，还有一个用来编辑图像的复合通道（RGB），该种模式能表示出 1670 万种颜色，文件占用空间相对较大，如图 4.1 所示。

2）CMYK 颜色模式，即通过 C（cyan）青色、M（magenta）洋红色、Y（Yellow）黄色和 K（Black）黑色等 4 种颜色的颜料表示出各种颜色，即色料模式。每种颜色的颜料使用量从 0%～100%。CMYK 模式是标准的印刷用模式。此模式含有 5 个通道，除了青色、绿色、蓝色、黑色 4 个通道外，还有一个用来编辑图像的复合通道（CMYK），表示的颜色数量比 RGB 模式较少，文件占用空间相对大些，如图 4.2 所示。

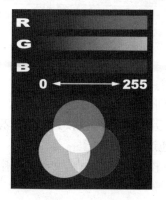

图 4.1　RGB 色彩模式

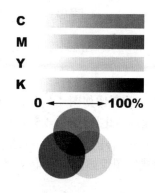

图 4.2　CMYK 色彩模式

3）索引颜色模式，最多 256 种颜色，而且颜色都是预先定义好的。一幅图像所有的颜色都在它的图像文件里定义，也就是将所有色彩映射到一个色彩盘里，这就称为色彩对照表。它只有一个通道，文件占用空间较小。

4）灰度颜色模式，灰度模式中只存在灰度。当一个彩色文件被转换为灰度文件时，所有的颜色信息都将从文件中去掉。在灰度文件中，图像的色彩饱和度为 0，亮度是唯一能够影响灰度图像的选项。亮度是光强的度量，0%代表黑色，100%代表白色。它只有一个通道，文件占用空间较小。

5）位图颜色模式，就是只有黑色和白色两种像素组成的图像。需要注意的是，只有灰度图像或多通道图像才能被转化为位图模式。它只有一个通道,文件占用空间最小。

6)双色调模式,就是通过灰度图控制打印输出时油墨的喷深浓度,油墨可以是黑色也可以是彩色,但都是通过灰度图来控制。在这种模式中,最多可以向灰度图像中添加4种颜色,这样就可以打印出比单纯灰度模式要好看得多的图像。它只有一个通道,文件占用空间较小。

7)Lab 颜色模式,既不依赖光线,也不依赖于颜料,是国际照明委员会(CIE)确定的一个理论上包括了人眼可以看见的所有色彩的颜色模式。它由 3 个通道组成,一个通道是亮度,即 L。另外两个是色彩通道,用 A 和 B 来表示。A 通道包括的颜色是从深绿色(底亮度值)到灰色(中亮度值)再到亮粉红色(高亮度值);B 通道则是从亮蓝色(底亮度值)到灰色(中亮度值)再到黄色(高亮度值)。因此,这种色彩混合后将产生明亮的色彩。Lab 模式所定义的色彩最多。

(2)色彩模式的转换

通过【图像】|【模式】命令后的子命令,单击颜色模式名称(即颜色模式前打对勾)可以轻松把当前图像转变为其他色彩模式,如图 4.3 所示。

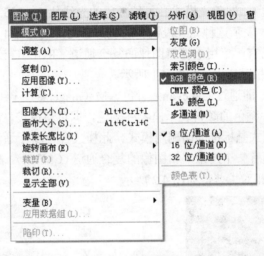

图 4.3 颜色模式

RGB 颜色模式的图像如图 4.4 所示。文件占用空间 5.49MB,通道有红、绿、蓝 3 个通道。

CMYK 颜色模式的图像如图 4.5 所示。图像颜色没有 RGB 颜色模式时的鲜亮,文件占用空间 7.32MB,通道有青色、洋红、黄色、黑色 4 个通道。

索引颜色模式的图像如图 4.6 所示。图像颜色数量较少,有透明点。文件占用空间 1.83MB,通道只有一个。

图 4.4 RGB 颜色模式　　　　　图 4.5 CMYK 颜色模式　　　　　图 4.6 索引颜色模式

灰度颜色模式的图像如图 4.7 所示。图像扔掉颜色信息,只有灰度变化。文件占用空间

1.83MB，通道只有一个。

双色调模式的图像如图4.8所示。图像用一种灰度油墨或彩色油墨再渲染一个灰度图像。文件占用空间1.83MB，通道只有一个。

位图模式的图像如图4.9所示。图像只用黑、白两种像素表示。文件占用空间234.4KB，通道只有一个。

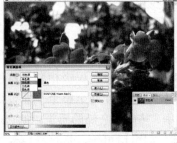

图4.7　灰度颜色模式　　　　　图4.8　双色调模式　　　　　图4.9　位图模式

提　示

颜色模式转变成哪种类型要依据图像的最终用途而定。RGB颜色模式常用于屏幕浏览；索引颜色模式常用于上传网页；CMYK颜色模式常用于印刷等。

2. 色彩三要素

色彩具有3种属性，即色相、明度、纯度。属性的变化产生不同的色彩，不同的色彩给人不同的心理感受，不同的色彩搭配可以制作不同的画面效果。

色相：是颜色的面貌，如红色、绿色、橙色等。在【拾色器】对话框以"H"表示。"蒙塞尔色相环"如图4.10所示。

明度：是指色彩的明暗（深浅）程度，如黄色相对其他色相的颜色要亮。在【拾色器】对话框以"B"表示。

纯度：是指色彩的饱和（鲜艳）程度。在【拾色器】对话框以"S"表示。

3. 色彩感觉

不同的色彩给人不同的心理感受，在平面设计中合理运用色彩，能给人带来良好的心理感受，从而达到提高人们注意力的目的。

图4.10　蒙塞尔色相环

（1）冷、暖感

在色相环上越接近蓝色越冷，越接近红色越暖。红、橙、黄为暖色，给人以热烈、温暖、外张的感觉；绿、青、蓝、紫为冷色，给人以寒冷、沉静、内缩的感觉。色彩的冷暖感如图4.11所示。

（2）胀、缩感；轻、重感

不同的色彩有大-小、轻-重、前进-后退的感觉。色彩的胀缩感如图4.12所示。

图 4.11　色彩的冷暖感　　　　　　　　图 4.12　色彩的胀缩感

（3）色彩的象征和联想

由于人们丰富的心理体验而自然地将某种颜色与某种心理感受、情绪甚至概念联系起来，如红色系给人以温暖的感觉，和热情、喜庆、积极相联；蓝色系给人以清冷的感觉，和宁静、理智、高雅相联等。这一特点是标准色设计乃至整个平面设计中都应予以充分注意。

红色：代表爱情、活力、豪华、热闹、辛辣的感觉，把它运用在平面设计中，会显得新鲜、温暖，给人一种光明愉快的感觉，如可口可乐、肯德基、麦当劳对红色的运用。

黄色：是一种欢快的色彩，代表富贵、光滑、响亮、甜香的感觉，在平面设计中以食品类用得最多。

绿色：介于冷暖两色中间的色彩，象征宁静、青春、健康、和平、安全等心理感受。

蓝色：代表宁静、清爽、理智、深远、嘹亮等感觉，在药品及高科技产品的平面设计中运用较多。

4.2　色彩明暗调整——风景照片变亮

【色阶】、【曲线】、【亮度/对比度】等命令是调整图片色调的一个好方法。利用它可以把对比不够明显的灰调子图像调整成色调对比适中、颜色清晰的图像。

任务目的

通过调整图像的【色阶】和【亮度/对比度】校正图像的颜色平衡。调整前后的对比图，如图 4.13 所示。

图 4.13　"风景"色彩明暗调整前后对比图

相关知识

1. 色阶（"Ctrl+L"组合键）

通过使用【色阶】对话框调整图像的阴影、中间调和高光的强度级别，从而校正图像的色调范围和颜色平衡。

执行【图像】|【调整】|【色阶】命令，弹出【色阶】对话框，如图 4.14 所示。拖动滑块或在文本框中输入数值或用 3 个吸管设定黑、白场和灰度系数进行【色阶】调整。

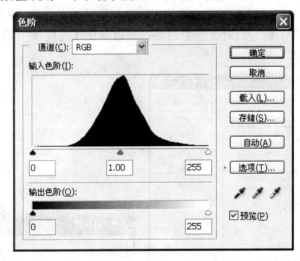

图 4.14　【色阶】对话框

1）【通道】：设置调整的通道。可以调整复合通道，也可以调整各单一通道。

2）【输入色阶】：设置图像在输入时的色阶值。

3）【直方图】▲：用图形表示图像的每个亮度级别的像素数量，展示像素在图像中的分布情况。横坐标代表色阶值（0～255），纵坐标代表像素数量。下方的黑色滑块与输入色阶的第一个文本框对应；灰色滑块与输入色阶的第二个文本框对应；白色滑块与输入色阶的第三个文本框对应。

4）【输出色阶】：设置图像在输出时的色阶值。

5）【黑、灰、白吸管】✐✐✐：与输入色阶的 3 个文本框和直方图下的 3 个滑块一一对应。

2. 自动色阶（"Shift+Ctrl+L"组合键）

执行【图像】|【调整】|【自动色阶】命令，系统可以自动调整图像的色调。

3. 自动对比度（"Alt+Shift+Ctrl+L"组合键）

执行【图像】|【调整】|【自动对比度】命令，系统可以自动调整图像的对比度。

4. 曲线（"Ctrl+M"组合键）

【曲线】对话框可在图像的色调范围（从阴影到高光）内最多调整 14 个不同的点（鼠标单

击增加控制点，鼠标拖动控制点调整曲线。【色阶】对话框仅包含 3 种调整，即白场、黑场和灰度系数）。也可以使用【曲线】对话框对图像中的个别颜色通道进行精确调整。

在【曲线】对话框中，图形的水平轴表示输入色阶；垂直轴表示输出色阶。色调范围显示为一条直的对角基线，因为输入色阶（像素的原始强度值）和输出色阶（新颜色值）是完全相同的。

执行【图像】|【调整】|【曲线】命令，可以弹出【曲线】对话框，如图 4.15 所示。单击曲线添加控制点，通过拖动控制点调整曲线进行调整图像。

5. 亮度/对比度

【亮度/对比度】命令可以调整图像的整体的亮度和整体的对比度。取值范围为－100～100。执行【图像】|【调整】|【亮度/对比度】命令，可以弹出【亮度/对比度】对话框，如图 4.16 所示。

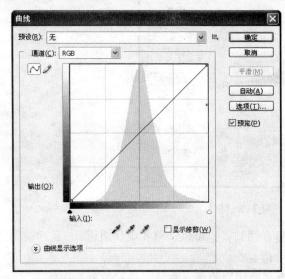

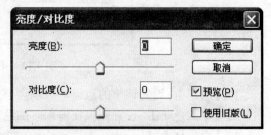

图 4.15　【曲线】对话框　　　　　　图 4.16　【亮度/对比度】对话框

1)【亮度】：拖动【亮度】滑块向右，图像越亮；向左，图像越暗。

2)【对比度】：拖动【对比度】滑块向右，图像对比强度越强；向左，对比越弱。

打开素材"梯田.jpg"图像文件。分析此风景图片，其问题是暗的地方不够暗，亮的地方不够亮，即对比度较弱，造成图片整体发灰，色彩不够鲜亮。我们利用【色阶】或【曲线】命令对此片进行调整，以求达到最佳效果。本例以【色阶】命令进行调整。

1）打开素材"梯田.jpg"图像文件。

2）按"Ctrl+L"组合键，弹出【色阶】对话框，如图 4.17 所示。通过分析直方图，也可以看出暗调子和亮调子区域像素数偏少,大多集中在中间灰调子区域,因此整张图片对比不够,画面较灰。

3)拖动左侧黑色滑块向右至 47,那么所有低于 47 色阶值的像素都映射成 0,即暗的像素增多。拖动右侧白色滑块向左至 216,那么所有高于 216 色阶值的像素都映射成 255,即亮的像素增多,效果如图 4.18 所示。

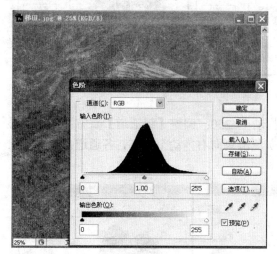 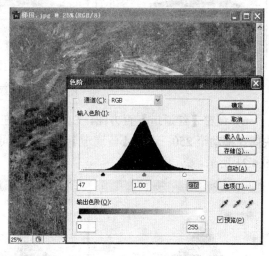

图 4.17　【色阶】对话框　　　　　　　　图 4.18　调整【色阶】

4)执行【图像】|【调整】|【亮度/对比度】命令,调整对比度至 16,效果如图 4.19 所示。

图 4.19　调整【亮度/对比度】的效果图

5)再次按"Ctrl+L"组合键,弹出【色阶】对话框,通过【通道】下拉列表选择【红通道】、【绿通道】、【蓝通道】选项,观察直方图发现,蓝通道的像素数比较多,因此画面偏蓝,如图 4.20 所示。

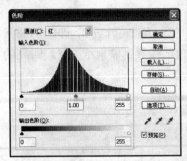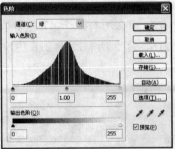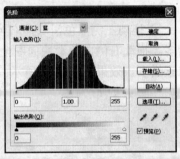

图 4.20　红、绿、蓝通道色阶

6）调整【红通道】直方图，白色滑块向左拖动至 250；调整【绿通道】直方图，白色滑块向左拖动至 250；调整【蓝通道】直方图中间灰色滑块向右拖动至 0.95，各通道色阶参数如图 4.21 所示。

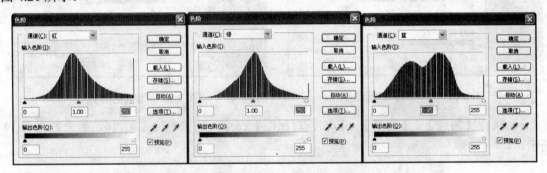

图 4.21　调整红、绿、蓝通道色阶参数

7）单通道调整后的效果图如图 4.22 所示。最后保存效果图。

图 4.22　单通道调整后的效果图

4.3　图像色相及饱和度调整——季节转变

【色相/饱和度】、【色彩平衡】、【变化】等命令是调整图片颜色的常用方法。利用它们可以把图像在原有颜色的基础上进行相应调整。

通过制作如图 4.23 所示"季节转变"的实例，学习图像色彩的调整方法和技巧。

图 4.23　"季节转变"效果图

1. 色相/饱和度（"Ctrl+U"组合键）

【色相/饱和度】命令可以改变原有图像颜色。

执行【图像】|【调整】|【色相饱和度】命令，可以弹出【色相/饱和度】对话框，如图 4.24 所示。通过拖动滑块或输入数值的方法进行调整。

1)【编辑】：设置编辑对象。可以编辑全图，即一次可以编辑所有颜色，也可以编辑红、黄、绿、青、蓝、洋红某一颜色。

2)【色相】：在图像原有颜色基础上进行色相上的调整，取值范围为−180～180。

3)【饱和度】：设置图像颜色的整体鲜艳程度，取值范围为−100～100。

4)【明度】：设置图像颜色的整体明暗程度，取值范围为−100～100。

5)【着色】：勾选此项以后，可以重新设定图像颜色，将图像调整成单一色调。

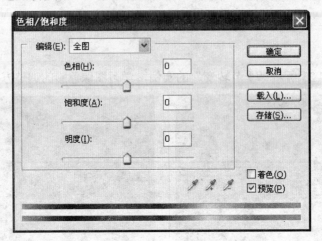

图 4.24 【色相/饱和度】对话框

2. 色彩平衡（"Ctrl+B"组合键）

【色彩平衡】命令可以在图像原有色彩基础上进行颜色调整。

执行【图像】|【调整】|【色彩平衡】命令，可以弹出【色彩平衡】对话框，如图 4.25 所示。通过拖动滑块或输入数值的方法进行调整。

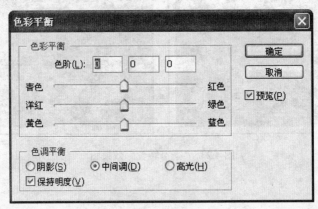

图 4.25 【色彩平衡】对话框

1)【色阶】：设置图像的颜色，可以通过 3 个数值输入框输入相应数值，也可以直接拖动下方的 3 个滑块。取值范围为−100～100。滑块向哪侧拖动，图像中就会增加相应的颜色，其反方向上的颜色相应减少。

2)【色调平衡】：设置调整色阶时所针对的范围。【阴影】对图像中暗调区域影响较大；【中间调】对图像中间调区域影响较大；【高光】对图像中亮调区域影响较大。

3)【保持亮度】：只改变色相，而不改变图像整体亮度。

3. 自动颜色（"Shift+Ctrl+B" 组合键）

执行【图像】|【调整】|【自动颜色】命令，系统可以自动调整图像的颜色。

4. 匹配颜色

【匹配颜色】命令可匹配多个图像之间、多个图层之间或者多个选区之间的颜色。它还允许通过更改亮度和色彩范围以及中和色偏来调整图像中的颜色。【匹配颜色】命令仅适用于RGB模式。

【匹配颜色】命令将一个图像（源图像）的颜色与另一个图像（目标图像）中的颜色相匹配。当您尝试使不同照片中的颜色保持一致，或者一个图像中的某些颜色（如皮肤色调）必须与另一个图像中的颜色匹配时，此命令非常有用。

5. 替换颜色

图4.26 【替换颜色】对话框

【替换颜色】命令可以将图像中的指定颜色替换为新颜色值。

执行【图像】|【调整】|【替换颜色】命令，可以弹出【替换颜色】对话框，如图4.26所示。

1)【 】：吸管工具，用来设定图像的色彩范围。

2)【颜色容差】：通过拖动【颜色容差】滑块或输入一个值来控制颜色的选择范围。

3)【替换】：拖动【色相】、【饱和度】和【明度】滑块（或者在文本框中输入值）或双击【结果】色板并使用拾色器选择替换颜色。

6. 可选颜色

【可选颜色】命令是校正高端扫描仪和分色程序使用的一种技术，用于在图像中的每个主要原色成分中更改印刷色数量。可以有选择地修改任何主要颜色中的印刷色数量，而不会影响其他主要颜色。

在【通道】面板中选择复合通道。只有在查看复合通道时，【可选颜色】命令才可用。拖动滑块以增加或减少所选颜色的量。【可选颜色】对话框，如图4.27所示。

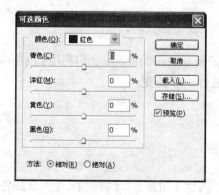

图4.27 【可选颜色】对话框

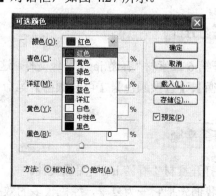

图4.28 【颜色】选项

1)【颜色】：选取要调整的颜色。这组颜色由加色原色和减色原色与白色、中性色和黑色组成，如图 4.28 所示。

2)【方法】：若选择【相对】选项，则按照总量的百分比更改现有的青色、洋红、黄色或黑色的量。例如，如果从 50%洋红的像素开始添加 10%，则 5%将添加到洋红，结果为 55%的洋红（50%×10% = 5%）（该选项不能调整纯反白光，因为它不包含颜色成分）。若选择【绝对】选项，则采用绝对值调整颜色。例如，如果从 50%的洋红的像素开始，然后添加 10%，洋红油墨会设置为总共 60%。

7. 变化

使用【变化】命令，通过单击对应的图像缩览图，可以调整图像的色彩平衡、对比度和饱和度。它不适用于索引颜色图像或 16 位/通道图像。

执行【图像】|【调整】|【变化】命令，弹出【变化】对话框，如图 4.29 所示。

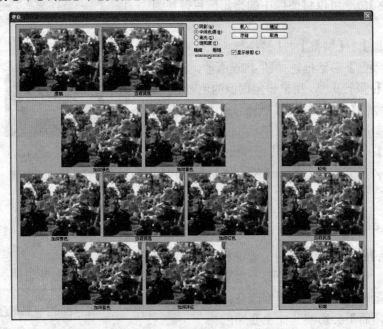

图 4.29 【变化】对话框

打开第 6 章素材"春游.jpg"图像文件。这是一张春游时的照片。我们利用【色相/饱和度】、【色彩平衡】、【替换颜色】、【可选颜色】等命令进行季节转变。

1) 打开素材"春游.jpg"图像文件。

2) 我们先把它变为夏季，绿色较多的效果。执行【图像】|【调整】|【可选颜色】命令，弹出【可选颜色】对话框，设置图像中各颜色的含有量。画面整体变绿，如图 4.30 所示。

图 4.30　【可选颜色】调整

3）直接按"Ctrl+U"组合键弹出【色相/饱和度】对话框，调整图像色相、饱和度，使画面中初春时的黄绿色减少，如图 4.31 所示。另存图像为"夏季.jpg"。

图 4.31　【色相/饱和度】调整

4）使用【历史记录】面板单击"打开"恢复到"打开"状态，如图 4.32 所示。

5）我们把原图变为秋季，即绿色较少，黄、红等颜色较多的效果。执行【图像】|【调整】|【替换颜色】命令，弹出【替换颜色】对话框。利用【替换颜色】命令把图像中较亮的黄绿色（R：242，G：255，B：63）替换成偏红（R：246，G：126，B：68）的颜色，如图 4.33 和图 4.34 所示。

图 4.32　【历史记录】面板　　图 4.33　【替换颜色】调整　　　　图 4.34　【替换颜色】后的效果

6）直接按"Ctrl+B"组合键弹出【色彩平衡】对话框。利用【色彩平衡】命令把图像中中间调和阴影区域调红，如图 4.35 和图 4.36 所示。

图 4.35 【色彩平衡】|【中间调】的调整　　　　图 4.36 【色彩平衡】|【阴影】的调整

 提　示

高光区不用再调整成偏红的颜色，因为在表现色彩时，受光面（即高光区域）的色彩感觉应该与背光面（即阴影区域）的色彩感觉正好是相反的，不要全部调整。

7）直接按"Ctrl+U"组合键弹出【色相/饱和度】对话框，调整图像色相、饱和度，使画面中较艳的颜色降低饱和度，效果如图 4.37 所示。另存图像为"秋季.jpg"。

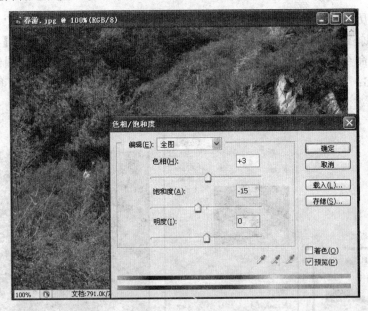

图 4.37 【色相/饱和度】调整

8）试着自己把原图做成"初秋"效果，如图 4.38 所示。

图 4.38 初秋效果

4.4 图像特殊效果调整——抠线稿

通过制作如图 4.39 所示的"线稿"的实例，学习图像特殊效果的调整方法和技巧。

图 4.39 "线稿"效果图

1. 黑白（"Alt+Shift+Ctrl+B"组合键）

使用【黑白】命令可将彩色图像转换为灰度图像，同时保持对各颜色的转换方式的完全控制。也可以通过对图像应用色调来为灰度着色，例如，创建棕褐色效果。【黑白】命令与【通道混合器】的功能相似，也可以将彩色图像转换为单色图像，并允许调整颜色通道输入。【黑白】对话框如图 4.40 所示。

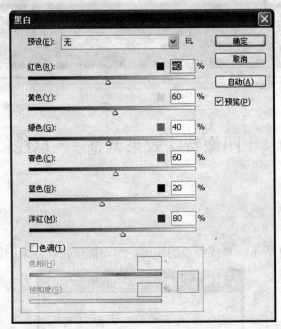

图 4.40 【黑白】对话框

2. 去色（"Shift+Ctrl+U"组合键）

使用【去色】命令将彩色图像转换为灰度图像，但图像的颜色模式保持不变。例如，它为 RGB 图像中的每个像素指定相等的红色、绿色和蓝色值，每个像素的明度值不改变。

提 示

【去色】命令与在【色相/饱和度】对话框中将【饱和度】设置为−100 的效果相同。

3. 通道混合器

使用【通道混合器】命令，可以通过从每个颜色通道中选取它所占的百分比来创建高品质的灰度图像；也可以创建高品质的棕褐色调或其他彩色图像，还可以进行用其他颜色调整工具不易实现的创意颜色调整。

【通道混合器】使用图像中现有（源）颜色通道的混合来修改目标（输出）颜色通道。颜色通道是代表图像（RGB 或 CMYK）中颜色分量的色调值的灰度图像。在使用【通道混合器】时，是在通过源通道向目标通道加减灰度数据。向特定颜色成分中增加或减去颜色的方法不同于使用【可选颜色】命令时的情况。

执行【图像】|【调整】|【通道混合器】命令，可以弹出【通道混合器】对话框，如图 4.41 所示。

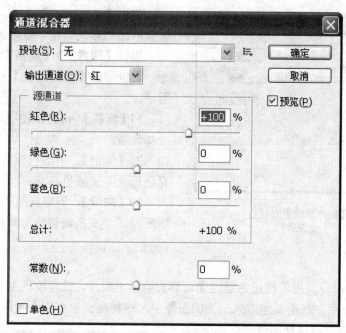

图 4.41 【通道混合器】对话框

4. 渐变映射

使用【渐变映射】命令，可以将相等的图像灰度范围映射到指定的渐变填充色。如果指定双色渐变填充，例如，图像中的阴影映射到渐变填充的一个端点颜色，高光映射到另一个端点颜色，而中间调映射到两个端点颜色之间的渐变。

执行【图像】|【调整】|【渐变映射】命令，可以弹出【渐变映射】对话框，如图 4.42 所示。

图 4.42 【渐变映射】对话框

1）【灰度映射所用的渐变】：单击显示在【渐变映射】对话框中的渐变填充右边的三角形按钮，从弹出的渐变填充列表中选取渐变色。

2）【仿色】：添加随机杂色以平滑渐变填充的外观并减少带宽效应。

3）【反向】：切换渐变填充的方向，从而反向渐变映射。

5. 照片滤镜

使用【照片滤镜】命令，可以模仿在相机镜头前面加彩色滤镜，以便调整图像颜色。

执行【图像】|【调整】|【照片滤镜】命令，可以弹出【照片滤镜】对话框，如图 4.43 所示。

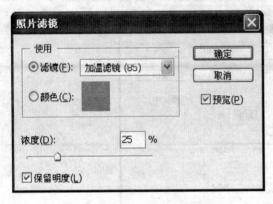

图 4.43 【照片滤镜】对话框

1）【滤镜】：可直接使用系统提供的加温及冷却滤镜。

2）【颜色】：单击色板可以通过【拾色器】对话框自定义颜色。

3）【浓度】：调整应用于图像的颜色数量，浓度越高，颜色调整幅度就越大。

6. 阴影/高光

【阴影/高光】命令适用于校正由强逆光而形成剪影的照片，或者校正由于太接近相机闪光灯而有些发白的焦点。在用其他方式采光的图像中，这种调整也可用于使阴影区域变亮。【阴影/高光】命令不是简单地使图像变亮或变暗，它基于阴影或高光中的周围像素（局部相邻像素）的增亮或变暗。正因为如此，阴影和高光都有各自的控制选项。默认值设置为修复具有逆光问题的图像。【阴影/高光】命令还有【中间调对比度】滑块、【修剪黑色】选项和【修剪白色】选项，用于调整图像的整体对比度。【阴影/高光】对话框如图 4.44 所示。

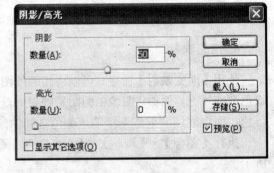

图 4.44 【阴影/高光】对话框

1）【阴影数量】：值越大，为阴影提供的增亮程度越大。

2）【高光数量】：值越大，为高光提供的变暗程度越大。

7. 曝光度

使用【曝光度】命令，可以对图像的整体曝光度进行调整。【曝光度】对话框如图 4.45 所示。

1）【曝光度】：调整色调范围的高光端，对极限阴影的影响很轻微。

2）【位移】：使阴影和中间调变暗，对高光的影响很轻微。

3）【灰度系数校正】：使用简单的乘方函数调整图像灰度系数。负值会被视为它们的相应正值（也就是说，这些值仍然保持为负，但仍然会被调整，就像它们是正值一样）。

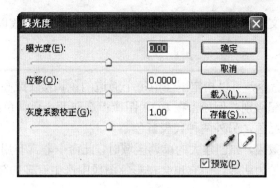

图 4.45 【曝光度】对话框

8. 反相（"Ctrl+B"组合键）

使用【反相】命令，可以反转图像中的颜色。在处理过程中，可以使用该命令创建边缘蒙版，以便向图像的选定区域应用锐化和其他调整。

在对图像进行反相应用时，通道中每个像素的亮度值都会转换为 256 级颜色值刻度上相反的值。例如，值为 255 的正片图像中的像素会被转换为 0，值为 5 的像素会被转换为 250。

9. 色调均化

使用【色调均化】命令，可以重新分布图像中像素的亮度值，以便它们更均匀地呈现所有范围的亮度级。【色调均化】将重新映射复合图像中的像素值，使最亮的值呈现为白色，最暗的值呈现为黑色，而中间的值则均匀地分布在整个灰度中。

提 示

当扫描的图像显得比原稿暗，并且您想平衡这些值以产生较亮的图像时，可以使用【色调均化】命令。

10. 阈值

使用【阈值】命令，可以将灰度或彩色图像转换为高对比度的黑白图像，还可以指定某个色阶作为阈值。所有比阈值亮的像素转换为白色；而所有比阈值暗的像素转换为黑色。【阈值】对话框如图 4.46 所示。

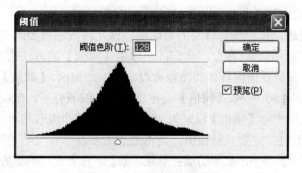

图 4.46 【阈值】对话框

【阈值色阶】：通过文本框或拖动直方图下面的滑块，图像将更改以反映新的阈值设置。

11. 色调分离

使用【色调分离】命令，可以指定图像中每个通道的色调级（或亮度值）的数目，然后将像素映射为最接近的匹配级别。例如，在 RGB 图像中选取两个色调色阶将产生 6 种颜色：两种代表红色，两种代表绿色，另外两种代表蓝色。

在照片中创建特殊效果，如创建大的单调区域时，此命令非常有用。当减少灰色图像中的灰阶数量时，它的效果最为明显，但它也会在彩色图像中产生有趣的效果。【色调分离】对话框如图 4.47 所示。

图 4.47 【色调分离】对话框

打开素材"线稿.jpg"。此线稿是画在纸上用相机拍摄得来的。仔细观察会发现此图有偏冷色调，左下部分相对较亮，线条颜色较浅。先去除偏色问题，再加强线与背景的对比度，最后把线条从背景中抠出来，当然也可以进行上色处理等。

1）打开素材"线稿.jpg"，如图 4.48 所示。

2）分析线稿现状，找出问题的解决思路及方法。第一画面整体偏冷，需要把蓝色调去除，进行色彩的调整，命令有【色彩平衡】、【色相/饱和度】、【去色】等。第二线条强度不够，直接用选择类工具抠选会有多选少选的问题，需要加强线条清晰度，命令有【色阶】、【曲线】、【亮度/对比度】、【阈值】等。第三线条与背景在同一图层上，需要进行分离。

3）解决第一个问题：去除偏色问题。在此我们使用【去色】命令更方便一些。直接按"Shift+Ctrl+U"组合键去除画面偏色，效果如图 4.49 所示。

4）解决第二个问题：加强线与背景的对比度。这几种方法得到的线条效果有一些差别，根据自己对线的要求进行处理。在此，我们练习使用【阈值】的方法来增强线与背景的对比。【阈值】设定很关键，我们要根据具体的图像去设定。以此为例，【阈值】设定 180 时，线条的有些细节被遗失，如图 4.50 所示。【阈值】设定 220 时，细节有了，但线条太生硬了，缺少线条的生动性，如图 4.51 所示。【阈值】设定为 206 时，线条感和细节相对较好，如图 4.52 所示。因此，在设定【阈值】时一定要找最佳值，既不遗失太多细节，又不使线条过于生硬。

5）清理画面，把画面当中不必要的黑色擦除，如左下位置出现的黑边。框选后按"Delete"键清除或直接用【橡皮擦工具】 擦除，再检查其他位置有没有出现不必要的黑点需要进行清除。

图 4.48 线稿原图 　　　图 4.49 去色效果 　　　图 4.50 阈值色阶为 180 的效果

6）解决第三个问题：抠线条。使用工具箱中的【魔棒】工具，取消勾选属性栏中的【连续】复选框。在白色区域单击，选中白色区域，如图 4.53 所示。

图 4.51 阈值色阶为 220 的效果 　图 4.52 阈值色阶为 206 的效果 　　图 4.53 选中白色区域

7）再进行反选（"Shift+F7"组合键），这时选中的是线条，如图 4.54 所示。

8）通过复制、粘贴的方法把选中的线条进行复制，即可在【图层】面板上产生"图层 1"。双击图层名称改名为"线稿"，如图 4.55 所示。

9）在【图层】面板单击背景层，给背景层填充白色，如图 4.56 所示。

10）保存文件为"线稿.psd"。

■ 提 示

❖使用经过校准和配置的显示器，否则，显示器上看到的图像将与印刷时看到的不同。

❖在调整颜色和色调之前，请移去图像中的任何缺陷（例如，尘斑、污点和划痕）。

图 4.54　选中线条

图 4.55　线稿效果

图 4.56　填充背景效果

本　章　小　结

　　在本章中主要学习色彩的基础知识和色彩的色相调整、明度纯度的调整和一些色彩的特殊调整方法，主要有【色阶】、【曲线】、【色彩平衡】、【色相/饱和度】、【阈值】等命令的使用。在调整过程中，灵活运用这些命令及其参数，就可以调整出多姿多彩的图像。

实　践　探　索

一、选择题

　　1. 在 Photoshop 中，下列（　　）颜色模式可以直接转化为其他任何一种模式（限于【图像】|【模式】子菜单中所列出的模式）。

　　　　A. RGB　　　　　　　　　　　　B. CMYK

　　　　C. 双色调　　　　　　　　　　　D. 灰度

　　2. 要使一幅彩色图像变为单色调效果，用【图像】|【调整】菜单下的（　　）命令可以实现。

　　　　A. 色相/饱和度

　　　　B.【去色】命令，然后选择【变化】

　　　　C. 渐变映射

　　　　D. 色彩平衡

　　3. 下列对【色阶】命令描述正确的是（　　）。

　　　　A. 减小【色阶】对话框中【输入色阶】最右侧的数值导致图像变亮

　　　　B. 减小【色阶】对话框中【输入色阶】最右侧的数值导致图像变暗

　　　　C. 增加【色阶】对话框中【输入色阶】最左侧的数值导致图像变亮

　　　　D. 增加【色阶】对话框中【输入色阶】最左侧的数值导致图像变暗

4. 调整色偏的命令是（　　　）。

    A. 色调均化

    B. 阈值

    C. 亮度/对比度

    D. 色彩平衡

二、操作题

1. 打开素材"汽车.jpg"文件，把汽车的颜色换成红色，效果如图 4.57 所示（提示：执行【图像】|【调整】|【替换颜色】命令，利用 （"吸管"、"吸管+"、"吸管−"）工具在图像窗口单击汽车，使汽车的黄色部分为全白显示。在【替换】选项区域中，设置色相为−60；饱和度为+12，黄色汽车就会变成红色汽车）。

图 4.57　"汽车变色"效果图

2. 对素材"瀑布.jpg"进行调整，调整效果如图 4.58 所示（提示：可先用【自动对比度】做调整，然后再用【曲线】或【色阶】调整，提高照片亮度与清晰度，最后用【可选颜色】仔细对色彩调整）。

图 4.58　调整后的效果图

第 5 章
图像的修复与修饰

在进行图像设计时，图片素材有时候并不能满足我们的需求，但可以通过 Photoshop CS3 中的图像修饰工具对图像进行修改。图像的修复与修饰是图像设计的基础，在本章中我们将通过实例的学习来掌握有关图像修复与修饰的知识点与技能。

学习目标

➤ 掌握修复画笔工具的使用。
➤ 掌握修补工具的使用。
➤ 掌握仿制图章工具修补图像。
➤ 掌握历史记录画笔修饰图像。
➤ 了解海绵工具的应用。

5.1 图像修复工具的使用——打造完美肌肤

数码摄影对于读者来说已经是十分熟悉了，但是由于光线问题，还有人的皮肤问题等，拍摄出来的相片往往不尽如人意，是需要再次修改的，那么怎么修改呢？如果因为出现一些痘痘、斑点、皱纹而破坏相片的感觉会让人觉得可惜。本章节中我们将一起学习相关的知识点与技能。

通过修改制作如图 5.1 所示的"透明肤色.psd"的图像，学习【画笔修复工具】、【修补工具】和【历史记录画笔工具】的使用方法和技巧。

1. 修复画笔工具

【修复画笔工具】 ：可以利用图像自身的样本像素进行复制绘图，将样本像素的纹理、光照、透明度和阴影与所修复的像素进行匹配，使修复后的像素不留痕迹地融入到图像的其余部分。

图 5.1 透明肤色效果图

【修复画笔工具】属性栏如图 5.2 所示。它有两种取样方式：一种是选择图案，利用该图案对画面进行修复；另一种是在图片上取样，使用【修复画笔】，同时按住"Alt"键，在图片的某一位置单击一下取样，然后再在污点上单击一下，就把刚才取样区域的内容修复到当前这个污点。

图 5.2 【修复画笔工具】属性栏

1)【对齐】：当勾选该复选框后，修复画笔工具多次画出来的图像是一个共同的整体。

2)【源】：取样是选取取图中的某部分修改。

3)【图案】：是选取选择的图案在图像中修改。

4)【模式】：是使修复画笔工具画出的图像产生特殊效果。

5)【画笔】：可创建出较柔和的笔触，单击画笔可以编辑画笔的属性。

2. 修补工具

【修补工具】 ：会将样本像素的纹理、光照和阴影与源像素进行匹配，可以使用【修补工具】来修补选中的图像区域。【修补工具】可以处理 8 位通道或者 16 位通道的图像。【修补工具】具有自动匹配颜色的功能，复制出的效果与周围的色彩较为融合。其属性如图 5.3 所示。

图 5.3 【修补工具】属性栏

具体的操作是使用【修补工具】🔘，在属性栏中选择修补项为【源】，关闭【透明】选项。然后选择要修补的图像区域，然后拖动该区域到无瑕疵的区域中，释放鼠标即完成复制。

3. 历史记录画笔工具

【历史记录画笔工具】🖌️：常配合【历史记录】面板，使当前的图像效果返回到之前的某效果画面中。在制作中，首先为图像添加效果，然后根据历史记录中的操作，使用【历史记录画笔工具】🖌️在图像上涂抹，从而修饰图像效果。

【历史记录画笔工具】属性栏如图 5.4 所示。记录之前的操作步骤，当选择其中某个状态时，图像将恢复为原来的外观。此外，【历史记录】面板可以将记录的状态设置为快照，单击【快照】按钮，返回快照所记录的画面效果处。

图 5.4 【历史记录画笔工具】属性栏

打开素材文件"透明肤色.jpg"，调整色阶，使得整张图像更亮一些；使用【修复画笔工具】和【修补工具】将人像的皱纹、色斑去除，使得脸更加平滑一些；再使用图层模式调整画面的色调，使得图像更加透亮；应用滤镜中的模糊滤镜使得脸变得更加平滑；最后结合【历史记录画笔工具】和【历史记录】面板将眼睛等部位调整的清晰明亮。

1）执行【文件】|【打开】命令，打开素材文件"模特素材.jpg"，如图 5.5 所示。此时，我们可以看到模特的脸上细纹、色斑比较明显，肤色比较暗沉，显得模特比较憔悴。那么，如何使得这位五官精致的模特变得肌肤透亮、亮白无瑕呢？

2）按"Ctrl+L"组合键弹出【色阶】对话框，在修补瑕疵前调节一下亮度，如图 5.6 所示。

图 5.5 素材"模特素材.jpg"

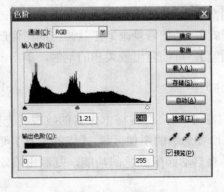

图 5.6 调节亮度

3）仔细观察图片，模特的嘴角周围有大量的细纹，如图 5.7 所示。因此，使用【修复画笔工具】🖉，调节画笔大小，按住"Alt"键在嘴角周围较光滑的区域单击，然后在嘴角细纹部分单击进行修复，如图 5.8 所示。

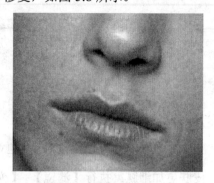

图 5.7　模特的嘴角　　　　　　　　图 5.8　修复的嘴角

4）重复步骤 3），在模特脸上有色斑的区域，如图 5.9 所示。使用【修复画笔工具】🖉，将脸上的不均匀的色斑去除。

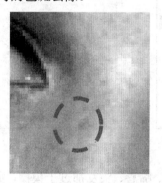
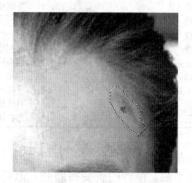

图 5.9　去除脸上的色斑　　　　　　　图 5.10　选中头发丝区域

5）模特的刘海儿显得比较凌乱，使用【修补工具】◎将头发丝区域选中，如图 5.10 所示。然后，将其拖动到其他皮肤部分，如图 5.11 所示。

6）按照如上的步骤反复操作，力图达到自然效果。将细纹和色斑去除了，模特干净透明肤色的面部特写就制作完成了，如图 5.12 所示。

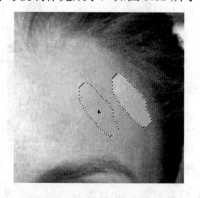

图 5.11　修补模特的刘海儿　　　　　图 5.12　完成后的模特面部特写

7）虽然模特的脸部变得透亮干净了，但是在面孔精致盛行的当今，如何才能使得面容更加白亮精致？复制背景图层，将其模式设置为【滤色】，透明度为53%，提亮模特的肤色，如图 5.13 所示。并且按"Ctrl+E"组合键，将图层合并。在【历史记录】面板中单击下方 按钮建立快照，如图 5.14 所示。

图 5.13　图层模式设置　　　　图 5.14　在【历史记录】面板中建立快照

8）为了使得模特的脸看上去更加精致，皮肤更加细腻；执行【滤镜】|【模糊】|【高斯模糊】命令，如图 5.15 和图 5.16 所示。

图 5.15　执行【高斯模糊】命令　　　　图 5.16　确定"半径"像素

9）执行命令后，模特的脸变得朦胧，但是眼睛、嘴唇、头发都过于模糊，如图 5.17 所示。这时候，使用【历史记录画笔工具】 调整其大小、透明度，在模特的眼睛、嘴唇、头发，还有相片的边缘部分进行涂抹，使其恢复到建立"快照"时的鲜明效果，如图 5.18 所示。

图 5.17　执行【高斯模糊】后的效果　　　　图 5.18　使用【历史记录画笔工具】调整参数

10）这样在视觉效果上，眼睛、嘴唇等部分色彩鲜明，并且皮肤细腻，模特亮白剔透的皮肤和精致的五官就会呈现出来。对比一下之前的图片，如图 5.19 所示，暗淡的相片一下显得十分漂亮。最后保存文件为"透明肤色.psd"。

图 5.19 最终效果

5.2 仿制图章工具和红眼工具的使用——消除美女红眼

设计图像时，往往需要从网络上下载一些图片素材，但是图片中存在一些干扰的元素，破坏了画面的感觉。比如，图像中存在一些不需要的符号以及人眼存在红眼现象。为了使得图片素材更符合设计主题，就要对图片进行修饰，以达到要求。在本节中，我们将一起学习相关的知识点与技能。

通过修改制作如图 5.20 所示的"消除美女红眼.jpg"图像，来学习掌握有关【红眼工具】和【仿制图章工具】的使用方法和技巧。

图 5.20 素材"消除美女红眼.jpg"

1. 仿制图章工具

【仿制图章工具】 属性栏如图 5.21 所示。对于复制对象或修复图像中的缺陷部分非常有用。使用该工具可以方便地将图像的一部分绘制到同一图像的另一区域中，或是绘制到打开的具有相同颜色模式的任何文档中。

| 🔲 ▼ | 画笔: 21 ▼ | 模式: | 正常 ▼ | 不透明度: 100% ▶ | 流量: 100% ▶ | ✐ ☑对齐 | 样本: 当前图层 ▼ |

图 5.21 【仿制图章工具】属性栏

【仿制图章工具】的使用方法与【修复画笔工具】的使用方法类似，即按住"Alt"键（定义【仿制图章工具】的源），对需要复制的图像区域进行取样，然后在需要被复制的区域进行涂抹，这样就能将图片修饰成所需要的样子。

针对不同的仿制图像，可以根据具体情况来设置仿制图像源的大小、模式、透明度、流量等，使得修饰过后的图像更加自然。

 提 示

仿制图案，除了用【仿制图章工具】[图]以外，如图 5.22 所示属性栏的【图案图章工具】[图]也可以用来仿制图像，但其绘制出来的是指定的图案，而不是图像上已有的区域，如图 5.23 所示。

图 5.22 【图案图章工具】属性栏

图 5.23 仿制图案

2. 红眼工具

在光线较暗时拍摄，容易出现"红眼"。【红眼工具】[图]属性栏如图 5.24 所示。使用【红眼工具】可以轻松地去除眼睛内的红色区域，使得眼睛回复原始状态。可以通过调整瞳孔大小和变暗量的数值，在红眼处单击，即可将红眼去除。

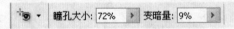

图 5.24 【红眼工具】属性栏

1）【瞳孔大小】：增大或减小受【红眼工具】影响的区域。

2）【变暗量】：设置校正的暗度。

 提 示

❖ "红眼"是由于相机闪光灯在主体视网膜上反光而引起的。

❖ 使用【红眼工具】时，注意十字光标与红眼位置的对齐，否则将出现错误。

任务分析

打开素材文件，先用【仿制图章工具】将图像中多余的图标去除，然后设置【红眼工具】中瞳孔大小和变暗量，最后在图片上红眼处进行单击即可。

任务实施

1）执行【文件】|【打开】命令，打开素材文件"红眼美女.jpg"，如图 5.25 所示。并复制该"背景"图层。

图 5.25　素材"红眼美女.jpg"　　　　图 5.26　定义仿制图像的源

2）选择【仿制图章工具】，在背景图片左上方进行单击，定义仿制图像的源，如图 5.26所示。然后在需要被复制的地方进行涂抹，继续使用该工具，并不断定义仿制图章的源，修改的效果如图 5.27 所示。

图 5.27　修改后效果　　　　图 5.28　【红眼工具】的属性设置

3）使用【红眼工具】，并设置瞳孔大小和变暗量，如图 5.28 所示。当鼠标指针变成十字箭头时，单击人物的左眼部分，即可消除该眼内的"红眼"现象，效果如图 5.29 和图 5.30所示。

4）使用相同的方法，继续使用【红眼工具】去除另一只眼睛的红眼区域，如图 5.31 所示。

5）没有原先的图标，并且去除了红眼现象，这样来自网络的素材图片就能被我们运用到设计中去。最后保存文件为"红眼美女.psd"。

图 5.29　消除左眼内的　　图 5.30　左眼消除"红眼"后的效果　图 5.31　右眼消除"红眼"后的效果
"红眼"现象

5.3　图像海绵工具的使用——静静绽放

由于受到拍摄光线、条件的影响，素材图片往往不能达到要求，图片当中会出现局部颜色过艳或过暗，导致色调过重，使得图像中的亮点被削减了。那么，如何对素材的局部进行颜色调整呢？一定要用到选区工具吗？本节中我们将一起来学习相关的知识点与技能。

 任务目的

通过修改制作如图 5.32 所示的"暗调花朵.jpg"的图像，使花朵更加鲜艳。通过此案例学习，掌握有关【海绵工具】、【加深工具】和【减淡工具】调整图像颜色的方法与技能。

图 5.32　素材"暗调花朵.jpg"

相关知识

1. 海绵工具

使用【海绵工具】可以修改图像区域的色彩饱和度，其属性如图 5.33 所示。单击【海绵工具】按钮，在属性栏中选择要用来更改颜色的方式。【加色】可以增加颜色的饱和度；【去色】可以减弱颜色的饱和度，还可以为【海绵工具】指定流量。

【海绵工具】除了可以调整色彩的饱和度，还能将图片中的颜色去除，将图像变成黑白颜色。

图 5.33　【海绵工具】属性栏

2. 加深工具和减淡工具

【加深工具】 是为画面绘制暗部，【减淡工具】 则为画面绘制亮部和高光，两个工具结合一起使用会使得图像变得更加的立体。

一般来说将其属性设置的范围为【中间调】、曝光度为 50% 即可。这两个工具的结合在插图绘制或者过与平淡的图片中，能为主体添加亮部、暗部和高光，使得作品更加立体。

复制背景图层，使用【海绵工具】 并设置其模式为去色，调整画笔和流量，在图像饱和度过强的地方将其涂抹削减。然后再次使用【海绵工具】 并将其模式设置为加色，在饱和度不够的地方进行涂抹，使其变得更鲜艳一些，然后调整图层的混合模式。最后使用【加深工具】 和【减淡工具】 为图像确立画面的明暗调，使其看上去更立体。

1）执行【文件】|【打开】命令，打开素材文件"暗调花朵.jpg"，如图 5.34 所示。并将背景图层进行复制，如图 5.35 所示。

图 5.34　"暗调花朵.jpg"

图 5.35　复制背景图层

2）单击【海绵工具】 按钮，在属性栏中设置模式为【去色】并设置其他参数如图 5.36 所示。此时使用【海绵工具】在花盆以外的区域上单击涂抹，效果如图 5.37 所示。

图 5.36　设置【海绵工具】的参数（去色）

3）使用【海绵工具】 在图像上继续涂抹，降低图像的饱和度，从而使其褪色，直到基本成为黑白色，如图 5.38 所示。

4）将【海绵工具】 的模式设置为加色，如图 5.39 所示。继续使用【海绵工具】在花盆上单击，使其更加鲜艳并与周围的背景形成鲜明的对比，如图 5.40 所示。

图 5.37 在花盆以外的区域上涂抹　　　图 5.38 继续涂抹成为黑白色

图 5.39 设置【海绵工具】的参数（加色）

5）在【图层】面板上设置图层混合模式为浅色，并调整透明度，如图 5.41 所示。并将其合并，效果如图 5.42 所示。这时候图片呈现的效果为花朵比较鲜艳，但是感觉画面比较平淡。

6）为了使得图片变得更加立体，使用【加深工具】 在图片的四周进行涂抹，属性设置中的范围为【中间调】、曝光度为 50%，调整画笔大小在四周进行涂抹，同时使用【减淡工具】在图片中较亮的区域进行涂抹调整，最终效果如图 5.43 所示。将文件保存为"静静绽放.psd"。

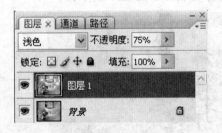

图 5.40 【加色】涂抹　　　图 5.41 设置图层混合模式及调整透明度

图 5.42 合并图层后的效果　　　图 5.43 使用【加深工具】调整后的最终效果

本 章 小 结

　　通过本章的学习，我们掌握了如何通过【画笔修复工具】、【修补工具】和【历史记录画笔工具】的结合使用，来完成对图像的修饰。通过【仿制图章工具】和【红眼工具】将图像中多余的图标或者人物中的红眼现象去除；通过【海绵工具】、【加深工具】和【减淡工具】将图像中的色调进行调整，使图片的颜色变得更加和谐，具有画面的美感；进一步学习了对图像进行修饰的方法与技能。

实 践 探 索

一、选择题

　　1. 要实现图像的立体化可以用【减淡工具】结合以下（　　）工具进行绘制。

　　　　A.【加深工具】　　　　　　　　　B.【锐化工具】

　　　　C.【模糊工具】　　　　　　　　　D.【修补工具】

　　2. 修补工具需要按住"Alt"键来帮助定义仿制图像的源吗？（　　）。

　　　　A. 要　　　　　　　　　　　　　B. 不要

　　3. 可以在（　　）面板上建立快照。

　　　　A. 历史记录面板　　　　　　　　B. 图层面板

　　　　C. 通道面板　　　　　　　　　　D. 路径面板

　　4. 图像修饰工具的主要作用是为图像润色或修饰图像清晰度，以下（　　）工具可以用来修饰图像颜色的饱和度。

　　　　A.【减淡工具】　　　　　　　　　B.【锐化工具】

　　　　C.【修补工具】　　　　　　　　　D.【海绵工具】

二、操作题

　　1. 打开素材文件"红眼青蛙.jpg"，将如图 5.44 所示的"红眼青蛙"的"红眼"修饰成"黑眼"（提示：使用红眼工具）。

　　2. 打开素材文件"读书时代.jpg"，修复这张损坏的老照片，如图 5.45 所示（提示：先按下"Ctrl+Shift+U"组合键，为照片去色，使用【修复画笔工具】和【仿制图章工具】对照片上的斑点与折痕进行修复处理）。

图 5.44　红颜青蛙　　　　　　　　　　　　　　图 5.45　损坏的老照片

第 6 章
矢量图形的绘制和编辑

Photoshop 在编辑和处理位图图像方面具有强大的功能，同时为了应用的需要，也包含了一定的矢量图形处理功能。在 Photoshop CS3 中，矢量工具包括【钢笔工具】、【路径选择工具】、【形状工具】和【文字工具】，利用这些工具可以绘制并编辑各种矢量图形。本章主要介绍如何利用这几种工具对矢量图形进行绘制和编辑。

学习目标

➢ 理解路径的概念及基本形态。
➢ 掌握路径的创建方法。
➢ 掌握路径的编辑方法。
➢ 掌握文字工具的使用方法。
➢ 掌握矢量绘图工具的使用方法。

6.1 路径初识——绘制向日葵

在 Photoshop CS3 中，用户可以利用路径工具绘制各种形态的路径，并进行描边和填充，完成一些用绘图工具所不能完成的工作。

本实例将绘制一幅卡通画——"向日葵"。通过案例主要掌握【钢笔工具】的使用方法。最终效果如图 6.1 所示。

图 6.1 "向日葵"效果图

1. 路径的概念

使用工具箱中的【钢笔工具】绘制出来的矢量图形称为路径。路径可以是开放的，也可以是封闭的。

无论哪种路径都是由锚点、方向线、方向点和片段组成，如图 6.2 所示。

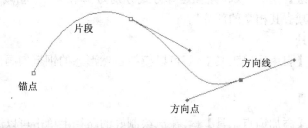

图 6.2 路径的组成

1）锚点：图中所示的空心点，它的位置决定路径的走向。
2）片段：每两个锚点间的线段。
3）方向点：图中所示的实心点，与方向线一起控制路径的形态。
4）方向线：由锚点延伸出的两条线段，用来控制路径的形态。

2. 路径的形态

路径的形态主要有"转角"和"平滑角"两种形态，如图 6.3 所示。

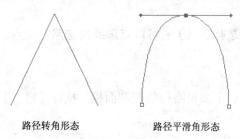

路径转角形态　　　路径平滑角形态

图 6.3 路径的形态

3. 路径工具

图 6.4　路径工具组

（1）钢笔工具

右击工具箱中的【钢笔工具】按钮，会发现这是一组工具，如图 6.4 所示。

最常用的【钢笔工具】排在第一位，使用它可以创建点、直线和曲线，其用法与多边形套索工具有些类似。在不同的位置单击，软件自动连接单击的各个点来产生路径。

【钢笔工具】的属性栏如图 6.5 所示。

图 6.5　【钢笔工具】属性栏

1）【形状图层】：在此状态下使用钢笔工具会创建一个新的形状图层。

2）【路径】：在此状态下使用钢笔工具创建的是路径。

3）【填充像素】：在此状态下使用钢笔工具创建的是一个填充区域。

4）【矢量绘图工具按钮】：这是工具箱中所有矢量绘图工具的快捷按钮。

5）【自动添加/删除】：勾选此复选框时，【钢笔工具】就具有增加和删除锚点的特性。

6）【路径运算按钮】：路径运算方式分别为"相加"、"相减"、"相交"和"新路径与原路径相加后再减去其相交的部分"。

（2）自由钢笔工具

使用工具箱中的【自由钢笔工具】可以模拟自然形态的钢笔勾画出一条路径，其用法与套索工具类似。

（3）添加锚点工具

使用工具箱中的【添加锚点工具】在已绘制好的路径上单击可以添加锚点。

（4）删除锚点工具

使用工具箱中的【删除锚点工具】可以删除锚点。

（5）转换点工具

使用【转换点工具】可以调节路径的形态，使路径在转角和平滑角之间转换。

（6）路径选择工具

右击工具箱中的【路径选择工具】按钮，会发现这是一组工具，如图 6.6 所示。

使用工具箱中的【路径选择工具】可以选取整个路径。

（7）直接选择工具

使用工具箱中的【直接选择工具】可以点选或框选路径锚点。

图 6.6　路径选择工具组

4. 路径面板

Photoshop 专门提供了一个编辑路径的控制面板。执行【窗口】|【路径】命令可以打开该面板，如图 6.7 所示。

单击面板右上方的小三角按钮，可以弹出【路径】面板下拉菜单，选择其中的命令便可进行相应的面板功能操作。

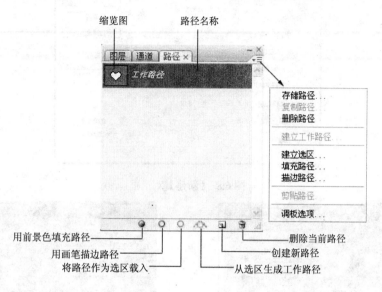

图 6.7 【路径】面板

【路径】面板的功能按钮如下。

1）【用前景色填充路径】 ●：单击该按钮，可以使用前景色填充路径。

2）【用画笔描边路径】 ○：单击该按钮，可以使用画笔对路径进行描边。

3）【将路径作为选区载入】 ○：单击该按钮，可以将当前路径转换为选区。

4）【从选区生成工作路径】 ▲：单击该按钮，可以从选区建立工作路径。

5）【创建新路径】 ⊡：单击该按钮，可以新建路径。

6）【删除当前路径】 🗑：单击该按钮，可以删除路径。

 任务分析

在本实例的制作中，首先需新建一个文件，填充渐变背景色，再利用钢笔工具绘制花瓣并进行描边和填充；其次需使用椭圆选框工具画出花蕊部分，并填充金黄色，使用加深和减淡工具对其进行修改，制作出立体感；最后，使用钢笔工具绘制出花茎和叶子，并用绿色进行描边和填充。

 任务实施

1）新建文件。按“Ctrl+N”组合键，新建一个白色背景的文件，弹出【新建】对话框设置如图 6.8 所示。

2）填充渐变背景。设置前景色（R：5，G：65，B：213），背景色（R：97，G：191，B：253）。使用工具箱中的【渐变工具】 ▣，选择【线性渐变】选项，把鼠标放在文档正上方，按住“Shift”键的同时自上而下拖动鼠标，填充效果如图 6.9 所示。

3）显示网格线。按“Ctrl+R”组合键将网格显示出来，如图 6.10 所示。

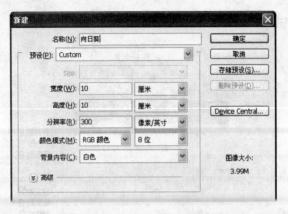

图 6.8 【新建】对话框

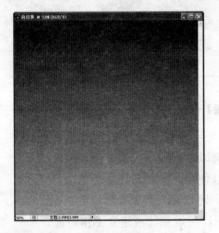

图 6.9 渐变背景

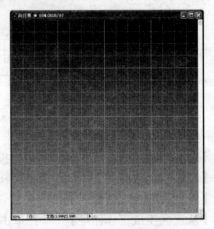

图 6.10 显示网格

提 示

通常情况下，为了更精确地绘制路径，我们可以借助【网格线】和【参考线】等辅助工具。

4）绘制一个花瓣的起点。新建"图层 1"图层并重命名为"向日葵"，使用工具箱中【钢笔工具】☑在如图 6.11 所示位置单击，这时的【图层】面板如图 6.12 所示。

5）继续绘制花瓣。在如图所示位置单击，不要释放鼠标，按住"Shift"键拖动，方向线呈水平状态，位置如图 6.13 所示。

提 示

使用钢笔工具绘制路径的过程中，按住"Shift"键不仅可以绘制水平、垂直或倾斜 45° 角的直线路径，也可以使方向线呈水平、垂直或倾斜 45° 角。

6）绘制花瓣的终点。将鼠标移动到起始点，当鼠标指针呈 状态的时候单击，生成一个闭合路径，如图 6.14 所示。

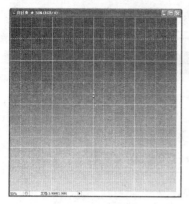

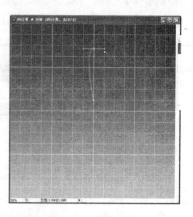

图 6.11 绘制花瓣的起点　　　　图 6.12 【图层】面板　　　　图 6.13 继续绘制花瓣

7）变换并复制花瓣。按"Ctrl+Alt+T"组合键，花瓣周围将出现控制点。将中心点移到如图 6.15 所示位置。

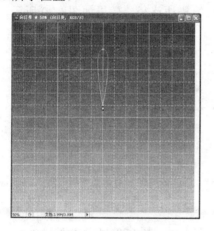

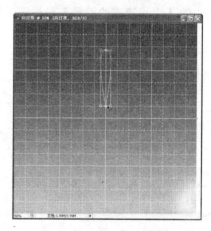

图 6.14 绘制花瓣的终点　　　　　　　图 6.15 变换并复制花瓣

8）旋转花瓣。旋转花瓣到如图 6.16 所示位置。

9）生成多个花瓣。按"Ctrl+Alt+Shift+T"组合键多次，生成多个花瓣如图 6.17 所示。打

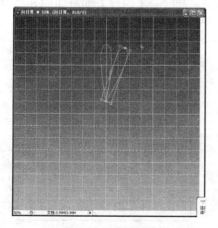

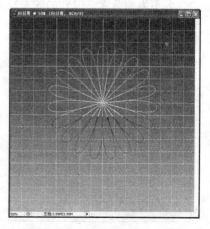

图 6.16 旋转花瓣　　　　　　　　　图 6.17 多个花瓣

开【路径】面板，双击"工作路径"图层，弹出【存储路径】对话框，将名称改为"花瓣"，单击【确定】按钮，将当前的工作路径存储起来，如图 6.18 所示。

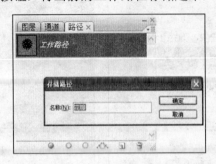

图 6.18　存储路径

10）给花瓣上色。设置前景色为黄色（R：255，G：255，B：0），单击【路径】面板中的【用前景色填充路径】按钮，填充路径，如图 6.19 所示。再使用【画笔工具】，画笔的硬度设置为 100%，直径为 5px，设置前景色为深黄色（R：216，G：116，B：0），单击【路径】面板中的【用画笔描边路径】按钮，使用画笔描边路径，效果如图 6.20 所示。

图 6.19　路径面板　　　　　　　　图 6.20　花瓣上色

11）绘制花蕊。新建"图层 2"图层，重命名为"花蕊"，使用工具箱中的【椭圆选框工具】绘制一个正圆，用黄色（R：255，G：173，B：0）填充，再用深黄色（R：216，G：116，B：0）给选区描边，大小为 5 像素，得到如图 6.21 所示效果，此时的【图层】面板如图 6.22 所示。

图 6.21　制作花蕊　　　　　　　　图 6.22　【图层】面板

12）制作花蕊立体感。使用工具箱中的【加深工具】 和【减淡工具】 在花蕊上涂抹，得到如图 6.23 所示效果。

图 6.23　制作花蕊立体感

13）修饰花蕊。使用【钢笔工具】 绘制如图所示线条，并使用步骤 9）的方法将该路径存储起来，名称为"线条"，这时的效果和【路径】面板分别如图 6.24 和图 6.25 所示。

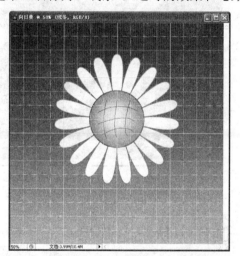

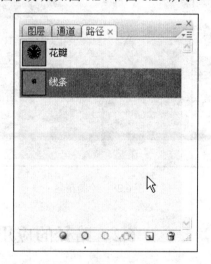

图 6.24　修饰花蕊　　　　　　　　　图 6.25　【路径】面板

14）描边路径。新建"图层 3"图层，重命名为"线条"，使用深黄色（R：216，G：116，B：0）描边路径。这时的效果和【图层】面板分别如图 6.26 和图 6.27 所示。

15）绘制花茎。在背景图层上方，新建"图层 4"图层，重命名为"茎"。使用【钢笔工具】 绘制花茎轮廓，并填充绿色（R：66，G：131，B：0），再使用黑色进行描边。然后用【加深工具】 和【减淡工具】 修饰出立体感。效果如图 6.28 所示。

16）绘制叶子。使用【钢笔工具】 用和步骤 15）同样的方法绘制出叶子。最终效果如图 6.29 所示。

17）保存文件。按"Ctrl+Shift+S"组合键，将该文件保存为"向日葵.psd"。

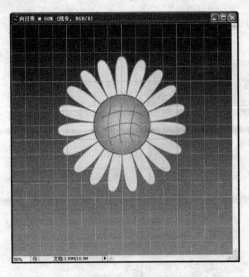

图 6.26　描边路径

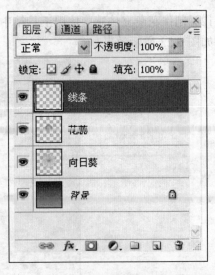

图 6.27　【图层】面板

图 6.28　绘制花茎

图 6.29　向日葵最终效果

6.2　路径的应用——制作中秋纪念邮票

任务目的

　　本实例将一幅普通图像制作成邮票效果，主要掌握路径描边的方法，原图和最终效果分别如图 6.30 和图 6.31 所示。

任务分析

　　本实例的重点在于邮票锯齿效果的制作，我们使用【橡皮擦工具】描边路径制作锯齿效果。

图 6.30 邮票素材

图 6.31 中秋纪念邮票效果

1）设置前景色为黑色。按"Ctrl+N"组合键新建一个 30 厘米×40 厘米的前景色为黑色的文件，如图 6.32 所示。

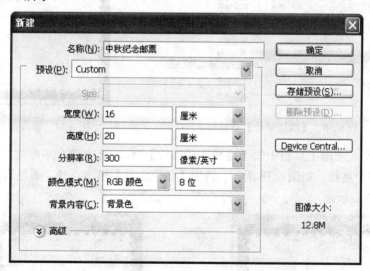

图 6.32 【新建】对话框

2）绘制白色矩形。新建"图层 1"图层，重命名为"锯齿"，使用工具箱中的【矩形选框工具】 在该图层中绘制一个羽化值为 0px 的矩形选区，并填充白色，如图 6.33 所示。这时的【图层】面板如图 6.34 所示。

3）将选区转换为路径。打开【路径】面板，单击【从选区生成工作路径】 按钮，将选区转换为工作路径。

4）制作锯齿效果。在工具箱中单击【橡皮擦工具】 按钮，设置其画笔属性如图 6.35 所示。

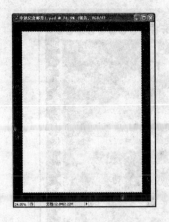

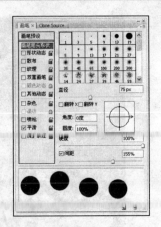

图 6.33　绘制白色矩形　　　　　图 6.34　【图层】面板　　　　图 6.35　【橡皮擦工具】的画笔属性

5）用橡皮擦描边路径。单击【路径】面板右上角的 按钮，在弹出的下拉菜单中选择【描边路径】命令，弹出【描边路径】对话框，如图 6.36 所示，在对话框中选择【橡皮擦】选项。单击【确定】按钮，得到如图 6.37 所示效果。

图 6.36　【描边路径】对话框　　　　　　　图 6.37　锯齿效果

6）制作边框。使用工具箱中的【路径选择工具】，选中整个矩形路径。按【Ctrl+T】组合键等比例缩小路径，如图 6.38 所示。再用【画笔工具】描边路径，颜色为黑色，大小为 5 像素，如图 6.39 所示。

图 6.38　等比例缩小路径　　　　　　　图 6.39　用画笔描边路径

7）移入素材文件。打开素材文件"嫦娥.jpg"，如图 6.40 所示，使用工具箱中的【移动工具】，将其移到当前的邮票文件中，变换大小和位置如图 6.41 所示。

图 6.40　素材文件

图 6.41　移入素材后效果

8）输入文字。尝试使用工具箱中的【横排文字工具】T 和【直排文字工具】，输入："80 分"、"中国人民邮政"、"己丑年中秋节"等字样。最终效果如图 6.42 所示。这时的【图层】面板如图 6.43 所示。

图 6.42　最终效果

图 6.43　【图层】面板

9）按"Ctrl+Shift+S"组合键，将该文件保存为"中秋纪念邮票.psd"。

6.3　文字的输入与编辑——中秋节纪念邮戳

Photoshop CS3 中共有 4 种处理文字的工具，分别是【横排文字工具】T、【直排文字工具】、【横排文字蒙版工具】和【直排文字蒙版工具】，使用这些工具可以创建出矢量效果的横排、竖排、段落和文字选区等文本样式。

任务目的

通过制作"中秋节纪念邮戳"图像来掌握文字工具的使用方法以及文字绕排路径效果。最终效果如图 6.44 所示。

相关知识

1. 文字工具

右击工具箱中的【横排文字工具】T 按钮，会发现这是一组文字工具组，如图 6.45 所示。

图 6.44 中秋节纪念邮戳

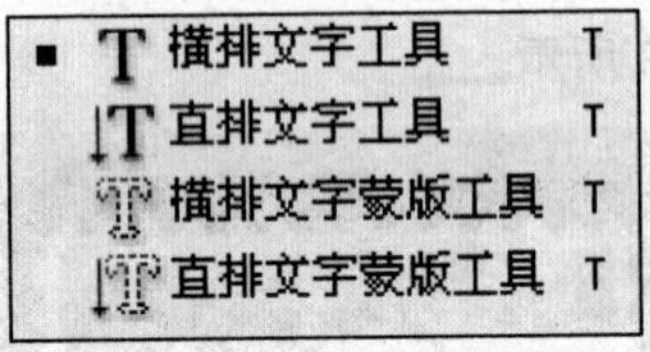

图 6.45 文字工具组

1)【T 横排文字工具】：可以沿水平方向输入文字。

2)【IT 直排文字工具】：可以沿垂直方向输入文字。

3)【横排文字蒙版工具】：可以创建沿水平方向的文字选区。

4)【直排文字蒙版工具】：可以创建沿垂直方向的文字选区。

2. 文字的输入

文字的输入方法分为"点输入法"和"框选输入法"，前者主要用来输入一行或一列文本，后者主要用来输入段落文本。

（1）点输入法

使用工具箱中的【横排文字工具】T，在图像窗口中单击，当文档中出现闪烁的光标时，即可输入文字。同时也可以在文字工具属性栏（如图 6.46 所示）中设置文字属性。

图 6.46 文字工具属性栏

1)【改变文本方向】：单击该按钮，可以将当前文本的方向在"水平"和"垂直"间切换。

2）【设置字体】 华文行楷 ：单击下三角按钮可以为文字选择设置需要的字体。

3）【设置字体大小】 14点 ：单击下三角按钮可以设置字体大小，也可以直接输入数字。

4）【设置消除锯齿的方法】 锐利 ：该下拉列表中共有【无】、【锐利】、【犀利】、【浑厚】、【平滑】5个选项，用户可以根据需要选择消除锯齿的方式。

5）【设置文本的对其方式】 ：可以设置文本对其方式，分别为【左对齐】、【居中对齐】和【右对齐】。

6）【设置字体颜色】 ■：单击该按钮可弹出【颜色】面板，用户可根据需要设置字体颜色。

7）【创建变形文本】 ：单击该按钮会弹出【变形文字】对话框，可以根据需要选择变形的样式，设置参数，如图6.47所示。

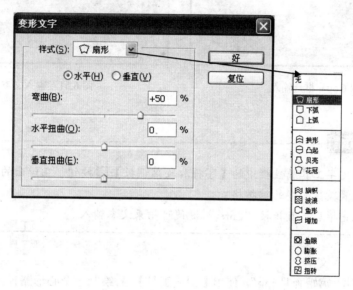

图6.47 【变形文字】对话框

8）【字符和段落调板】 ：单击该按钮可以显示或隐藏【字符】面板和【段落】面板，该面板如图6.48和图6.49所示。

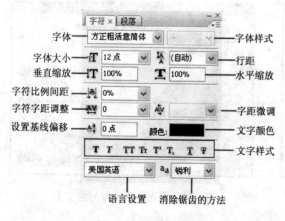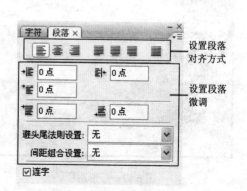

图6.48 【字符】面板　　　　图6.49 【段落】面板

（2）框选输入法

按"Ctrl+O"组合键，打开素材文件"嫦娥奔月.jpg"。使用【横排文字工具】 T，在图像中按住鼠标左键拖动出现文本框，如图 6.50 所示。

在文本框中输入文字。输入的文字到文本框的右边侧时，系统会自动切换到下一行，效果如图 6.51 所示。

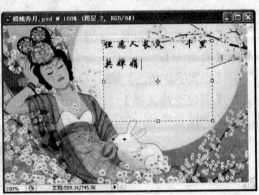

图 6.50　框选输入　　　　　　　　　图 6.51　输入文本

提　示

❖ 单击横排文字工具属性栏中的【字符和段落调板】▤按钮，在弹出的【段落】面板中可以设置段落文字的编排格式。

❖ 文字输入完毕后，直接按"Enter"键便可结束文本输入。

（3）沿路径输入文字

打开素材文件"嫦娥奔月.jpg"，使用【钢笔工具】◊绘制一个心形路径，如图 6.52 所示。

使用【路径选择工具】▸选择整条路径，使用【横排文字工具】T设置合适的字体大小。移动鼠标指针到路径上的任意位置，当鼠标指针变成↓形状时单击，即可输入沿路径排列的文字，如图 6.53 所示。

图 6.52　心形路径　　　　　　　　　图 6.53　输入沿路径排列的文本

（4）在路径区域中输入文字

按"Ctrl+Alt+Z"组合键，撤销上一步输入的文字，把鼠标指针放置在整个路径区域中，当鼠标指针变为①形状时单击，可以在心形路径区域中输入文字，如图 6.54 所示。

图 6.54 在路径区域中输入文字

本实例通过绘制邮戳来掌握文字工具的使用方法，重点在于"文字沿路径排列"和"文字变形"。

1）新建文件。按"Ctrl+N"组合键，新建一个白色背景的文件，宽度为 10 厘米，高度为 10 厘米，分辩率为 300 像素/英寸，【新建】对话框如图 6.55 所示。

图 6.55 【新建】对话框

2）使用【椭圆工具】 ◯ 画一正圆。新建"图层 1"图层，并重命名为"圆"，使用工具箱中的【椭圆工具】 ◯，在其属性栏设置参数如图 6.56 所示。按住"Shift"键的同时在图像中拖动鼠标绘制一个正圆，效果如图 6.57 所示。

图 6.56 【椭圆工具】 ◯ 属性栏参数设置

3）复制一个正圆再等比例缩小。按"Ctrl+C"组合键复制一个正圆，再按"Ctrl+V"组合键粘贴该正圆。按"Ctrl+T"组合键，运用自由变换路径操作等比例缩小复制的路径，得到如图 6.58 所示效果。

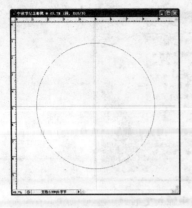

图 6.57　绘制正圆

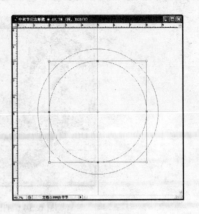

图 6.58　复制正圆

4）描边路径。使用工具箱中的【路径选择工具】选择所有路径，使用工具箱中的【画笔工具】，设置画笔颜色为黑色，笔尖大小为 10 像素，硬度为 0；单击【路径】面板中的【使用画笔描边】按钮给路径描边，效果如图 6.59 所示。存储该路径，名称为"圆"。此时【图层】面板和【路径】面板分别如图 6.60 和图 6.61 所示。

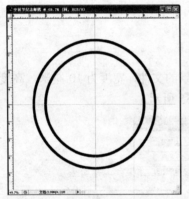

图 6.59　描边路径

图 6.60　【图层】面板

图 6.61　【路径】面板

5）复制路径。使用【路径选择工具】选择小圆路径，按"Ctrl+T"组合键，将其等比例微微放大，效果如图 6.62 所示。此时【路径】面板如图 6.63 所示。

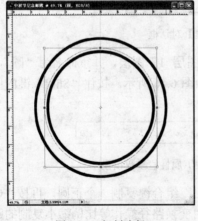

图 6.62　复制路径

图 6.63　【路径】面板

6）沿路径输入文本。单击工具箱中的【横排文字工具】**T** 按钮，文字工具属性栏如图 6.64 所示。再将鼠标指针放在路径上的任意位置，当鼠标指针变成 形状时单击，输入文字"但愿人长久　千里共婵娟　己丑年中秋节纪念"，如图 6.65 所示。按"Enter"键确定文本输入完毕。

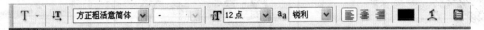

图 6.64　【横排文字工具】属性栏

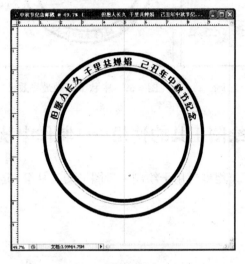

图 6.65　沿路径输入文本

　　7）输入变形文字。单击工具箱中的【横排文字工具】**T** 按钮，其属性栏如图 6.64 所示。输入"福建　厦门　2009.10.3"，然后单击【创建变形文本】 按钮，弹出【变形文字】对话框，参数设置如图 6.66 所示，变形后的文字效果如图 6.67 所示。

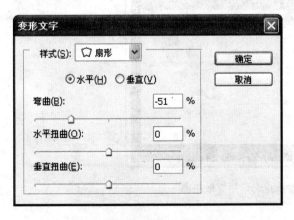

图 6.66　【变形文字】参数设置　　　　　图 6.67　文字变形后的效果

　　8）移入素材。按"Ctrl+O"组合键，打开素材文件"嫦娥（一）.jpg"，如图 6.68 所示，使用魔棒选中黑色图形部分，将其移入邮戳图像文件中，再使用【橡皮擦工具】 将多余部分擦掉，最终效果如图 6.69 所示。这时的【图层】面板如图 6.70 所示。

　　9）按"Ctrl+Shift+S"组合键，将该文件保存为"中秋节纪念邮戳.psd"。

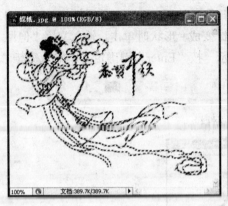

图 6.68　素材"嫦娥（一）.jpg"　　　图 6.69　中秋节邮戳最终效果　　图 6.70　【图层】面板

6.4　矢量绘图工具的使用——制作中秋纪念信封

Photoshop CS3 提供了一组专门用于绘制矢量图形的工具组，运用该工具组我们可以轻松绘制各式各样的矢量图形。

本实例通过制作"中秋纪念信封"图像来掌握矢量绘图工具的使用方法和技巧，最终效果如图 6.71 所示。

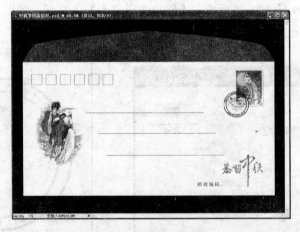

图 6.71　"中秋纪念信封"效果图

1. 矢量绘图工具组

右击工具箱中的【矩形工具】▢.，会发现这是一组矢量绘图工具组，如图 6.72 所示。

1）【矩形工具】■：可以绘制矩形路径或矢量图形。

2）【圆角矩形工具】■：可以绘制圆角矩形路径或矢量图形。

3）【椭圆工具】●：可以绘制椭圆路径或矢量图形。

4）【多边形工具】●：可以绘制多边形路径或矢量图形。

5）【直线工具】＼：绘制直线路径或矢量图形。

6）【自定形状工具】❀：可以选择系统自带的自定义形状来
绘制各种各样的路径或矢量图形，也可以自己定义形状。

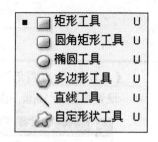

图 6.72 矢量绘图工具组

2．使用【矩形工具】■和【圆角矩形工具】■绘制胶片

1）新建文件。按"Ctrl+N"组合键，新建一个文件，参数设置如下：宽为 12 厘米；高为
5 厘米；分辨率为 72 像素/英寸；背景为白色。

2）在工具箱中单击【矩形工具】■按钮，其属性栏如图 6.73 所示。在其属性栏中单击
如图 6.73 所示按钮，弹出【矩形选项】面板，可以选择【矩形工具】■的绘图方式，如图 6.73
所示。

图 6.73 【矩形工具】属性栏

①【不受约束】：选中该项可以绘制任意大小的矩形路径或矢量图形。

②【方形】：选中该项可以绘制正方形的路径或矢量图形。

③【固定大小】:选中该项可以绘制固定尺寸的矩形路径或矢量图形。

④【比例】：选中该项可以绘制等比例尺寸的矩形路径或矢量图形。

⑤【从中心】：勾选该复选框，将以当前鼠标指针所在位置为中心点绘制图形。

⑥【对齐像素】：勾选该复选框，可以使绘制的矩形边缘自动与图像中的像素边缘对齐。

下面，新建"图层 1"图层，重命名为"胶片"，使用【矩形工具】■绘制矩形，如图 6.74
所示。

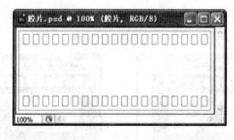

图 6.74 绘制矩形

3）在工具箱中选择【圆角矩形工具】■，其属性栏如图 6.75 所示。

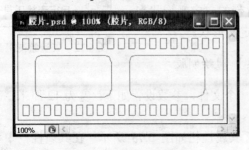

图 6.75 【圆角矩形工具】□属性栏

【半径】：设置圆角矩形的圆角度，数值越大则圆角度越大。

设置半径为 10px，继续在"胶片"图层上绘制两个圆角矩形，如图 6.76 所示。

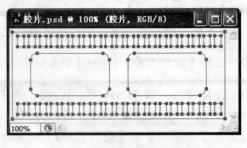

图 6.76 绘制圆角矩形　　　　　　图 6.77 选择所有路径

4）使用工具箱中的【路径选择工具】选中所有路径如图 6.77 所示，并在属性栏中单击【重叠形状区域除外】按钮，再单击【组合】按钮，组合当前路径，如图 6.78 所示。

图 6.78 组合路径

5）设置前景色为褐色（R：62，G：48，B：58），在【路径】面板中单击【使用前景色填充路径】按钮，给路径填充褐色，效果如图 6.79 所示。

图 6.79 填充路径

6）移入素材。按"Ctrl+O"组合键，打开素材"胶片 1.jpg"和"胶片 2.jpg"，使用工具箱中的【移动工具】将其移入"胶片"文档，并调整其位置和大小，如图 6.80 所示。再将多余的图像删除，得到如图 6.81 所示的最终效果。按"Ctrl+Shift+S"组合键，保存文件，名称为"胶片.psd"。

图 6.80 移入素材　　　　　　图 6.81 最终效果

3. 使用【椭圆工具】◯和【多边形工具】◯绘制卡通太阳

1）新建文件。按"Ctrl+N"组合键，新建一个文件，参数设置如下：宽为10厘米；高为10厘米；分辨率为72像素/英寸；背景为白色。

2）使用黄色（R：255，G：255，B：0）填充背景。

3）在工具箱中单击【多边形工具】◯按钮，其属性栏如图6.82所示。单击如图6.82所示的按钮，弹出【多边形选项】面板，如图6.82所示。

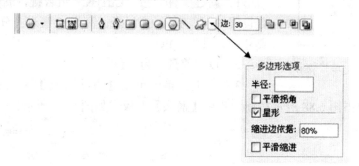

图6.82 【多边形工具】◯属性栏

①【边】：输入数值可以设置多边形的边数。

②【半径】：用于控制多边形中心与外部点之间的距离。

③【平滑拐角】：勾选此复选框，可使绘制出的多边形的顶角平滑。

④【星形】：勾选此复选框，可以绘制星形图形。

⑤【缩进边依据】：可以设置边的缩进比例。

⑥【平滑缩进】：勾选此复选框，可以使缩进边平滑。

下面，使用【多边形工具】◯绘制多边星形，如图6.83所示。

4）使用工具箱中的【椭圆工具】◯，并按住"Shift"键，绘制一正圆，如图6.84所示。

5）使用工具箱中的【路径选择工具】▶ 选中所有路径如图6.85所示，并在属性栏中单击【重叠形状区域除外】◻按钮，再单击【组合】按钮，组合当前路径，如图6.86所示。

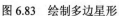
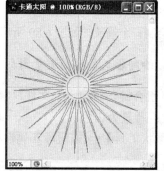
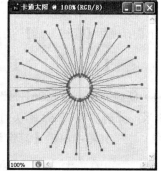

图6.83 绘制多边星形　　　图6.84 绘制正圆　　　图6.85 选中所有路径

图6.86 组合路径

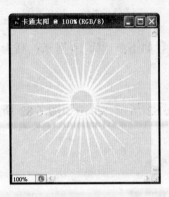

图 6.87 "卡通太阳"最终效果

6）设置前景色为白色，在【路径】面板中单击【使用前景色填充路径】按钮，给路径填充白色。在路径面板空白处单击，隐藏路径，得到最终效果如图 6.87 所示。按"Ctrl+Shift+S"组合键，将文件保存，存储名称为"卡通太阳.psd"。

4．使用【直线工具】＼绘制箭头

1）新建文件。按"Ctrl+N"组合键，新建一个文件，参数设置如下：宽为 10 厘米；高为 5 厘米；分辨率为 72 像素/英寸；背景为白色。

2）设置前景色为黑色。

3）在工具箱中单击【直线工具】＼按钮，其属性栏如图 6.88 所示。单击图 6.88 所示按钮，弹出【箭头】面板，如图 6.88 所示。

图 6.88 【直线工具】＼属性栏

①【起点】：勾选此复选框，可以绘制开始时带箭头的路径或矢量线。

②【终点】：勾选此复选框，可以绘制结束时带箭头的路径或矢量线。

③【宽度】：可以设置箭头宽度与线段宽度的比值，范围为 10%～1000%。

④【长度】：可以设置箭头长度与线段宽度的比值，范围为 10%～5000%。

⑤【凹度】：可以设置箭头的凹陷程度，范围为-50%～50%。

图 6.89 【直线工具】＼绘制箭头

⑥【粗细】：可以设置直线的宽度。

下面，使用【直线工具】＼绘制一个箭头，如图 6.89 所示。

5．使用【自定形状工具】绘制各式各样的矢量图形

1）新建文件。按"Ctrl+N"组合键，新建一个文件，参数设置如下：宽为 10 厘米；高为 10 厘米；分辨率为 72 像素/英寸；背景为白色。

2）在工具箱中单击【自定形状工具】按钮，其属性栏如图 6.90 所示。

图 6.90 【自定形状工具】属性栏

第6章 矢量图形的绘制和编辑

下面，使用【自定形状工具】，绘制一些矢量图形，如图 6.91 所示。

本实例在制作中，主要运用【矩形工具】绘制邮编方框，【直线工具】绘制线条，【自定形状工具】绘制水印效果。

图 6.91 【自定形状工具】绘图

1）新建文件。在工具箱中设置背景色为黑色，按"Ctrl+N"组合键，新建一个黑色背景的文件，文件的相关信息如图 6.92 所示。

图 6.92 【新建】文件

2）绘制白色矩形。设置前景色为白色，新建"图层 1"图层，重命名为"白色矩形"，使用工具箱中的【矩形工具】，设置其属性栏如图 6.93 所示。然后绘制一白色矩形，如图 6.94 所示。这时的【图层】面板如图 6.95 所示。

图 6.93 【矩形工具】属性栏

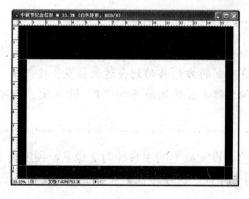

图 6.94 绘制白色矩形

图 6.95 【图层】面板

131

提 示

❖为了使绘制的图形更精确，可以按"Ctrl+R"组合键调出标尺，再拖出如图 6.94 所示参考线。

❖【矩形工具】▢的属性栏记得设置为【填充像素】。

3）绘制方形邮编框。新建"图层 2"图层，并重命名为"方形"。在工具箱中单击【矩形工具】▢按钮，设置其属性栏如图 6.96 所示。绘制一个正方形的路径，再复制 5 个，等距地排列在如图 6.97 所示的位置。这时的【图层】面板如图 6.98 所示。

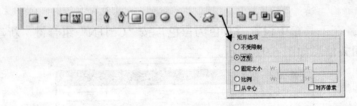

图 6.96 【矩形工具】▢属性栏

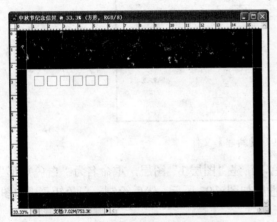

图 6.97 绘制方形邮编框

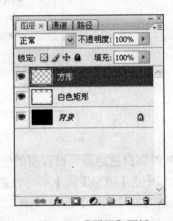

图 6.98 【图层】面板

提 示

制作邮编框的时候，可以先绘制一个方形路径，按"Ctrl+Alt+T"组合键，等出现控制点后，再使用向右的方向键将复制的方形移动到合适的位置，按"Enter"键确认变换。再按住"Ctrl+Alt+Shift"组合键不放的同时再按"T"键 4 次，便可复制出等距的方形来。

4）描边方形路径。设置前景色为红色，设置画笔的主直径为 2 像素，硬度为 100%。使用工具箱中的【路径选择工具】▶选中所有路径，在【路径】面板中单击【用画笔描边路径】○按钮，描边路径，效果如图 6.99 所示。

图 6.99　描边路径

5）绘制直线。新建"图层 3"图层，重命名为"直线"，使用工具箱中的【直线工具】 ，在其属性栏中单击【填充像素】 按钮，粗细为 2px，绘制如图 6.100 所示的 3 条红色直线。这时的【图层】面板如图 6.101 所示。

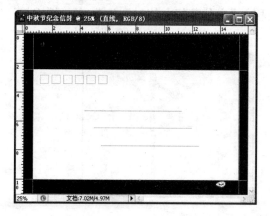

图 6.100　绘制直线

图 6.101　【图层】面板

6）绘制封口。在"背景"图层上新建"图层 4"图层，重命名为"封口"，使用工具箱中的【钢笔工具】 绘制封口路径，如图 6.102 所示。

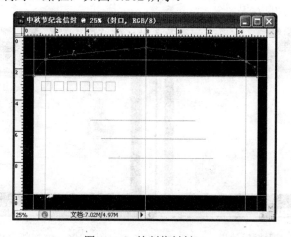

图 6.102　绘制信封封口

7）填充封口。设置前景色为红色（R：255，G：0，B：0），在路径面板中单击【使用前景色填充】○按钮，给封口填充红色，如图 6.103 所示。

图 6.103　填充信封封口

8）移入素材。按"Ctrl+O"组合键，打开素材文件"嫦娥与月兔.jpg"和"恭贺中秋.jpg"，如图 6.104 所示，使用【移动工具】将其移入"中秋节纪念信封"文档，给"嫦娥与月兔.jpg"图片制作羽化效果，如图 6.105 所示。

图 6.104　打开素材文件

9）添加邮票和邮戳。按"Ctrl+O"组合键，打开前两节制作的"中秋节纪念邮票.psd"和"中秋纪念邮戳.psd"，使用【移动工具】，将其移入"中秋纪念信封"文档。调整大小和位置，得到如图 6.106 所示的效果。

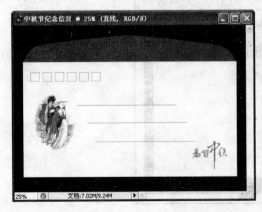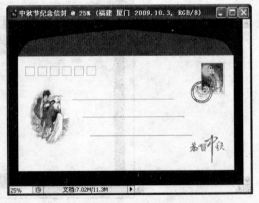

图 6.105　移入素材后效果　　　　　图 6.106　添加邮票和邮戳后的效果

10）绘制水印。新建"图层 5"图层，重命名为"水印"。设置前景色为黄色（R：251，G：251，B：179），在工具箱中单击【自定形状工具】按钮，其属性栏如图 6.107 所示。绘制图案，位置和大小如图 6.108 所示。

图 6.107　【自定形状工具】属性栏

11）使用【横排文字工具】**T**，设置字体为黑体，字体颜色为红色，字体大小为 8 点，在信封右下角输入"邮政编码："字样，效果如图 6.109 所示。

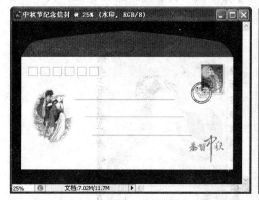

图 6.108　水印效果

图 6.109　输入"邮政编码"文字

12）按"Ctrl+Shift+S"组合键，将该文件保存为"中秋节纪念信封.psd"。

本 章 小 结

通过本章的学习，我们掌握了矢量工具的使用，主要包括【钢笔工具】、【路径选择工具】、【形状工具】和【文字工具】，在绘制矢量图形的过程中，灵活运用这些工具，就可以绘制出各种精美的矢量图形。

实 践 探 索

一、选择题

1. 在路径曲线线段上，方向线和方向点的位置决定了曲线段的（　　）。
   A. 用度　　　　　　　　　　B. 形状
   C. 方向　　　　　　　　　　D. 像素
2. 可以对位图进行矢量图形处理的是（　　）。
   A. 路径　　　　　　　　　　B. 选区
   C. 通道　　　　　　　　　　D. 图层
3. 下列关于路径的描述错误的是（　　）。
   A. 路径可以用画笔工具进行描边
   B. 当对路径进行填充颜色的时候，路径不可以创建镂空的效果

C. 路径不可以闭合

D. 路径可以随时转化为浮动选区

4. 路径和选区可以相互切换。在路径状态下，按（　　）组合键可以快速地将工作路径转换为选区。

A. "Shift + Enter"　　　　　　　　　　B. "Ctrl + Enter"

C. "Ctrl+B"　　　　　　　　　　　　　D. "Ctrl+D"

二、操作题

1. 打开素材"仕女.jpg"图像如图 6.110 所示，运用本章讲解的路径知识，制作邮票效果如图 6.111 所示（提示：邮票的锯齿效果可以使用【橡皮擦工具】描边路径完成，其中"橡皮擦"的形状设置为等间距的小圆点）。

图 6.110　仕女　　　　　　　　图 6.111　邮票效果

2. 运用本章并结合前几章的知识，绘制一张贺年明信片，其中素材文件可以自己随意选择。

第 7 章
图层的使用

　　图层是 Photoshop 最重要的组成部分。我们在前面的章节中就接触到了图层的一些基本操作，本章中，我们将继续讲解图层的知识，更深入地了解图层的高级编辑操作和应用范围。

7

学习目标

➢ 理解Photoshop图层的概念。
➢ 了解图层面板的各个组成部分。
➢ 掌握图层的基本操作方法。
➢ 掌握各种图层样式的使用技巧。
➢ 了解图层的各种混合模式的特点。
➢ 掌握图层组与剪贴蒙版的使用方法。

7.1　图层的基本操作——制作壁纸图案

自 Photoshop 3.0 开始引入图层后，Adobe 方真正进入到专业图像处理领域。对于修饰人员来说，图层是 Photoshop 最重要的功能。

通过"壁纸图案"的制作，了解图层面板的各个组成部分，能够熟练运用图层的基本操作并能了解这些操作相对应的快捷方式。壁纸图案最终效果如图 7.1 所示。

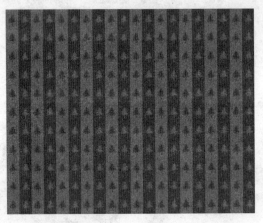

图 7.1　壁纸图案

1．图层概念

在 Photoshop 中我们可以把图层理解为类似"透明薄膜"的概念来处理图像。在绘图过程中图像一般不绘制在背景层上，要保持背景图层的完整性且图像的每个部分要分层绘制在独立的图层上，图层概念图解如图 7.2 所示。

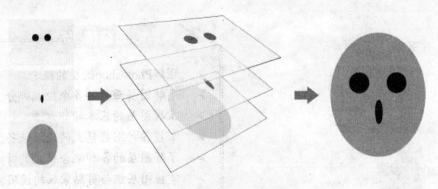

图 7.2　图层概念图解示意图

2. 图层面板的组成

图层的显示和操作都集中在【图层】面板中,执行【窗口】|【图层】命令,即可弹出【图层】面板,如图 7.3 所示。

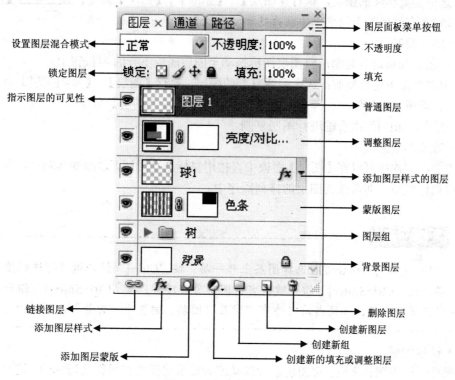

图 7.3 图层面板的组成

3. 图层的基本操作

(1) 图层选择

1) 要选择单个图层,在【图层】面板中单击目标图层即可,处于选择状态的图层以蓝色显示。

2) 如果要选择连续的多个图层,在选择一个图层后,按住"Shift"键,在【图层】面板中单击另一图层的图层名称,则两个图层间的所有图层都会被选中。

3) 如果要选择不连续的多个图层,在选择一个图层后,按住"Ctrl"键,在【图层】面板中单击另一图层的图层名称。

(2) 显示和隐藏图层

在【图层】面板中单击图层左侧的 👁 图标,使其消失,即隐藏该图层。再次单击此处可重新显示该图层。

 提 示

按住"Alt"键,单击图层左侧的 👁 图标,则只显示该图层而隐藏其他图层。再次按住"Alt"键,单击该图层左侧的 👁 图标,即可恢复之前的图层显示状态。

（3）删除图层

删除图层的方法有以下两种。

1）选中需要删除的图层，单击【图层】面板下方的【删除图层】🗑按钮。

2）选中需要删除的图层，执行【图层】|【删除】|【图层】命令，或者单击【图层】面板菜单按钮，在弹出的下拉菜单中选择【删除图层】命令。

（4）图层复制

1）在图层面板进行复制：将图层图标拖动至图层面板下方的🔲按钮上。

2）用菜单命令进行复制：选中需要复制的图层，执行【图层】|【复制图层】命令，或单击【图层】面板菜单按钮，在弹出的下拉菜单中选择【复制图层】命令。

3）使用"Ctrl+J"组合键进行图层复制。

（5）改变图层的次序

要改变图层次序可以在【图层】面板中直接用鼠标拖动图层，以改变其顺序，当高亮线出现时释放鼠标按钮，即可改变图层的排列顺序中。

提　示

　　　按"Ctrl+]"组合键将选择图层上移一层，按"Ctrl+["组合键可将选择图层下移一层，按"Ctrl+Shift+]"组合键将当前图层为最顶层，按"Ctrl+Shift+["组合键将当前图层置为底层，如果当前文件有"背景"图层，则置于"背景"图层的上方。

（6）链接图层

当操作页面中图较多时，对图层进行移动或者缩放等操作就显得比较麻烦。这时可以通过将同类图层进行链接的方法，再对它们进行编辑。进行图层链接后，这些图层保持关联，如果移动、缩放、旋转其中某一个图层，则其他链接图层将随之一起发生移动、缩放、旋转，但当前可编辑的图层还是只有一个。按住"Ctrl"键单击要链接的若干个图层以将其选中，在【图层】面板的左下角单击【链接图层】🔗按钮，如果要取消图层的链接状态，可以在链接图层被选择的状态下单击【链接图层】🔗按钮即可将链接的图层解除链接。

（7）合并图层

当确定已经完成全部的对图像的处理操作后，可以将各个图层合并起来以节省系统资源。合并图层的方法有以下几种。

1）合并任意多个图层：在图层面板上选择需要合并的图层，按"Ctrl+E"组合键，也可单击【图层】|【合并图层】命令或者单击【图层】面板菜单按钮，在弹出的下拉菜单中执行【合并图层】命令进行合并。

2）合并所有图层：单击【图层】|【拼合图像】命令或者单击【图层】面板菜单按钮，在弹出的下拉菜单中选择【拼合图像】命令，可以将所有可见图层合并至背景图层中。

3）向下合并图层：是指合并两个相邻的图层。要完成这项操作，可以先将位于上面的图层选中，然后执行【图层】|【向下合并】命令，或者单击【图层】面板菜单按钮，在弹出的下拉菜单中选择【向下合并】命令。此操作的快捷键同样是"Ctrl+E"组合键。

4）合并可见图层：若要合并所有可见的图层，则可选择【图层】|【合并可见图层】命令或单击【图层】面板菜单按钮，在弹出的下拉菜单中选择【合并可见图层】命令。此操作的快

捷键为"Ctrl+Shift+E"组合键。

（8）图层对齐

在对齐多个图层或组时，首先在【图层】面板中选择多个图层或者选择一个组，然后执行【图层】|【对齐】子菜单中的命令或单击【移动工具】按钮，并在其工具属性栏上单击对应的按钮，即如图 7.4 所示的线框中的按钮。分别是【顶对齐】、【垂直居中对齐】、【底对齐】、【左对齐】、【水平居中对齐】、【右对齐】按钮。

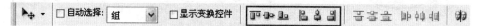

图 7.4　【移动工具】属性栏中的对齐功能按钮

如图 7.5 所示为图像在水平方向上的【顶对齐】、【垂直居中对齐】、【底对齐】3 种对齐方式的效果。

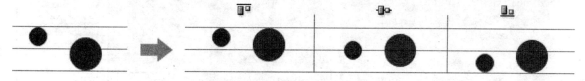

图 7.5　图像在水平方向上的对齐

使用 Photoshop 自带的素材，运用图层的复制、选择、移动、对齐、合并等基本操作制作圣诞节壁纸的背景图。

1）新建文件。将新建文件命名为"圣诞壁纸"，宽度为 1280 像素，高度为 1024 像素，分辨率为 300 像素/英寸，颜色模式为 RGB 颜色，背景为绿色（R：91，G：189，B：44），参数设置如图 7.6 所示。

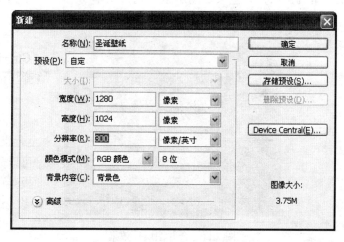

图 7.6　新建文件设置

2）新建图层。将新建图层重命名为"色条"，设置前景色为蓝绿色（R：0，G：160，B：106），使用工具箱中的【矩形选框工具】绘制一个矩形条，执行【编辑】|【填充】命令在新图层上用前景色填充选区，按"Ctrl+D"组合键取消选区。

3）执行【编辑】|【自由变换】命令修改矩形条大小和位置。参数设置如图7.7所示，效果如图7.8所示。

图7.7　自由变换参数设置

4）使用工具箱中的【移动工具】，同时按住"Alt"键在文档窗口拖动矩形条复制另外9个，效果如图7.9所示。

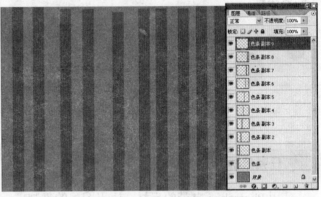

图7.8　调整矩形条大小和位置　　　　图7.9　复制出另外9个矩形条

5）在图层面板上连选"色条"图层至"色条副本9"这10个图层。单击工具箱中的【移动工具】按钮，使用属性栏"顶端对齐"和"水平居中分布"功能，属性栏设置如图7.10所示。

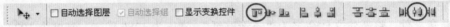

图7.10　属性栏设置

6）按"Ctrl+E"组合键合并"色条"图层至"色条副本9"这10个图层，效果如图7.11所示。

图7.11　合并图层后效果

7）单击工具箱中的【自定形状】按钮，参数设置如图 7.12 所示。

图 7.12 【自定形状】属性栏设置

8）新建图层，重命名为"树"。设置前景色为蓝绿色（R：0，G：160，B：106），在文档窗口绘制出一棵树。使用步骤 4）、5）的方法复制出 1 列的树并对齐，将组成这一列树的所有图层合并，效果如图 7.13 所示。

9）使用步骤 4）、5）的方法复制出另外 9 列的树并对齐，合并所有树的图层，重命名为"树 1"，效果如图 7.14 所示。

图 7.13 绘制 1 列树效果

图 7.14 制作 10 列树效果

10）复制"树 1"图层，重命名为"树 2"。

11）按住"Ctrl"键并单击"树 1"图层图标，激活选区，效果如图 7.15 所示。

12）设置前景色为绿色（R：91，G：189，B：44），在图层面板中选择"树 2"图层。执行【编辑】|【填充】命令在选区内填充前景色，按"Ctrl+D"组合键取消选区，单击工具箱中的【移动工具】按钮，移动图像位置，效果如图 7.16 所示。至此完成壁纸图案的制作。

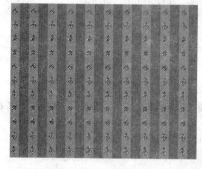

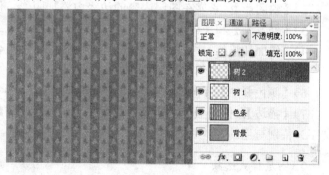

图 7.15 激活"树 1"图层选区

图 7.16 "树 2"填充前景色后效果

7.2 图层样式的应用——完善精美壁纸

通过进一步完善"圣诞壁纸"的制作，掌握图层样式中各参数的设置意义，熟练使用各种

图层样式为图像添加各种特殊效果。精美壁纸的最终效果如图 7.17 所示。

图 7.17　精美壁纸效果

图层样式是 Photoshop 最具有魅力的功能，它能够方便地建立许多效果，如内部发光、阴影、斜面与浮雕等。执行【图层】|【图层样式】子菜单中的命令，或单击【图层】面板下方的【添加图层样式】 *fx.* 按钮，在弹出的菜单中选择一个命令即可，应用图层样式的图层，在其右侧将出现一个图标。

1. 图层样式效果

1)【投影】：在图层内容的后面添加阴影。

2)【内阴影】：紧靠在图层内容的边缘内添加阴影，使图像具有凹陷外观。

3)【外发光】和【内发光】：添加从图层内容的外边缘或内边缘发光的效果。

4)【斜面和浮雕】：对图层添加高光与阴影的各种组合。

5)【光泽】：应用创建光滑光泽的内部阴影。

6)【颜色叠加】、【渐变叠加】和【图案叠加】：用颜色、渐变或图案填充图层内容。

7)【描边】：使用颜色、渐变或图案在当前图层上描画对象的轮廓。它对于硬边形状（如文字）特别有用。

2. 图层样式选项

图层样式选项见表 7.1。

表 7.1　图层样式选项

选　项	说　明
角度	确定效果应用于图层时所采用的光照角度。在 Photoshop 中，可以在文档窗口中拖动以调整"投影"、"内阴影"或"光泽"效果的角度
混合模式	确定图层样式与下层图层的混合方式。在大多数情况下，每种效果的默认模式都会产生最佳结果
阻塞	模糊之前收缩"内阴影"或"内发光"的杂边边界

续表

选　　项	说　　明
颜色	指定阴影、发光或高光的颜色。可以单击颜色框并选取颜色
距离	指定阴影或光泽效果的偏移距离。在 Photoshop 中，可以在文档窗口中拖动以调整偏移距离
渐变	指定图层效果的渐变。在 Photoshop 中，单击渐变以显示渐变编辑器，"反向"翻转渐变方向，"与图层对齐"使用图层的定界框来计算渐变填充，而"缩放"则缩放渐变的应用。还可以通过在图像窗口中单击和拖动来移动渐变中心。"样式"指定渐变的形状
大小	指定模糊的数量或阴影大小
软化	模糊阴影效果可减少多余的人工痕迹
扩展	模糊之前扩大杂边边界
等高线	在斜面和浮雕中，等高线允许勾画在浮雕处理中被遮住的起伏、凹陷和凸起。使用阴影时，等高线允许指定渐隐
深度	指定斜面深度，它还指定图案的深度
样式	指定斜面样式："内斜面"在图层内容的内边缘上创建斜面；"外斜面"在图层内容的外边缘上创建斜面；"浮雕效果"模拟使图层内容相对于下层图层呈浮雕状的效果；"枕状浮雕"模拟将图层内容的边缘压下下层图层中的效果；"描边浮雕"将浮雕限于应用于图层的描边效果的边界
不透明度	设置图层效果的不透明度。可输入值或拖动滑块

在 Photoshop 中，图层样式在不破坏图层像素的基础上，赋予图像各种特殊效果。运用图层样式功能制作一张精美的圣诞节壁纸。并能以此为例，举一反三制作出更多造型精美、风格独特的桌面壁纸。

1）打开之前制作的"圣诞壁纸.psd"文件。

2）在"背景"图层上双击鼠标，取消"背景"图层的锁定状，将背景图层转换为普通图层，操作方法如图 7.18 所示。

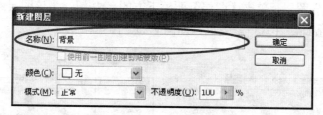

图 7.18　取消"背景"图层的锁定状态

3）单击【图层】面板下方的 *fx.* 按钮，为该层添加【渐变叠加】图层样式。图层样式参数设置如图 7.19 所示，效果如图 7.20 所示。

4）新建 3 个图层，重命名为"球 1"、"球 2"、"球 3"。

5）设置前景色为白色，单击工具箱中的【画笔工具】按钮，在其属性栏调整笔刷大小，在"球 1"、"球 2"、"球 3"图层箱中各绘制一个圆。选项栏参数设置如图 7.21 所示，效果如图 7.22 所示。

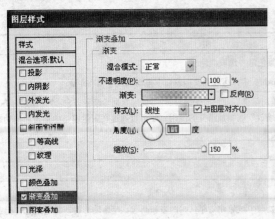

图 7.19 【渐变叠加】参数设置

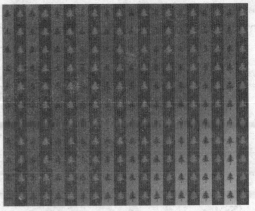

图 7.20 【渐变叠加】图层样式效果

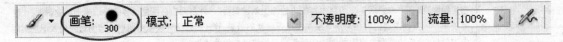

图 7.21 【画笔工具】属性栏参数设置

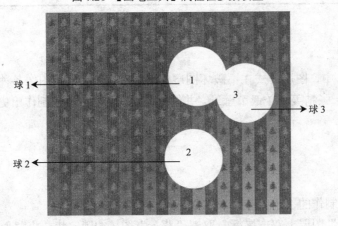

图 7.22 在"球 1"、"球 2"、"球 3"图层绘制 3 个圆

6）选择"球 1"图层，单击【图层】面板下方的 *fx.* 按钮，为该图层添加【投影】、【内发光】、【渐变叠加】等图层样式，参数设置如图 7.23～图 7.25 所示。

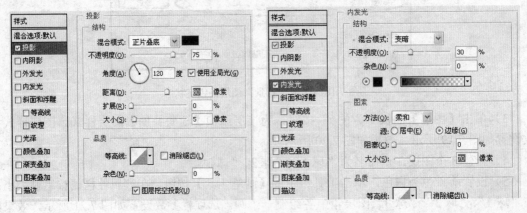

图 7.23 【投影】参数设置   图 7.24 【内发光】参数设置

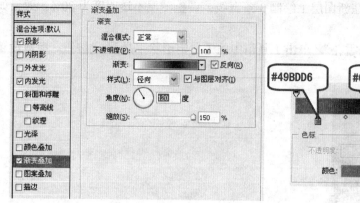
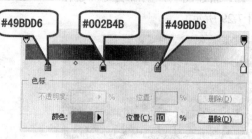

图7.25 【渐变叠加】参数设置

7）在"球1"图层上右击，在弹出的快捷菜单中选择【拷贝图层样式】命令。

8）在"球2"、"球3"图层上右击，在弹出的快捷菜单中选择【粘贴图层样式】命令。

9）修改"球2"图层的【渐变叠加】样式，参数设置如图7.26所示。

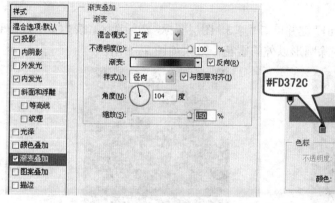
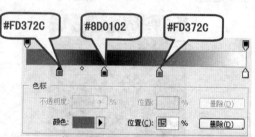

图7.26 【渐变叠加】参数设置

10）修改"球3"图层的【渐变叠加】样式，参数设置如图7.27所示。

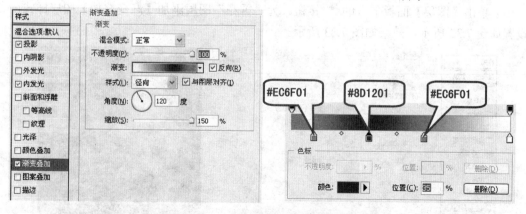

图7.27 【渐变叠加】参数设置

11）新建图层，重命名为"线条"；设置前景色为黄色（R：249，G：245，B：0）；使用工具箱中的【直线工具】 ，在新图层上绘制3条直线；调整图层不透明度为80%。效果如图7.28所示。

12）新建图层，重命名为"雪花"。单击工具箱中的【自定形状工具】 按钮，参数设置如图7.29所示。

图7.28 "线条"图层效果　　　　图7.29 【自定形状工具】属性栏设置

13）设置前景色为紫色（R：94，G：11，B：97），使用雪花形状工具在新图层上绘制大小不一的雪花，效果如图7.30所示。

14）选择"雪花"图层，按住"Ctrl"键并单击"球3"图层图标，激活选区。按"Ctrl+Shift+I"组合键反选选区，按"Delete"键删除圆形以外的雪花，效果如图7.31所示。

图7.30 绘制雪花形状　　　　图7.31 删除圆形以外的雪花

15）单击【图层】面板下方的 按钮，为"雪花"图层添加【渐变叠加】图层样式，参数设置如图7.32所示，效果如图7.33所示。

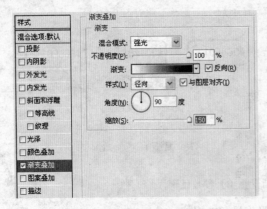

图7.32 【渐变叠加】参数设置　　　　图7.33 添加图层样式后的效果

16）新建图层，重命名为"星星"。使用步骤 10）、11）、12）的方法绘制，如图 7.34 所示效果。

图 7.34　"星星"图层效果

17）单击【图层】面板下方的 fx. 按钮，为"星星"图层添加【渐变叠加】图层样式，参数设置如图 7.35 所示，效果如图 7.36 所示。

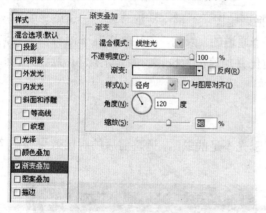

图 7.35　【渐变叠加】参数设置

图 7.36　添加图层样式后的效果

18）新建图层，重命名为"蓝条"。设置前景色为蓝色（R：11，G：41，B：111）；单击工具箱中的【矩形选区工具】按钮，参照前面介绍的方法绘制 6 条矩形条，效果如图 7.37 所示。

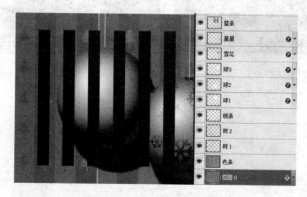

图 7.37　矩形条图像效果

19）执行【编辑】|【变换】|【变形】命令调整"蓝条"外形，效果如图 7.38 所示。

20）在图层面板上设置图层属性为"叠加"，图层不透明度为 60%，效果如图 7.39 所示。

图 7.38　变形后的效果

图 7.39　圣诞节壁纸的最终效果

7.3　图层混合模式的应用——调整照片曝光不足

除背景层之外的每个 Photoshop 图层，包括调整图层，都支持混合模式，这就影响图层与其下方图层的作用方式。这样的影响是基于每个通道的，因此，在某些情况下混合模式会同时加亮或变暗。对于修饰工作，混合模式可以简化并加速色调校正、蒙尘清除和污点的消除。

任务目的

使用图层混合模式调整照片"塔下村.jpg"曝光不足的缺陷，调整前后的对比效果如图 7.40 所示。

（a）调整前

（b）调整后

图 7.40　"塔下村"照片调整前后的对比效果

**相关知识**

1. 图层混合模式

混合模式是 Photoshop 中十分出色且引人注目的功能。利用此功能，设计师们创造了许多神奇而精彩的艺术效果。在【图层】面板中，单击图层混合模式下拉列表框，将弹出如图 7.41 所示的混合模式下拉列表。

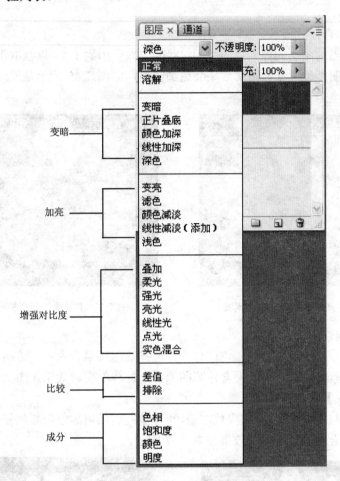

图 7.41 图层混合模式

2. 混合模式示例说明

使用时在上方图层设置不同的混合模式和不透明度，会创造出精彩的艺术效果。打开"花与蝴蝶.psd"图像文件，两个图层的图片样式如图 7.42 和图 7.43 所示。下面修改图层"蝴蝶"模式，即以"花"为基色，"蝴蝶"为混合色，来说明各混合模式的功能。

图 7.42 "花"图片

图 7.43 "蝴蝶"图片

（1）【正常】混合模式

该选项是图层混合模式的默认方式，较为常用。上方图层像素的颜色覆盖下层颜色，如图 7.44 所示。

（2）【溶解】混合模式

该模式就是把当前图层的像素以一种颗粒状的方式作用到下层，以获取溶入式效果。将【图层】面板中的不透明度值降低，溶解效果会更加明显，如图 7.45 所示是使用【溶解】混合模式后又设置不透明度为 50％的效果。

图 7.44 【正常】混合模式　　　　　　图 7.45 【溶解】混合模式

（3）【变暗】混合模式

该模式就是查看每个通道中的颜色信息，并选择基色或混合色中较暗的颜色作为结果色。把比混合色亮的像素替换掉，而比混合色暗的像素则保持不变，效果如图 7.46 所示。

（4）【正片叠底】混合模式

该模式将基色与混合色复合，结果色总是较暗的颜色。任何颜色与黑色复合都会产生黑色，任何颜色与白色混合则保持不变，效果如图 7.47 所示。

图 7.46 【变暗】混合模式　　　　　　图 7.47 【正片叠底】混合模式

（5）【颜色加深】混合模式

该模式是通过增加对比度使基色变暗以反映混合色，与白色混合后不产生变化，效果如图 7.48 所示。

（6）【线性加深】混合模式

该颜色模式通过减小亮度使基色变暗以反映混合色，与白色混合后不产生变化，效果如图 7.49 所示。

（7）【深色】混合模式

该模式依据图像的饱和度，比较混合色和基色的所有通道值的总和并显示值较小的颜色，不会生成第三种颜色。与白色混合后不产生变化，效果如图 7.50 所示。

图 7.48　【颜色加深】混合模式　　图 7.49　【线性加深】混合模式　　图 7.50　【深色】混合模式

（8）【变亮】混合模式

此模式与【变暗】模式相反，该模式选择基色或混合色中较亮的颜色作为结果色。比混合色暗的像素将被替换，比混合色亮的像素则保持不变，效果如图 7.51 所示。

（9）【滤色】混合模式

该模式与【正片叠底】模式相反，将混合色的互补色与基色复合。结果色总是较亮的颜色。用黑色过滤时颜色保持不变，用白色过滤将产生白色，效果如图 7.52 所示。

图 7.51　【变亮】混合模式　　　　　　图 7.52　【滤色】混合模式

（10）【颜色减淡】混合模式

此模式与【颜色加深】模式相反，可以生成非常亮的合成效果，通常被用来创建光源中心点极亮的效果。与黑色混合则不发生变化，效果如图 7.53 所示。

（11）【线性减淡（添加）】混合模式

该模式通过加亮所有通道的基色并通过降低其他颜色的亮度来反映混合颜色，此模式对于黑色无效，效果如图 7.54 所示。

（12）【浅色】混合模式

与【深色】模式刚好相反，选择此模式，可以依据图像的饱和度，用当前图层中的颜色直接覆盖下方图层中的高光区域颜色，效果如图 7.55 所示。

图 7.53 【颜色减淡】混合模式　　图 7.54 【线性减淡（添加）】混合模式　　图 7.55 【浅色】混合模式

（13）【叠加】混合模式

使用该混合模式复合或过滤颜色时，图像最终的效果取决于下方图层。但上方图层的明暗对比效果也将直接影响到整体效果，叠加后下方图层的亮度区与投影区仍被保留。其效果如图 7.56 所示。

（14）【柔光】混合模式

该混合模式可以使颜色变亮或变暗，具体取决于混合色。如果上方图层的像素比 50% 灰色亮，则图像变亮，就像被减淡了一样；反之，则图像变暗，就像被加深了一样。其效果如图 7.57 所示。

图 7.56 【叠加】混合模式　　　　　　　　图 7.57 【柔光】混合模式

（15）【强光】混合模式

此模式的叠加效果取决于混合色。如果混合色（光源）比 50% 灰色亮，图像则变亮，如果混合色（光源）比 50% 灰色暗，图像则变暗，就像是复合后的效果，这对于向图像中添加阴影非常有用。用纯黑色或纯白色绘画会产生纯黑色或纯白色。其效果如图 7.58 所示。

（16）【亮光】混合模式

使用该混合模式则是通过增加或减小对比度来加深或减淡颜色，具体情况取决于混合色。如果混合色比 50% 灰度亮，图像通过降低对比度来加亮图像；反之通过提高对比度来使图像变暗。其效果如图 7.59 所示。

（17）【线性光】混合模式

该模式则是通过减小或增加亮度来加深或减淡颜色，具体情况取决于混合色。如果混合色比 50% 灰度亮，图像通过提高对比度来加亮图像；反之通过降低对比度使图像变暗。其效果如图 7.60 所示。

图 7.58　【强光】混合模式　　　图 7.59　【亮光】混合模式　　　图 7.60　【线性光】混合模式

（18）【点光】混合模式

该模式通过置换颜色像素来混合图像，如果混合色比 50%灰度亮，比源图像暗的像素会被置换，而比源图像亮的像素无变化；反之，比源图像亮的像素会被置换，而比源图像暗的像素无变化，效果如图 7.61 所示。

（19）【实色混合】混合模式

使用此模式，可以创建一种近似于色块化的混合效果，亮色会更加亮，暗色会更加暗，效果如图 7.62 所示。

图 7.61　【点光】混合模式　　　　　　　图 7.62　【实色混合】混合模式

（20）【差值】混合模式

选择此模式可从上方图层中减去下方图层相应处像素的颜色值，此模式通常使图像变暗并取得反相效果。与白色混合将反转基色值，与黑色混合则不产生变化。其效果如图 7.63 所示。

（21）【排除】混合模式

使用该模式可以创建一种与【差值】模式相似但对比度更低的效果，效果如图 7.64 所示。

图 7.63　【差值】混合模式　　　　　　　图 7.64　【排除】混合模式

（22）【色相】混合模式

该模式用基色的亮度和饱和度以及混合色的色相创建结果色，效果如图 7.65 所示。

（23）【饱和度】混合模式

该模式用基色的亮度和色相以及混合色的饱和度创建结果色，效果如图 7.66 所示。

图 7.65 【色相】混合模式　　　　　　　图 7.66 【饱和度】混合模式

（24）【颜色】混合模式

该模式用基色的亮度以及混合色的色相和饱和度创建结果色。这样可以保留图像中的灰阶，并且对于给单色图像上色和给彩色图像着色都非常有用，效果如图 7.67 所示。

（25）【明度】混合模式

该模式用基色的色相和饱和度以及混合色的亮度创建结果色，效果如图 7.68 所示。

图 7.67 【颜色】混合模式　　　　　　　图 7.68 【亮度】混合模式

任务分析

本实例使用【滤色】混合模式使整幅图像变亮，用它扩展或加亮暗图像区域，以显示出欠曝光图像内的色调信息，可以在不破坏图像的基础上最大限度的调整照片的曝光过度、曝光不足、偏色等缺陷。

任务实施

1）启动 Photoshop 软件，打开素材文件"塔下村.jpg"，如图 7.69 所示。

2）复制背景层，设置图层混合模式为滤色，图层不透明度为 90%，效果如图 7.70 所示。

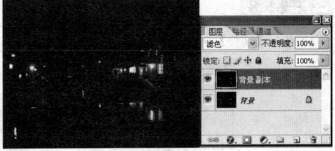

图 7.69 "塔下村.jpg"图像   图 7.70 "滤色"效果

3）复制"背景副本"图层，图层不透明度为 80%。

4）用同样的方法复制另外 5 个图层，图层不透明度分别为 70%、60%、50%、40%、30%。其效果如图 7.71 所示。

图 7.71 "塔下村"图像最终效果

7.4 调整层与混合模式的应用——给照片上色

 任务目的

本实例运用图层混合模式对照片进行上色修饰，对比效果如图 7.72 所示。

任务分析

为了增强照片上色前后的对比效果，创建色彩平衡调整层，使上色的照片背景调整一定的颜色，使用调整层的蒙版准确控制图像调整发生的位置。然后再给人物"上色"，在此设置"上色"图层混合模式为【滤色】或【叠加】。

1）执行【文件】|【打开】命令，导入素材图片"照片调色.jpg"。照片如图 7.73 所示。

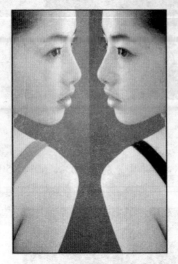
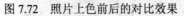

图 7.72　照片上色前后的对比效果　　图 7.73　"照片调色.jpg"图像

2）复制背景层，重命名为"背景加亮"。

3）单击【图层】面板下方的【添加图层样式】 *fx.* 按钮，为"背景加亮"图层添加【渐变叠加】图层样式，在图像中移动鼠标使脸部光最亮，参数设置如图 7.74 所示。注意设置混合模式为柔光，得到效果如图 7.75 所示。

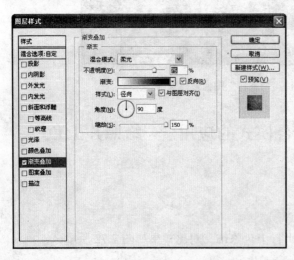

图 7.74　【渐变叠加】参数设置　　　　　图 7.75　渐变叠加样式效果

4）单击【图层】面板下方的【创建新的填充或调整图层】 *◑.* 按钮，创建色彩平衡调整层，参数设置如图 7.76 所示。

5）单击"色彩平衡"图层的蒙版层图标，调整画笔笔刷大小、硬度、不透明度和流量数值，在"色彩平衡"图层的蒙版层上刷出人物的外形轮廓。按"Alt"键同时单击蒙版层图标，可切换观察蒙版层与图层的效果，用该方法能完全填充人物的轮廓，操作方式如图 7.77 所示。

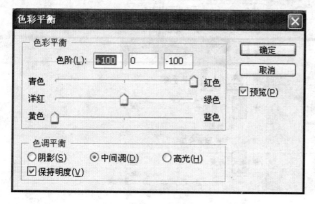

图 7.76 【色彩平衡】调整层参数设置　　　　　图 7.77 进入蒙版层

 提 示

图层蒙版是灰度图像，用黑色绘制的内容将会被隐藏，用白色绘制的内容将会被显示，而用灰色绘制的内容将以各级透明度显示。

6）使蒙版层中填充人物的轮廓效果如图 7.78 所示，此时色彩平衡调整层的效果如图 7.79 所示。

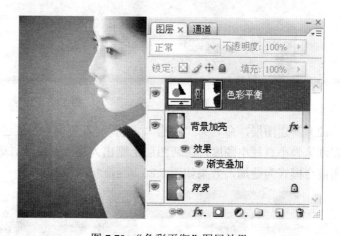

图 7.78 蒙版效果　　　　　图 7.79 "色彩平衡"图层效果

7）使用工具箱中的【魔棒工具】获取人物肩带选区，参数设置如图 7.80 所示。

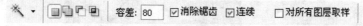

图 7.80 【魔棒工具】参数设置

8）执行【选择】|【修改】|【羽化】命令，设置羽化半径为 3 像素。

9）新建图层，命名为"肩带"。设置前景色为粉红色（R：222，G：146，B：195），按"Alt+Delete"组合键，在选区内填充前景色。设置图层混合模式为滤色，效果如图 7.81 所示。

159

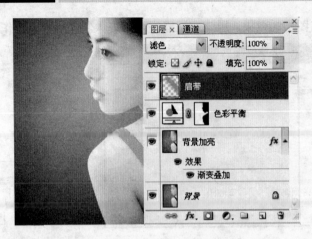

图 7.81　"肩带"图层效果

10）新建图层，命名为"腮红"。设置前景色为粉红色（R：244，G：122，B：182），调整画笔主直径为 170px，笔刷硬度为 10%，在人物脸颊位置绘制一个圆，效果如图 7.82 所示。

11）设置"腮红"图层混合模式为滤色，图层不透明度为 75%，效果如图 7.83 所示。

图 7.82　绘制"腮红"

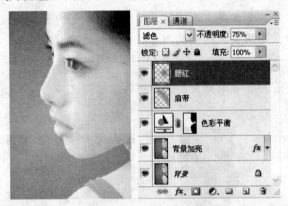

图 7.83　"腮红"图层效果

12）新建图层，命名为"嘴唇"。设置前景色仍为粉红色（R：244，G：122，B：182），设置画笔为小直径小硬度，在新图层上刷出人物嘴唇形状，效果如图 7.84 所示。设置"嘴唇"图层混合模式为叠加，效果如图 7.85 所示。

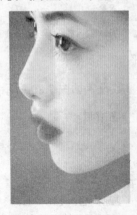

图 7.84　"嘴唇"图层上色

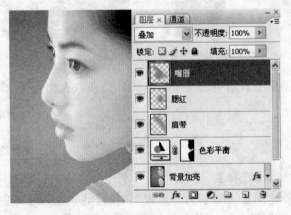

图 7.85　设置图层混合模式后效果

13）新建图层，命名为"眼影"。设置前景色为蓝色（R：147，G：214，B：220），设置适当的柔边画笔，在人物上眼皮位置刷出浅蓝色眼影，设置图层的不透明度为 60%，效果如图 7.86 所示。

14）合并所有除背景层以外的图层，并重命名图层为"着色"。

15）执行【编辑】|【变换】|【水平翻转】命令，翻转"着色"图像。

16）单击【图层】面板下方的 按钮为"着色"图层添加蒙版。设置前景色为黑色，单击"着色"图层的蒙版层，并在蒙版层上绘制一个黑色矩形，最终效果如图 7.87 所示。

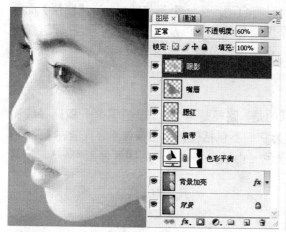

图 7.86 绘制"眼影"

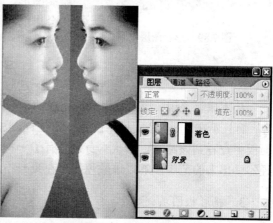

图 7.87 最终效果

7.5 形状图层的应用——制作圣诞贺卡

通过创建富有线条和层次的"雪地"形状图层，制作一幅漂亮的圣诞贺卡，如图 7.88 所示。

图 7.88 圣诞贺卡

图 7.89　形状图层

相关知识

1．形状图层的创建

使用工具箱中的【钢笔工具】或【形状工具】，并在其属性栏中单击【形状图层】按钮，然后在文档中绘制图形，此时将自动产生一个形状图层。在【图层】面板中会出现一个图层和缩览图以及一个链接符号，在此链接符号的右侧有一个路径预览图，如图 7.89 所示。

2．形状与路径的区别

从本质上来说，形状是由路径构成的。不同的是，路径是一个虚体，它只是一条路径线而已，而且不在【图层】面板中占用任何位置，因为它们不包括任何的图像像素，只能在【路径】面板中查看到该路径。形状本身则具有了一种颜色（由填充到路径中的图像像素得到），使路径勾勒出来的范围能够以该颜色显示在画布中。

3．将形状图层栅格化

如果将形状图层转换为普通层，可以在该图层上右击，从弹出的快捷菜单中选择【栅格化图层】命令即可。此命令是不可逆的，被栅格化后的形状图层将被转换为普通图层，且不能恢复为形状图层，这样做的好处是可以利用滤镜、调色命令以及绘图工具对其进行深入的编辑处理。

任务分析

选择【钢笔工具】创建"雪地"形状图层，利用【内发光】、【渐变叠加】等图层样式来制作积雪的效果，使用【自定形状工具】绘制"雪花"和"松树"，为了增加雪地的层次感，再创建两个富有变化的"雪地"形状图层，最后移入"圣诞老人"素材，添加文字，最终完成圣诞贺卡的制作。

任务实施

1．绘制夜空背景

1）新建文件。按"Ctrl+N"组合键，新建一个白色背景的文件，文件的相关信息如图 7.90 所示。

2）单击工具箱中的【渐变工具】按钮，在其属性栏中设置渐变方式为径向渐变，设置【渐变编辑器】窗口中的色标颜色值从左到右依次是#cdf5ff、#0067a9、#040023，【渐变编辑器】窗口如图 7.91 所示。然后把鼠标指针放在文档中心，向文档右下方拖动鼠标，填充效果如图 7.92 所示。

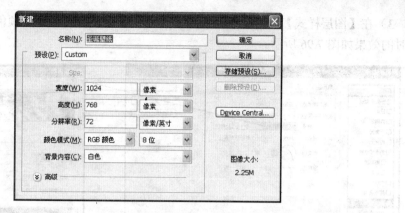

图 7.90 新建文件

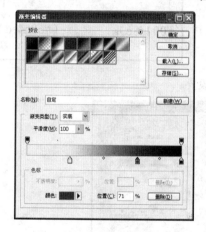

图 7.91 【渐变编辑器】窗口

图 7.92 使用【渐变工具】绘制夜空

2. 绘制"雪地 1"

1）设置前景色为白色，使用工具箱中的【钢笔工具】 ，并在其属性栏中单击【形状图层】 按钮，绘制如图 7.93 所示的形状，重命名该图层为"雪地 1"。

2）双击"雪地 1"图层，在弹出的【图层样式】对话框中设置【内发光】参数设置如图 7.94 所示。

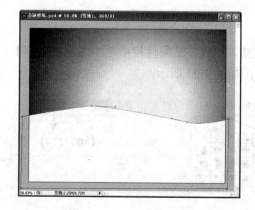

图 7.93 绘制雪地 1 形状

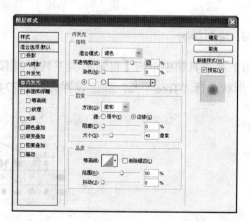

图 7.94 【内发光】参数设置

3）在【图层样式】对话框中继续添加【渐变叠加】样式，渐变颜色设置如图 7.95 所示。这时的效果如图 7.96 所示。

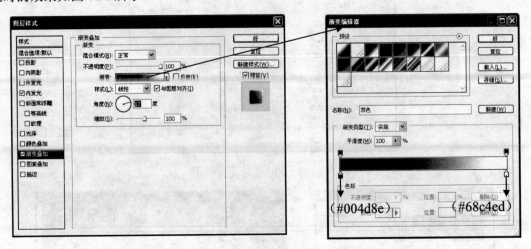

图 7.95　渐变颜色设置

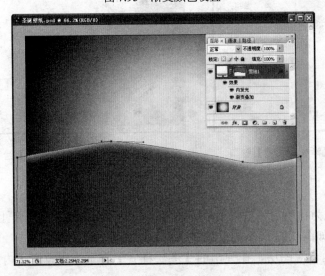

图 7.96　"雪地 1"图层添加图层样式后的效果

3．绘制松树

1）在工具箱中单击【自定形状工具】 按钮，然后在其属性栏中单击【形状图层】 按钮，形状选择"Tree" ，颜色设置为#003274，如图 7.97 所示。

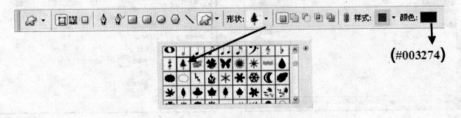

图 7.97　【自定形状工具】属性栏

2）在文档左侧绘制 3 棵大小不一的松树；然后将【自定形状工具】属性栏中的颜色设置为#2979e1，再在文档右侧绘制 6 棵大小不一的松树；将【自定形状工具】属性栏中的颜色设置为#0d438b，在文档左侧继续绘制 2 棵大小不一的松树。错落有致地排列松树位置，如图 7.98 所示。

3）将这些形状图层分别重命名为"松树 1"、"松树 2"、……、"松树 11"，这时的【图层】面板如图 7.99 所示。

图 7.98　绘制松树

图 7.99　【图层】面板

4. 绘制雪花

1）新建"图层 1"，重命名为"雪花"，设置前景色为"白色"。在工具箱中单击【自定形状工具】按钮，在其属性栏中，单击【填充像素】按钮，形状选择"Snowflake1"＊，属性栏设置如图 7.100 所示，绘制大小不一的雪花多个。

图 7.100　【自定形状工具】属性栏

2）同样方法，选择形状"Snowflake2"＊与"Snowflake3"＊，分别在"雪花"图层绘制大小不一的雪花多个。这时的效果如图 7.101 所示。

图 7.101　绘制雪花

5. 添加两层"雪地"

1）单击工具箱中的【钢笔工具】 按钮，在其属性栏中单击【形状图层】 按钮，属性设置如图 7.102 所示。

(#a7fc60)

图 7.102 【钢笔工具】 属性栏

2）使用【钢笔工具】 绘制如图 7.103 所示的形状。并将该图层重命名为"雪地2"，这时的【图层】面板如图 7.104 所示。

图 7.103 使用【钢笔工具】绘制雪地2　　　图 7.104 【图层】面板

3）双击"雪地 2"图层，在弹出的【图层样式】对话框中设置【内发光】样式，选项设置如图 7.105 所示，图像效果如图 7.106 所示。

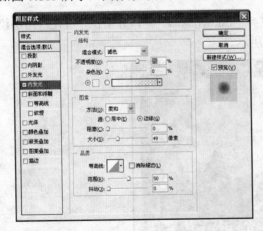

图 7.105 【内发光】参数设置　　　图 7.106 给"雪地2"添加【内发光】样式

4）设置前景色为白色，使用【钢笔工具】 绘制如图 7.107 所示的形状，重命名该形状图层为"雪地3"。

5）双击该图层，在弹出的【图层样式】对话框中设置【内发光】样式如图 7.108 所示。

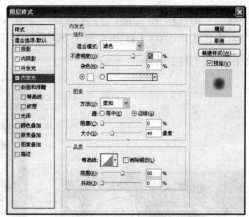

图 7.107 绘制"雪地 3"   图 7.108 【内发光】参数设置

6）在【图层样式】对话框中继续设置【渐变叠加】样式如图 7.109 所示。这时的效果如图 7.110 所示。

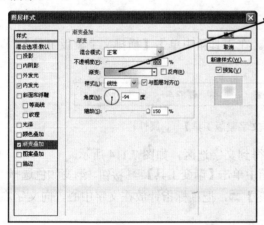

图 7.109 渐变颜色设置

图 7.110 添加图层样式后的效果

6. 添加素材与文字

1）按 "Ctrl+O" 组合键，打开素材 "圣诞老人.jpg"，如图 7.111 所示，选择圣诞老人和小鹿，使用工具箱中的【移动工具】 将其拖到 "圣诞贺卡" 文件中，变换其大小和位置，得到效果如图 7.112 所示。

图 7.111　素材 "圣诞老人.jpg"　　　　图 7.112　移入素材后的效果

2）新建图层，重命名为 "圣诞快乐"。在工具箱中单击【横排文字蒙版工具】 按钮，设置其属性如图 7.113 所示。

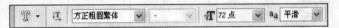

图 7.113　【横排文字蒙版工具】 属性栏

3）在文档中输入文字 "圣诞快乐"，得到文字选区，如图 7.114 所示。

4）给文字添加 "渐变" 效果。在工具箱中单击【渐变工具】 按钮，渐变颜色选择 "Violet，Green，Orange"，渐变方式选择【对称渐变】 ，把鼠标指针放在文字中心，向文字右方拖动鼠标，填充效果如图 7.115 所示。

图 7.114　输入文字　　　　　　　图 7.115　给文字添加渐变

5）设置前景色为黑色，在工具箱中单击【横排文字工具】 按钮，在【字符】面板中设置文字为【倾斜】 样式，其属性栏设置如图 7.116 所示。

图 7.116 【横排文字工具】T属性栏

6）在文档中输入"Merry Christmas"，最终效果和【图层】面板分别如图 7.117 和图 7.118 所示。

图 7.117 最终效果

图 7.118 【图层】面板

7.6 图层组的应用——制作折扇

任务目的

本案例将相关的图层运用图层组功能分组管理，学习制作"折扇"，折扇的最终效果如图 7.119 所示。

图 7.119 折扇效果图

1. 图层组

图层组能够将若干个图层组合在一起，从而提高图层面板的使用效率。

（1）创建图层组

单击【图层】面板底部的【创建新组】□按钮，可以创建默认设置的图层组。如果要将当前存在的图层合并至一个图层组，可以将这些图层选中，然后按"Ctrl+G"组合键或者执行【图层】|【新建】|【从图层建立组】命令，在弹出的【新建组】对话框中单击【确定】按钮。

（2）将图层移入或者移出图层组

1）如果在新建的图层组中没有图层，可以通过鼠标拖动的方式将图层移入图层组中，其操作方法如图 7.120 所示。

2）将图层移出图层组，可以使该图层脱离图层组。操作时只需要在【图层】面板中选中图层然后将其拖出图层组，当目标位置出现黑色线条时，释放鼠标左键即可，其操作操作方法如图 7.121 所示。

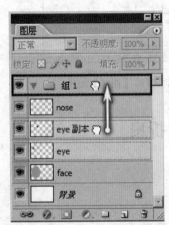
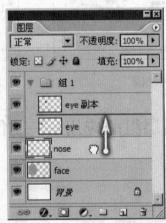
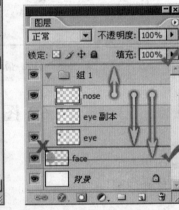

图 7.120　将图层移入图层组　　　　　　　图 7.121　将图层移出图层组

提　示

在由图层组向外拖动多个图层时，如果要保持图层间的相互顺序不变，应该从最底层图层开始向上依次拖动，否则原图层顺序将无法保持。

（3）合并图层组

选择要合并的图层组，右击，在弹出的快捷菜单中选择【合并组】命令或可按"Ctrl +E"组合键合并图层组。

（4）删除图层组

如果要删除不需要的图层组，可以单击【图层】面板菜单按钮，在弹出下拉菜单中选择【删除组】命令，弹出如图 7.122 所示的提示对话框。

图 7.122 删除图层组的提示对话框

对话框中各按钮释义如下。

1)【组和内容】：单击此按钮，可以删除图层组以及其中的所有图层。

2)【仅组】：单击此按钮，只删除图层组，其中的图层仍保存于【图层】面板中。

提 示

将要图层组拖动至【图层】面板底部的【删除图层】按钮上也可以快速删除图层组以及其中的所有图层。

2. 剪贴蒙版

（1）关于剪贴蒙版

剪贴蒙版是一组图层的总称，简单来说，它由基层以及内容层两部分组成。该蒙版通过使用处于下方基层的形状限制上方内容层的显示状态，来创造一种剪贴画的效果，如图 7.123 所示。

图 7.123 剪贴蒙版标示图

（2）创建剪贴蒙版

创建剪贴蒙版，可以执行以下操作之一。

1）执行【图层】|【创建剪贴蒙版】命令或者直接在上方图层的名称上右击，在弹出的快捷菜单中选择【创建剪贴蒙版】命令即可。

2）选择处于上方的图层，即选择内容图层的情况下，按"Alt+Ctrl+G"组合键即可创建剪贴蒙版。

3）按住"Alt"键，将鼠标指针放置在基层与内容层之间的分隔线上（鼠标指针将会变为两个交叉的圆圈）时，单击即可。

如图 7.123 所示可以看出建立剪贴蒙版后，内容层前方出现了一个指示标志↓；而且图层的缩览图被缩进，同时基层的名字会出现下画线。

提 示

❖在创建剪贴蒙版后，仍可以为各图层设置混合模式、不透明度以及图层样式等。
❖在任意一个剪贴蒙版中，基层都是唯一的，而内容层则可以是无限多的。无论基层
　还是内容层，都没有图层类型的限制，可以根据需要，使用任意一个类型的图层作
　为剪贴蒙版中的基层或内容层。

（3）取消剪贴蒙版

如果要取消剪贴蒙版，可以执行以下操作之一。

1）按住"Alt"键，将鼠标指针放置在【图层】面板中两个图层的分隔线上，当鼠标指针
变化形状时单击分隔线。

2）在【图层】面板中选择内容图层中的任意一个图层，执行【图层】|【释放剪贴蒙版】
命令。

3）选择内容图层中的任意一个图层，按"Alt+Ctrl+G"组合键。

该实例的核心是绘制"扇骨"和"扇面"，在制作过程中运用了组合键 "Ctrl+J"复制图
层、"Ctrl+T"旋转变换、"Ctrl+Alt+Shift+T"快速复制变换等操作。在"扇面"颜色处理中，
应用到剪贴蒙版的创建，使"黑白"调整层为内容图层。将相关的图层运用图层组功能分组管
理，从而更好更快地操作和管理【图层】面板，提高作品的制作效率。

1. 制作扇骨

1）新建文件，命名为"折扇"，宽度为1280像素，高度为720像素，分辨率为300像素/
英寸，颜色模式为RGB颜色，背景内容为白色。参数设置如图7.124所示。

2）按"Ctrl+R"组合键调用标尺，添加参考线，效果如图7.125所示。

图7.124　新建文件

图7.125　添加参考线

3）使用工具箱中的【钢笔工具】 绘制"扇骨"路径，效果如图 7.126 所示。

4）新建图层，命名为"扇骨"。设置前景色为黄色（R：171，G：140，B：66）；打开【路径】面板，选择"扇骨"路径，单击【路径】面板下方的【用前景色填充路径】 按钮，用前景色填充路径，效果如图 7.127 所示。

5）返回【图层】面板，选择"扇骨"图层。使用工具箱中的【椭圆选区工具】绘制一个正圆，按"Delete"键删除选区内容，效果如图 7.128 所示。

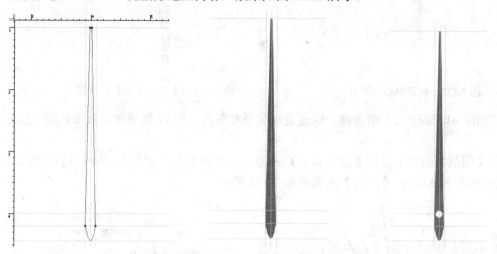

图 7.126 "扇骨路径"　　　图 7.127 "扇骨"图层效果　　图 7.128 "扇骨"图层打孔后效果

6）按"Ctrl+D"组合键取消选区，单击图层面板下方的 按钮为"扇骨"图层添加【斜面和浮雕】图层样式，参数设置如图 7.129 所示，效果如图 7.130 所示。

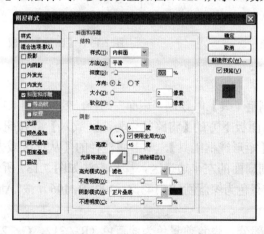

图 7.129 【斜面和浮雕】图层样式　　　　　图 7.130 "扇骨"图层效果

7）复制"扇骨"图层，在新图层上按"Ctrl+T"组合键对复制的"扇骨"进行【自由变换】，参数设置如图 7.131 所示，即旋转角度为 8。扇骨中心点位置如图 7.132 所示，效果如图 7.133 所示。

图 7.131 【自由变换】参数设置

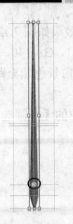

图 7.132　扇骨中心点位置　　　　　　　　　图 7.133　【自由变换】后效果

8）按"Ctrl+Alt+Shift+T"组合键，快速复制变换复制出另外 19 根扇骨，效果如图 7.134 所示。

9）单击【图层】面板下方的【创建新组】 按钮，重命名为"扇骨"，将前面制作的 21 根扇骨图层全部移到该组内，【图层】面板如图 7.135 所示。

图 7.134　制作 21 根扇骨效果　　　　　　　　图 7.135　【图层】面板

2. 制作扇面

1）添加参考线。使用工具箱中的【钢笔工具】 绘制"扇面"路径，效果如图 7.136 所示。

2）打开【路径】面板，单击【图层】面板下方的【将路径作为选区载入】 按钮，将"扇面路径"转换为选区。使用工具箱中的【矩形选框工具】，单击属性栏的【从选区减去】 按钮，在文档窗口绘制一个矩形选区，得到扇面的左半边选区，操作方法如图 7.137 所示。

3）新建图层，重命名为"扇面"。设置前景色为深蓝色（R：143，G：199，B：196），按"Alt+Delete"组合键在选区内填充前景色。

4）使用同样的方法制作扇面的右半部分，设置前景色为淡蓝色（R：212，G：236，B：236），填充扇面的右半部分，效果如图 7.138 所示。

5）按"Ctrl+T"组合键调整扇面大小，效果如图 7.139 所示。

6）使用"扇骨"制作的步骤 7）、8）的方法制作出全部的扇面。图像中心点位置如图 7.140 所示，效果如图 7.141 所示。

7）单击【图层】面板下方的【创建新组】 按钮，重命名为"扇面"，将前面制作的 21 个扇面图层全部移到该组内。

8）复制"扇面"组，重命名为"扇面亮面"。

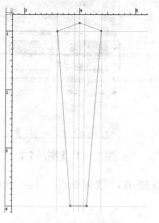

图 7.136 "扇面"路径

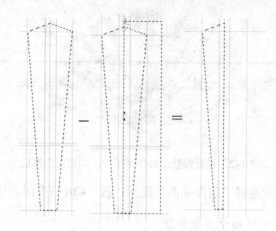

图 7.137 选区相减操作方法

图 7.138 扇面效果

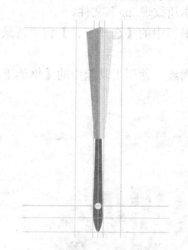

图 7.139 调整扇面大小后的效果

图 7.140 扇面中心点位置

图 7.141 扇面复制完成后效果

9）选择【图层】面板的"扇面亮面"组，右击，在快捷菜单中选择【合并组】命令。

10）选择"扇面亮面"图层，单击【图层】面板下方的【创建新的填充调整层】 ◢·图标，选择【黑白】选项，参数设置使用默认值。

11）选择【图层】面板的"黑白 1"调整层，按"Ctrl+Alt+G"组合键，创建剪贴蒙版，使"黑白 1"调整层只作用于"扇面亮面"图层上，效果如图 7.142 所示，此时【图层】面板如图 7.143 所示。

图 7.142　设置调整层只作用于"扇面亮面"图层　　　　图 7.143　【图层】面板

12）选择"扇面亮面"图层，按"Ctrl+T"组合键进行缩放，效果如图 7.144 所示。

3. 制作扇子其他部分

1）打开"木质纹理.jpg"文件。

2）使用工具箱中的【选择工具】将"背景"图层拖放到"折扇.psd"文件内，并重命名为"木质纹理"。

3）添加参考线，使用工具箱中的【钢笔工具】绘制"左右扇骨"路径，效果如图 7.145 所示。

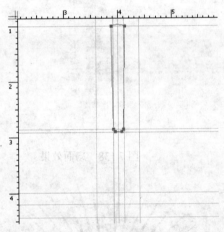

图 7.144　缩小"扇面亮面"图层后效果　　　　　图 7.145　"左右扇骨"路径

4）单击"扇骨"图层组前的三角号，打开图层组。选择正中间的一根扇骨所在的图层，按住"Alt"键并单击图层图标，载入"扇骨"选区。

5）选择【路径】面板的"左右扇骨"路径，单击【路径】面板下方的【将路径作为选区载入】按钮，选择选区载入操作方式为"添加到选区"，操作方法如图 7.146 所示。

6）执行【选择】|【变换选区】命令将选区旋转 90 度，效果如图 7.147 所示。

7）选择【图层】面板的"木质纹理"图层，按"Ctrl+J"组合键方式将选区内容复制到新图层并重命名为"右扇骨"，效果如图 7.148 所示。

8）为"右扇骨"图层添加【斜面和浮雕】图层样式，参数设置如图 7.149 所示，效果如图 7.150 所示。

9）复制"右扇骨"图层，重命名为"左扇骨"。按"Ctrl+T"组合键调整左右扇骨的旋转方向，效果如图 7.151 所示。

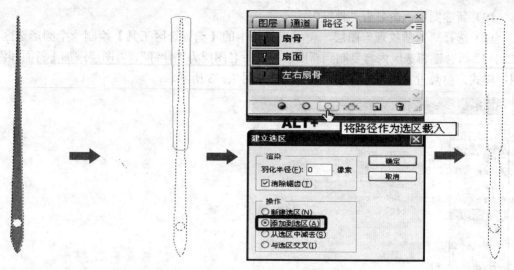

图 7.146　载入"扇骨"选区

图 7.147　旋转后的选区

图 7.148　"右扇骨"图层效果

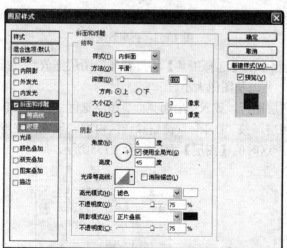

图 7.149　【斜面和浮雕】参数设置

图 7.150　添加图层样式后"右扇骨"图层效果

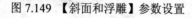

图 7.151　添加左右扇骨

10）新建图层，命名为"骨钉"。

11）选择"木质纹理"图层，使用工具箱中的【椭圆选区工具】绘制一个圆形选区。按"Ctrl+J"组合键将选区内容复制到新图层，重命名图层为"骨钉"。为图层添加【斜面和浮雕】图层样式，参数设置如图 7.152 所示，效果如图 7.153 所示。

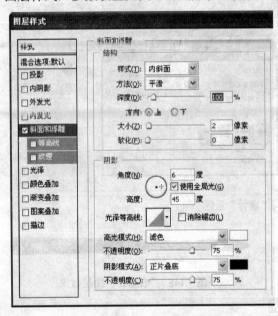

图 7.152 【斜面和浮雕】参数设置　　　　　图 7.153　折扇效果图

12）打开"水墨画.jpg"文件，使用工具箱中的【选择工具】将"背景"图层拖放到"折扇.psd"文件内，将图层重命名为"水墨画"，并调整图像大小。

13）按住"Alt"键并单击"扇面亮面"图层图标，载入"扇面亮面"图层选区；按"Ctrl+Shift+I"组合键反选选区。选择"水墨画"图层，按"Delete"键删除选区内容。设置图层混合模式为【正片叠底】，效果如图 7.154 所示。这时的【图层】面板如图 7.155 所示。

图 7.154　折扇最终效果　　　　　　　　图 7.155 【图层】面板

本 章 小 结

　　本章主要学习了图层的操作方面的知识，熟悉了图层样式、图层混合模式的运用，掌握了图层组图、剪贴蒙版的使用方法。图层是 Photoshop 图像处理的重要组成部分，灵活的运用这些知识，尤其是图层混合模式和图层样式，可以得到意想不到的图像处理效果，也会激发你的创作灵感。

实 践 探 索

一、选择题

　　1. 执行【图层】|【栅格化】命令可以将下列（　　）图层转换为普通图层。

　　　A. 添加图层样式　　　　B. 普通图层　　　　C. 文字图层　　　　D. 背景层

　　2. 在 Photoshop 中，（　　）类型的图层主要用来从整体上调整图像的色调和色彩。

　　　A. 文字图层　　　　　B. 调整图层　　　　C. 形状图层　　　　D. 背景图层

　　3. 如果要将某图像中的部分图像剪切到一个新图层中，通过执行【图层】菜单中的（　　）命令可以实现。

　　　A.【新建】|【通过拷贝的图层】　　　　　B.【新建】|【通过剪切的图层】

　　　D.【新建】|【图层】　　　　　　　　　　D.【新建】|【图层组】

　　4. 在 Photoshop 中，要实现图层盖印的快捷键是（　　）。

　　　A.“Ctrl+E”　　　B.“Ctrl+Shift+E”　　　C.“Ctrl+Alt+Shift+E”　　　D.“Ctrl+D”

二、操作题

　　1. 制作"枫叶书签"，参考效果如图 7.156 所示（提示：选择自定义形状中的枫叶来制作书签外形，利用剪贴蒙版来剪裁图像。为了增强立体感，在枫叶图层上添加图层投影效果）。

　　2. 运用本章知识制作一精美的台历，参考效果如图 7.157 所示（提示：首先创建台历的背景，为了衬托台历的精美效果，可给背景添加底纹；再绘制台历插页，添加插页的图片素材与台历所需的文字；最后制作立体的台历效果。注意图层混合模式与图层样式的应用）。

图 7.156　枫叶书签

图 7.157　精美台历效果

第8章

通道和蒙版的使用

美国 Photoshop 专家们一直有一句话称："通道是核心，蒙版是灵魂"，足以说明通道和蒙版在 Photoshop 中占有极其重要的地位。

学习目标

➢ 理解通道和蒙版的原理和特点。

➢ 掌握利用【通道】面板中的颜色信息通道快速更改图像颜色的方法。

➢ 掌握利用通道的原理快速抠取特殊背景下的透明区域图像。

➢ 认识蒙版，掌握蒙版的特点及创建方法。

➢ 掌握应用图层蒙版和快速蒙版编辑图像的方法和技巧。

8.1 通道修改颜色——江南水乡

通道是 Photoshop 中的重要概念之一,主要用于保存图像的颜色信息或选区。打开一幅图像时,Photoshop 会自动创建颜色信息通道。图像的颜色模式决定了所创建的颜色通道的数目,如 RGB 图像有红、绿、蓝 3 个颜色通道,而 CMYK 图像有青、洋红、黄、黑 4 个颜色通道。除了颜色信息通道外,Photoshop 的通道还包括专色通道和 Alpha 通道。

通过实践了解和熟悉通道,并尝试使用通道操作对图像进行处理,使它产生某种特殊效果。

1. 通道原理

通道是基于色彩模式的基础衍生出的简化操作工具。一幅 RGB 三原色图有 3 个默认通道:红、绿、蓝。而一幅 CMYK 图像,有 4 个默认通道:青、品红、黄和黑。由此看出,每一个通道其实就是一幅图像中的某一种基本颜色的单独通道。也就是说,通道是利用图像的色彩值进行图像修改的,某种意义上来讲,通道实际上可以理解为是选择区域的映射,如图 8.1 所示。

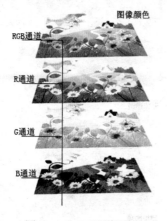

图 8.1 RGB 通道图解

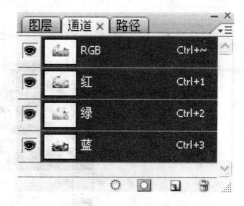

图 8.2 RGB【通道】面板

2. 通道分类

通道作为图像的组成部分,与图像色彩模式密不可分。图像色彩模式的不同决定了通道的数量和模式,这在【通道】面板中可以直观地看到,如图 8.2 所示。

在 Photoshop 中涉及的通道类型主要有以下几类。

1)复合通道:复合通道不包含任何信息,实际上它只是同时预览并编辑所有颜色通道的一个快捷方式。它通常被用来在单独编辑完一个或多个颜色通道后使通道面板返回到它的默认状态。

2）颜色通道：在 Photoshop 中编辑图像，实际上就是在编辑颜色通道。这些通道把图像分解成一个或多个色彩成分，图像的模式决定了颜色通道的数量。RGB 模式有 3 个颜色通道，CMYK 图像有 4 个颜色通道，灰度图只有一个颜色通道，它们包含了所有将被打印或显示的颜色。

3）Alpha 通道：Alpha 通道与颜色通道的主要区别在于它不具有颜色存储功能，只用于存储选区和制作蒙版，可以将 Alpha 通道视为一幅灰度图像，从黑到白用 256 种灰度颜色构成，默认情况下，白色代表选区部分，黑色代表非选区部分。

4）专色通道：专色通道是一种特殊的颜色通道，是指在印刷时使用的一种预制的油墨。使用专色的好处在于，可以替代或补充 CMYK 四色油墨无法合成的颜色效果，例如，金色与银色，此外可以降低印刷成本。

3．通道面板

对通道的处理主要是通过【通道】面板来进行的，【通道】面板可用于创建和管理通道，并监视编辑效果。要弹出【通道】面板，可执行【窗口】|【通道】命令。

通常，【通道】面板的堆叠顺序为最上方是复合通道（对于 RGB、CMYK 和 Lab 图像，复合通道为各个颜色通道叠加的效果），然后是颜色通道、专色通道，最后是 Alpha 通道。通道内容的缩览图显示在通道名称的左侧，在编辑通道时，它会自动更新。另外，每一个通道都有一个对应的快捷键，这使得用户可以不打开【通道】面板即可选中通道。

单击面板右上角的面板菜单按钮，可以弹出【通道】面板下拉菜单，选择其中的命令便可进行相应的面板功能操作。如图 8.3 所示为一幅 RGB 彩色图像的【通道】面板，该面板详细列出了当前图像中的所有通道及【通道】面板的功能。

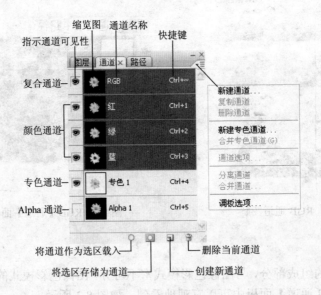

图 8.3 【通道】面板

【通道】面板的功能按钮如下。

1）【载入选区】：单击该按钮，可将当前通道作为选区载入。

2）【保存选区】：单击该按钮，可将当前选区在【通道】面板中存储为一个 Alpha 通道。

3）【创建新通道】：单击该按钮，可建立一个新的 Alpha 通道。

4)【删除当前通道】🗑：单击该按钮，可删除当前通道，但不能删除 RGB 主通道。

 **任务分析**

打开一个彩色图像文件。打开【通道】面板，对通道进行选取、分离、合并、删除等基本操作，并使用通道操作对图像进行处理。

 **任务实施**

1. 分离通道

1）按"Ctrl+O"组合键，打开"江南水乡.jpg"。

2）打开【通道】面板，可以观察到"红"、"绿"、"蓝" 3 个通道和 "RGB"混合通道。

3）单击【通道】面板右上角的面板菜单按钮，在弹出的菜单中选择【分离通道】命令，如图 8.4 所示。

4）此时图像"江南水乡.jpg"被分解成 3 张灰度级模式的图片，分别为"江_R.jpg"、"江_G.jpg"、"江_B.jpg"，如图 8.5 所示。

图 8.4 分离通道

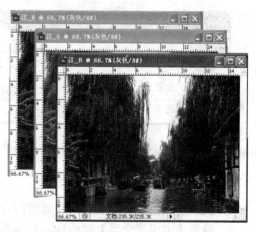

图 8.5 分离后的 3 张灰度模式图片

 提 示

❖这一操作对于从一张色彩图像中获取好的灰度图片，是一个非常简便和有效的方法。因为我们可以进行选择，以提取质量最好的那个图层。

❖RGB 通道：又称主通道，图像只有在这个通道的状态下才能显示完全的色彩。通道显示内容与图像色彩模式有很大关系，如果当前图像是一幅 CMYK 色彩模式的图像，此时的通道显示会发生变化。

❖红色通道：用来存储图像中的红色色彩信息。

❖绿色通道：用来存储图像中的绿色色彩信息。

❖蓝色通道：用来存储图像中的蓝色色彩信息。

2. 合并通道

1）使用刚才被分解为 3 个灰度文件的图像，如果已经被关闭的话再分别打开它们。

2）单击【通道】面板右上角的面板菜单按钮，在弹出的下拉菜单中选择【合并通道】命令，弹出如图 8.6 所示对话框。

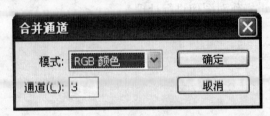

图 8.6 设置【合并通道】对话框

3）在如图 8.7 所示的对话框中可以分别指定"红色"、"绿色"和"蓝色"通道分别使用哪个灰度文件，选定后单击【确定】按钮。

4）合并完成后，产生了一个新的图像文件，如图 8.8 所示。

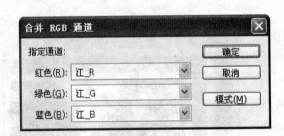

图 8.7 设置【合并 RGB 通道】对话框　　图 8.8 合并后新图像

3. 混合通道颜色练习

1）执行【图像】|【调整】|【通道混合器】命令，如图 8.9 所示。

2）设置【通道混合器】对话框，调整各个通道的输出比例，如图 8.10 所示。

图 8.9 调整/通道混合器　　图 8.10 设置【通道混合器】对话框

3）调整结果如图 8.10 所示，可以根据实际情况和爱好改变各通道输出比例并观察效果。

4）使用工具箱中的【竖排文字工具】**T** 书写白色、华文行楷、36 点的"江南水乡"。

5）将作品保存为"江南水乡.psd"，最终图像效果如图 8.11 所示。

图 8.11　最终效果

8.2　通道的应用（一）——抠婚纱像

抠婚纱，从背景图里抠出白色半透明的婚纱，通常被认为是最能够全面体现和应用通道概念的案例。

本案例将学习利用通道轻松完成抠取半透明图像的操作。

一个通道层同一个图像层之间最根本的区别在于：图层的各个像素点的属性是以红、绿、蓝三原色的数值来表示的，而通道层中的像素颜色是由一组原色的亮度值组成的。由此可见，每个通道只有一种颜色的不同亮度，是一种 256 级灰度图像。以红通道为例，如图 8.12 及图 8.13 所示，黑色表示完全没有红色，白色表示有完整的红色，灰度的区域由灰度的深浅来决定红色的多少。

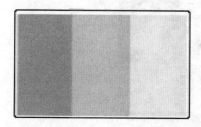

(0, 255, 0)(128, 255, 0)(255, 255, 0)

图 8.12　图层及色值

(0, 255, 0)(128, 255, 0)(255, 255, 0)

图 8.13　红色通道

任务分析

在通道中，纯黑色显示的部分会完全隐藏图像，纯白色显示的部分会完全显示图像，而灰色部分就是半透明的。分析这张照片，我们要处理成半透明的地方只有白纱部分，背景要完全隐藏，所以在通道中处理成黑色，人的身体部分要完全显示，所以在通道中处理成白色，最终合成效果如图8.14（b）所示。

| (a) 源效果 | (b) 最终效果 |

图8.14　源与目标效果分析

任务实施

1）按"Ctrl+O"组合键，打开"婚纱.jpg"图像文件。

2）打开【通道】面板，分别单击"红"、"绿"、"蓝"3 个通道，通过对比发现绿色通道的图像质量较好，对比度也较强，如图8.15（a）、（b）、（c）所示。

| (a) 红通道 | (b) 绿通道 |

(c) 蓝通道

图8.15　通道的应用

3）拖动"绿"通道到【通道】面板底部 ⬛ （创建新通道）按钮上，复制出一个"绿 副本"通道，如图 8.16 所示。

4）在"绿 副本"通道上，使用工具箱中的【磁性套索工具】 🔲 将人物及婚纱后面的背景选中，如图 8.17 所示。

图 8.16 复制"绿 通道"

图 8.17 选取背景

5）按"Ctrl+Alt+D"组合键，弹出【羽化选区】对话框，设置【羽化半径】为 0.5 像素，如图 8.18 所示。

6）单击【确定】按钮，应用羽化。设置背景色为黑色，按"Ctrl+Delete"组合键填充背景色，再按"Ctrl+D"组合键取消选区，如图 8.19 所示。

图 8.18 【羽化选区】对话框

图 8.19 填充背景色

7）再次使用【磁性套索工具】 🔲，套选出人物的身体部分，并设置【羽化半径】为 1 像素，如图 8.20 所示。

8）设置背景色为白色，按"Alt+Delete"组合键填充前景色，按"Ctrl+D"组合键取消选区，如图 8.21 所示

提 示

这时观察"绿 副本"通道上的黑白图像可以很明显地看出，不需要的背景已经被处理成了黑色，而完全保留的人物部分已经填充了白色。

9）将准备处理成半透明的白纱区域选中，如图 8.22 所示。

10）按"Ctrl+L"组合键，弹出【色阶】对话框，将中间的灰色滑块拖动到 0.45 的位置，让图像稍稍变暗，如图 8.23 所示

图 8.20　选取人物身体

图 8.21　人物身体填充白色

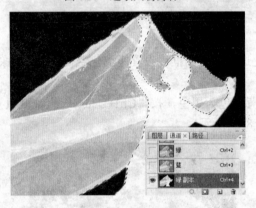

图 8.22　选择准备处理成半透明区域

图 8.23　【色阶】参数设置

11）单击【确定】按钮，再单击"RGB"复合通道，并按住"Ctrl"键单击"绿 副本"，将"绿 副本"通道中的白色和灰色部分载入各选区，如图 8.24 所示。这时的【通道】面板如图 8.25 所示。

图 8.24　载入的选区

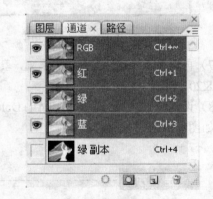

图 8.25　【通道】面板

12）打开"背景"素材，使用工具箱中的【移动工具】，拖动"穿婚纱的新娘"到"背景"文件中，移动到适当位置。此时可以发现，新娘身后的纱巾是半透明状的。最终效果如图 8.26 所示。

图 8.26 最终效果

8.3 通道的应用（二）——抠取发丝

在通道中抠选毛发图像，一直是 Photoshop 爱好者及专业用户津津乐道的案例。本节将介绍一个典型的在通道中抠选人物头发的操作方法。

任务目的

本案例通过对抠取复杂人像的处理过程，进一步熟悉对通道进行编辑的方法。

任务分析

本项目的素材图像比较复杂。采用常规的"铅笔"，"套索"或"魔棒"工具来抠取会比较烦琐和困难，故考虑采用通道技术抠图。以抠取发丝为例，其抠发前后效果分析如图 8.27 所示。

图 8.27 抠发前后效果分析

任务实施

1）按"Ctrl+O"组合键，打开"人物.jpg"图像文件。

2）打开【通道】面板，分别单击"红"、"绿"、"蓝" 3 个通道，通过对比发现蓝色通道的图像质量较好，对比度也较强，如图 8.28（a）、（b）、（c）所示。

（a）红通道　　　　　　　　　　（b）绿通道　　　　　　　　　　（c）蓝通道

图 8.28　3 个通道对比

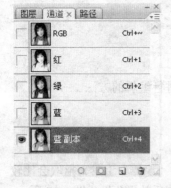

图 8.29　复制"蓝"通道

3）拖动"蓝"通道到【通道】面板底部 ⬛（创建新通道）按钮上，复制出一个"蓝副本"通道，如图 8.29 所示。

提　示

此时可以发现，背景的颜色较亮，而前面的人物颜色较暗。因为头发是要被载入选区的，所以需要将头发处理成白色。

4）单击"蓝 副本"通道，在"蓝 副本"通道上工作，按"Ctrl+ I"组合键将图像反相选择，这样暗的地方就变亮了，效果如图 8.30 所示。

图 8.30　反相"蓝 副本"

5）选择 ∅（套索工具），在其属性栏中给【羽化】设置一个合适的数值，如图 8.31 所示。

∅ ▾ | □ 型 ⌐ 回 | 羽化：20 px | ☑ 消除锯齿 | 调整边缘…

图 8.31　羽化属性设置

6）按住鼠标拖动，将黑白对比度较接近的区域套选，如图 8.32 所示。

7）按"Ctrl+L"组合键弹出【色阶】对话框。首先将中间的灰色滑块向左拖到一个适当位置，使显示不太明显的头发显示出来，然后再向右拖动左边的黑色滑块到适当位置，让图像的黑白对比度增大，如图 8.33 所示，并单击【确定】按钮确认。

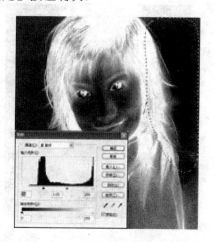

图 8.32　选取对比度接近区域

图 8.33　调整色阶

8）用同样的方法对其他地方进行调节，增大对比度，如图 8.34 所示。

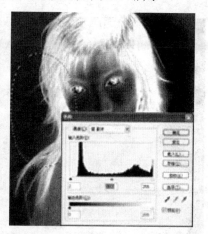

图 8.34　调整色阶

 提　示

注意设置羽化值，并且先调节灰色滑块，后调节黑色滑块。

9）使用选区工具将背景选出，填充黑色，使用选区工具将需要完全显示的地方选出，填充白色，如图 8.35 所示。

提 示

注意，此步也可以使用画笔进行涂抹。如果觉得细节还不够完美，可以再次使用羽化选区，色阶调整的方法调节有问题的部分或将图像放大，使用黑白画笔进行修改。

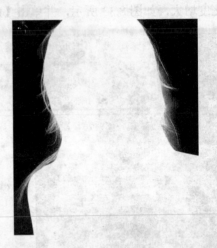

图 8.35　填充背景

10）按住"Ctrl"键同时单击"蓝 副本"通道的缩览图，将处理好的白色区域载入选区，如图 8.36 所示。

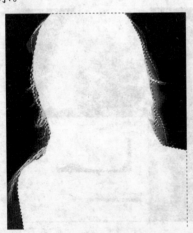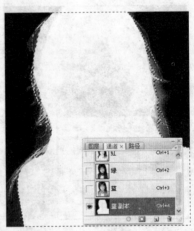

图 8.36　载入选区

11）单击"RGB"复合通道，再单击"背景"图层，并按住"Ctrl+J"组合键将图像复制到一个新的图层中，如图 8.37 所示。

12）单击"背景"图层，在此图层上操作，按下"Alt+Delete"组合键将"背景"图层填充白色，观察抠出后的头发，最终效果如图 8.38 所示。

图 8.37　复制图层　　　　　　　　　图 8.38　最终效果

8.4　快速蒙版——海底精灵

在学习了通道的相关知识后，接下来将学习蒙版的内容。有些人常常会将蒙版与通道两相混淆，其实蒙版与通道是有区别的。通道是用来存放图像信息的地方，通过通道可以改变图像的色彩、存放选区等。而蒙版是用来隔离和调节图像的特定部分。

通过实践了解和熟悉蒙版的概念、作用，掌握蒙版的用法和熟记常用的效果。

1. 蒙版原理

Photoshop 中的蒙版源于传统的暗房技术，其基本的功能是遮挡。当一幅图像上有选区时，对图像所做的编辑只对不断闪烁的选区有效，但这种选区只是临时的，而蒙版可以保存多个、重复使用并较容易编辑的选区。

在 Photoshop 中，蒙版存储在 Alpha 通道中。蒙版和通道是灰度图像，因此，也可以像编辑其他图像那样编辑它。蒙版也使用黑、白、灰来标记。系统默认状态下，黑色区域用来遮盖图像，白色区域用来显示图像，而灰色区域则表现出半透明效果。

选区、蒙版和 Alpha 通道是 Photoshop 中 3 个紧密相关的概念，可以把它们视为同一个事物的不同方面。选区一旦选定，实际上就创建了一个蒙版；将选区或蒙版存储起来就是 Alpha 通道，它们之间可以互相转换。

2. 蒙版类型

在 Photoshop 中涉及的蒙版类型主要有以下几类。

1）快速蒙版：又称临时蒙版。在该状态下，用户可以在画面中随意绘制蒙版的形状。

2）图层蒙版：通过使用图层蒙版可以创建许多梦幻般的图像效果，是合成图像中必不可少的技术手段。

3）剪贴蒙版：是一组图层的总称。简单来说，它由基层以及内容层两部分组成。该蒙版通过使用处于下方图层的形状限制上方图层的显示状态，来创造一种剪贴画的效果。

 任务分析

利用快速蒙版的知识快速合成多张图片。其合成图像效果如图 8.39 所示。

图 8.39　快速合成图像效果

 任务实施

1. 快速蒙版的使用——抠取图像

1）按"Ctrl+O"组合键，打开"荷花.jpg"图像文件，如图 8.40 所示。

2）按下"D"键，将工具箱中的前景色和背景色设置成系统默认的颜色。

3）快速双击工具箱中【以快速蒙版方式编辑】 按钮，在弹出的【快速蒙版选项】对话框中设置各选项，如图 8.41 所示。

图 8.40　荷花

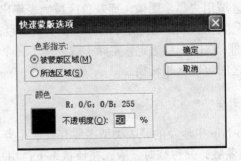

图 8.41　设置【快速蒙版选项】对话框

提 示

❖色彩指示：用来指定蒙版的作用状态。

◆被蒙版区域：如果图像中存在选区，单击该项可以使选区之外的区域被遮盖起来，不被编辑。

◆所选区域：如果图像中存在各地区，单击该项可以使选区内的区域遮盖起来，不被编辑。

❖颜色：用来设置蒙版的颜色，单击其下方的颜色块即可随意设置想要的蒙版颜色，默认颜色为红色。

❖不透明度：用来设置蒙版的透明效果，默认设置为50%。

4）单击【确定】按钮，然后单击工具箱中的【画笔工具】 ✐ 按钮，设置合适的画笔大小，并将画笔【硬度】设置为100%。

5）把鼠标指针放置在图像中拖动，将荷花添加蒙版效果。为了提高选取的准确度，可以把图像放大一定比例，如图8.42所示。

 提 示

❖在涂抹过程中要根据需要随时调整画笔大小。

❖要想使选取的图像边缘出现羽化效果，在绘制前可以将画笔硬度设置为50%。

❖在Photoshop中凡具有绘图功能的工具都可以编辑快速蒙版的状态。

❖在选取过程中，出现了多选的情况，可以按"X"键，将前、背景色切换，以使用白色减少蒙版区域。

6）在当前的快速蒙版状态下，【通道】面板中也会出现一个快速蒙版，如图8.43所示。

图8.42 画笔涂抹的蒙版

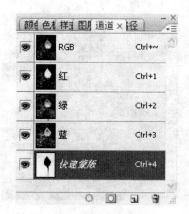

图8.43 【通道】面板

7）单击工具箱中的【以标准模式编辑】 按钮，或按"Q"键，可以将快速蒙版转换成选区，效果如图 8.44 所示。

8）再次快速双击【以快速蒙版方式编辑】 按钮，如图 8.45 所示，在弹出的【快速蒙版选项】对话框中重新选择【所选区域】选项，确认后快速蒙版显示区域会发生变化，如图 8.46 所示。

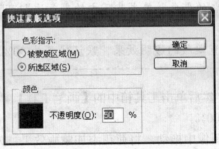

图 8.44　快速蒙版转换成选区　　　图 8.45　【快速蒙版选项】对话框　　　图 8.46　蒙版区域

提　示

通过转换后的选择区域再来理解【快速蒙版选项】对话框中的【被蒙版区域】和【所选区域】这两个选项的含义。可以将这两个选项简单理解为选择与反选的关系。

9）按"Q"键，再按"Ctrl+Shift+I"组合键，将选区反选，选择荷花部分。

10）按"Ctrl+C"组合键，复制选区内的图像。

11）按"Ctrl+O"组合键，打开"荷塘.jpg"图像文件，如图 8.47 所示。此时按"Ctrl+V"组合键将荷花粘贴到荷塘中，适当调整大小和位置，效果如图 8.48 所示。

图 8.47　荷塘原文件　　　　　　　　图 8.48　荷塘合成文件

2. 快速蒙版的使用——合成图像

1）按 "Ctrl+O" 组合键，打开 "海底世界.jpg" 和 "海滩.jpg" 图像文件，如图 8.49 所示。

图 8.49 "海底世界" 和 "海滩"

2）使用工具箱中的【移动工具】，按住 "Shift" 键的同时拖动 "海滩" 图像到 "海底世界" 文件中，如图 8.50 所示。

图 8.50 将海滩拖到海底世界中

3）按 "D" 键，设置前景色为黑色，背景色为白色。单击【渐变工具】，在其属性栏中选择【前景色到背景色】渐变，渐变模式为线性渐变，其他设置如图 8.51 所示。

图 8.51 【渐变工具】属性栏

4）选择 "图层 1" 图层，在 "图层 1" 图层上按 "Q" 键切换至快速蒙版编辑模式。按住左键拖动鼠标，按如图 8.52 所示的距离和方向拉出渐变蒙版，效果如图 8.53 所示。

图 8.52　渐变方向　　　　　　　　　　图 8.53　渐变蒙版

5）按"Q"键切换至标准编辑模式，如图 8.54 所示。重复按"Delete"键删除选区内的图像，效果如图 8.55 所示。

图 8.54　标准编辑模式下　　　　　　　　图 8.55　删除后的图像

6）按"Ctrl+D"组合键取消选区。

7）按照步骤 4）、5）、6）的方法，参考图 8.56 渐变方向和距离，完成其他部分的图像删除。

图 8.56　各角度的渐变方向

8）在人物脖子部位，在快速蒙版编辑状态下用硬度较小的画笔进行蒙版选择后转换成选区，删除多余的图像，如图 8.57 所示。

9）进行适当的位置调整，最终效果如图 8.58 所示。

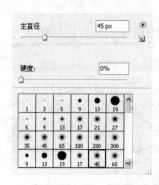

图 8.57 画笔涂抹的蒙版

图 8.58 最终效果

8.5 图层蒙版——笼中鸟

通过实践了解和熟悉图层蒙版的概念、作用，掌握图层蒙版的用法和常用的效果。

1. 图层蒙版原理

图层蒙版可以理解为在当前图层上面覆盖一层玻璃片，这种玻璃片有透明和黑色不透明两种，前者显示全部，后者隐藏部分。然后用各种绘图工具在蒙版上（即玻璃片上）涂色（只能涂黑、白、灰色）。涂黑色的地方蒙版变为不透明，看不见当前图层的图像；涂白色则使涂色部分变为透明可看到当前图层上的图像；涂灰色使蒙版变为半透明，透明的程度由涂色的灰度深浅决定。

2. 图层蒙版基础操作

1）按 "Ctrl+O" 组合键，打开 "小鸟.png" 和 "风景.jpg" 图像文件，如图 8.59 所示。

图 8.59 小鸟和风景图像

2）使用工具箱中的【选择工具】，将"小鸟"拖动到"风景"图中，调节大小并置于适当位置，如图 8.60 所示。

3）在【图层】面板中，将"小鸟"层复制，并将复制的图层移动到原图层的下方，并设置"小鸟 副本"图层的不透明度为 30%，如图 8.61 所示。

图 8.60　将"小鸟"拖到"风景"中　　　　　　图 8.61　【图层】面板

4）执行【编辑】|【变换】|【垂直翻转】命令，将复制的图像垂直翻转，放置在如图 8.62 所示的位置。

5）单击【图层】面板下方的 按钮，为复制的图层添加图层蒙版，效果如图 8.63 所示。

图 8.62　垂直翻转效果　　　　　　　　　图 8.63　【图层】面板

6）选择【渐变工具】按钮，在属性栏中单击 按钮，弹出【渐变编辑器】对话框，编辑黑色到白色的渐变色，如图 8.64 所示。

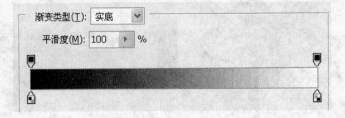

图 8.64　【渐变编辑器】对话框

7）确认编辑的渐变色，设置【渐变工具】属性栏中的其他选项，如图 8.65 所示。

图 8.65 【渐变工具】属性栏

8）把鼠标放置在复制图像的底端，按住"Shift"键的同时自下而上拖动鼠标，此时"小鸟副本"出现若隐若现的蒙太奇效果，其实这就是图像倒影制作的方法之一。填充黑白渐变色后的图像效果与图层蒙版显示如图 8.66 所示。

图 8.66 图像效果和图层蒙版

提 示

由上图的图层蒙版中可以看出，黑色区域遮盖了图像，白色区域显示图像，而灰色区域则使图像若隐若现。

9）在【图层】面板中，单击图层缩览图和图层蒙版之间的◉符号，可以取消图像与蒙版的链接，使用移动工具可以移动蒙版的位置，效果如图 8.67 所示。

图 8.67 移动蒙版

10）按"Ctrl+Z"组合键，取消蒙版的移动操作，并在单击图层缩览图和图层蒙版之间的◉符号原位置，将图像与蒙版链接。

11）将鼠标指针放置在蒙版区域右击，在弹出的快捷菜单中可以实现蒙版的各种编辑，如图 8.68 所示。

图 8.68　蒙版快捷菜单

　任务分析

本例使用图层蒙版合成一幅图像，并在图层蒙版上使用选区进行快速制作。其效果分析如图 8.69 所示。

图 8.69　笼中鸟效果分析

任务实施

1）按 "Ctrl+O" 组合键，打开 "笼子.jpg" 和 "鹦鹉.jpg" 图像文件，如图 8.70 所示。

图 8.70　"笼子" 和 "鹦鹉" 原文件

2）使用工具箱中的【魔术棒工具】，按住"Shift"键，在"鹦鹉"图像的白色区域单击，选取白色区域，如图 8.71 所示。

3）按"Ctrl+Shift+I"组合键，对图像进行反选，此时选中了"鹦鹉"，如图 8.72 所示。

4）使用工具箱中的【移动工具】，拖动选区内的"鹦鹉"到"笼子"上，适当调整大小和位置，如图 8.73 所示。

图 8.71　选择白色区域　　　　图 8.72　反选"鹦鹉"　　图 8.73　"鹦鹉"拖动到"笼子"上

5）选中"鹦鹉"图层，在"鹦鹉"图层上操作。单击【图层】面板底部的【添加图层蒙版】按钮，在此图层上增加图层蒙版，如图 8.74 所示。

6）使用工具箱中的【画笔工具】，设置前景色为黑色，设置笔刷大小约与笼子围杆差不多，选中蒙版，沿笼子前边的围杆进行涂抹。可以观察到，黑色涂抹到的地方显示出笼子的围杆，如图 8.75 所示。

图 8.74　添加图层蒙版　　　　　　图 8.75　涂抹前边的围杆

 提　示

在涂抹过程中，出现了涂到围杆外的情况，可以按"X"键，将前、背景色切换，以使用白色减少蒙版区域。

7）重复步骤 6），最终效果如图 8.76（a）所示。这时【图层】面板如图 8.76（b）所示。

（a）最终效果　　　　　　　　　（b）【图层】面板

图 8.76　最终效果及【图层】面板

8.6　剪贴蒙版——制作盘面

通过实践了解和熟悉蒙版的概念与作用，掌握剪贴蒙版的用法和常用的效果。

任务分析

使用剪贴蒙版的方法制作 CD 光盘，最终效果如图 8.77 所示。

图 8.77　光盘最终效果

任务实施

1）按"Ctrl+N"组合键，新建一个 12 厘米×12 厘米的文件，如图 8.78 所示。

2）单击【确定】按钮，新建一个空白文件。按"Ctrl+R"组合键显示标尺，并在横竖 6 厘米的位置各拉出一条参考线，如图 8.79 所示。

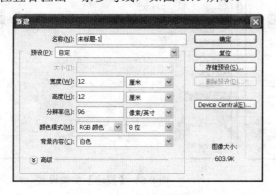

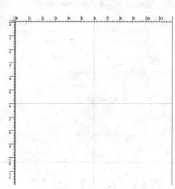

图 8.78 新建文件   图 8.79 参考线

3）单击工具箱中的【椭圆工具】 ○ 按钮，单击属性栏中的【形状图层】 □ 按钮，并设置颜色为黑色（R：0，G：0，B：0），如图 8.80 所示。

图 8.80 【椭圆工具】属性栏

4）移动鼠标指针到两条参考线的交点处，按下"Shift+Alt"组合键并拖动鼠标，以画布为中心等比例向外绘制一正圆形，如图 8.81 所示。

5）再次使用【椭圆工具】 ○，并单击属性栏中的（重叠形状区域除外） □ 按钮。移动鼠标指针到两条参考线的交点处，按下"Shift+Alt"组合键并拖动鼠标，以画布为中心等比例向外绘制一小正圆形，效果如图 8.82 所示。

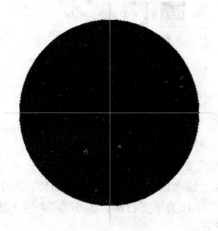

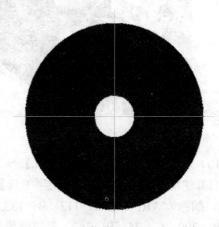

图 8.81 正圆形   图 8.82 效果图

6）双击形状图层后面的空白处，弹出【图层样式】对话框。分别为图像应用【投影】和【描边】样式，具体参数设置如图8.83和图8.84所示。

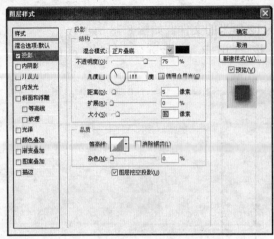
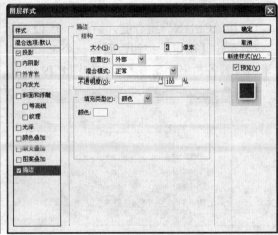

图8.83 【投影】参数设置　　　　　　　图8.84 【描边】参数设置

7）单击【确定】按钮应用图层样式，按"Ctrl+;"组合键隐藏参考线。

8）按"Ctrl+O"组合键打开素材中的"背景"文件，并将它拖动到文件中，如图8.85所示。

9）单击【图层】面板选项，切换到【图层】面板。按住"Alt"键移动鼠标到"图层1"和"形状1"图层的中间位置，等鼠标指针变成如图8.86所示的状态后单击，创建一个图层剪贴蒙版。

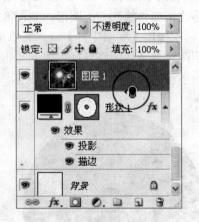

图8.85 插入图像　　　　　　　图8.86 创建图层剪贴蒙版

10）使用工具箱中的【移动工具】，调整"背景"的位置，如图8.87所示。

11）使用工具箱中的【横排文字工具】T，在盘面上输入曲目文字，字体为黑体，大小为11号，颜色为（R：80，G：112，B：133），"王心凌"字体为华文行楷，大小为24号，颜色为（R：209；G：76；B：24）。最终效果如图8.88所示。

12）至此，盘面就制作完成了，保存文件。

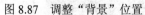

图 8.87　调整"背景"位置　　　　　　　　图 8.88　最终效果

8.7　通道转蒙版——海的女儿

任务目的

在学习了通道与蒙版的基础上，通过通道与蒙版进行转换的案例，充分理解通道与蒙版的要领，并归纳和总结通道与蒙版的用途。

任务分析

在通道的基础上，把通道转换成图层蒙版，然后把素材图片很好的融合在一起。其效果如图 8.89 所示。

图 8.89　合成最终效果

任务实施

1）按"Ctrl+O"组合键，打开"女人.jpg"、"大海.jpg"和"素材.jpg"图像文件，如图 8.90 所示。

图 8.90 打开三张素材图片

2）将"女人.jpg"另存为"海的女儿.psd"。

3）将"素材.jpg"拖入"海的女儿.psd"文件中，调节图片大小跟背景图层一样大，如图 8.91 所示。

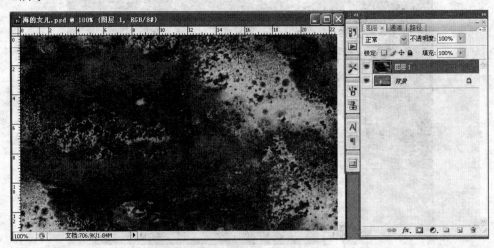

图 8.91 拖入"素材"文件

4）打开【通道】面板，复制"红"通道，得到"红 副本"通道，如图 8.92 所示。

5）按 "Ctrl+L" 组合键，弹出【色阶】面板，调节色阶，增加图片的对比度，如图 8.93 所示。

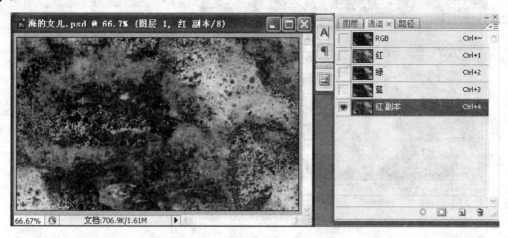

图 8.92 "红 副本" 通道

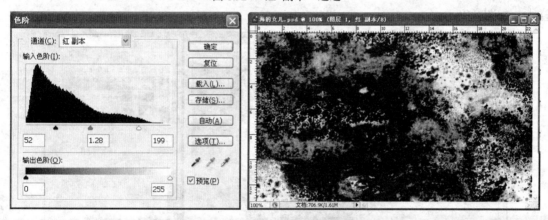

图 8.93 【色阶】对话框及执行效果

6）按下 "Ctrl" 键同时单击 "红 副本" 通道，载入选区，如图 8.94 所示。

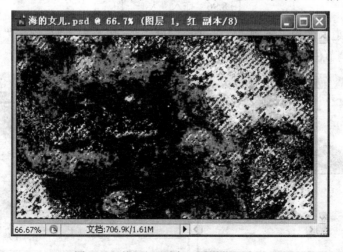

图 8.94 从 "红 副本" 通道载入选区

7）回到【图层】面板，添加图层蒙版，如图 8.95 所示。

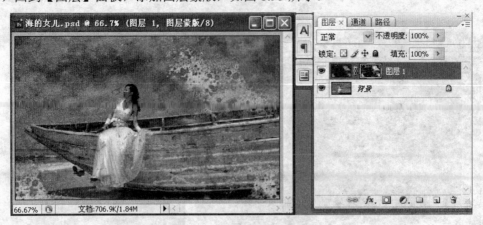

图 8.95　添加图层模版

8）用【移动工具】 把"大海.jpg"图片拖入到本文档中，调节图片大小与人物背景一样大，如图 8.96 所示。

图 8.96　拖入"大海"图片

9）打开【通道】面板，复制"红"通道，得"红 副本 2"通道，按"Ctrl+L"组合键，打开色阶面板，调节色阶，增加图片的黑白对比度，如图 8.97 所示。

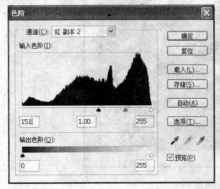

图 8.97　色阶对话框

10）按下"Ctrl"键同时鼠标单击"红 副本"通道，载入选区，回到【图层】面板，添加图层蒙版，如图 8.98 所示。

图 8.98　从"红 副本"通道载入选区

11）为了使图片水花向下，不要遮盖人物面部，按下"Ctrl+T"组合键，调节图片，把下部拉宽。确定操作后，可用黑色画笔（降低硬度）在两个蒙版的人物处涂抹，突出人物，如图 8.99 所示。

图 8.99　画笔涂抹人物

12）单击【图层】面板下方 按钮，创建"色彩平衡"调节层，分别调节【阴影】、【中间调】、【高光】，使面部颜色协调，具体参数如图 8.100（a）、（b）、（c）所示，效果如图 8.101 所示。

（a）"阴影"

图 8.100　【阴影】、【中间调】、【高光】参数设置

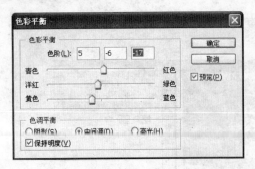

（b）"中间调"

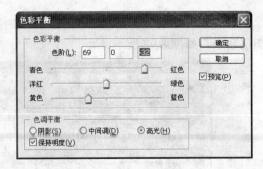

（c）"高光"

图 8.100　【阴影】、【中间调】、【高光】参数设置（续）

图 8.101　创建"色彩平衡"调节层效果

13）按下"Ctrl+Shift+Alt+E"组合键盖印图层，并改变图层混合模式为【正片叠底】，如图 8.102 所示。

图 8.102　设置图层混合模式

14）添加图层蒙版，作径向渐变，如图 8.103 所示。

图 8.103 添加图层蒙版

15）将"图层 3"复制一层，创建"色相/饱和度"调节层，调出【色相/饱和度】对话框，如图 8.104 所示，并调节相应参数，提高整张图片的饱和度。黑白画笔涂抹人物。

图 8.104 【色相/饱和度】对话框

16）单击【确定】按钮，保存文件。最终效果如图 8.105 所示。

图 8.105 最终效果

213

<h1 style="text-align:center">本 章 小 结</h1>

本章主要学习了 Photoshop 通道和蒙版的概念和使用。主要包括利用通道进行色彩调节、发丝抠取、半透明物体抠图；还学习了运用快速蒙版进行简单合成、常用的图层蒙版合成方式、蒙版与通道结合使用的合成方式；此外，还学习了矢量蒙版。合理有效地运用这些技能可以制作出意想不到的效果充分发挥 Photoshop 的合成优势。

<h1 style="text-align:center">实 践 探 索</h1>

一、选择题

1. 在印刷行业，（　　）是用来输出图像特殊效果的通道，它可以使用一种特殊的颜色来代替或补充其他的油墨颜色进行图像的输出。

　　　A. 复合通道　　　　　B. Alpha 通道　　　　　C. 单色通道　　　　　D. 专色通道

2. Alpha 通道是我们新建的用于保存选区的通道，对于一个很不容易建立的选择区域，使用 Alpha 通道可以将其保存以便重复使用。以下（　　）可以将选择区域快速保存到 Alpha 通道中。

　　　A. ◎ 载入选区按钮　　　　　　　B. ▢ 保存选区按钮

　　　C. ▣ 新建通道按钮　　　　　　　D. ▩ 删除通道按钮

3. 按住（　　）键的同时，单击所需要的 Alpha 通道，可以向图像中载入通道中保存的选择区域。

　　　A. "Alt"　　　　　B. "Ctrl"　　　　　C. "Ctrl+Enter"　　　　D. "Shift+Enter"

4. 快速蒙版创建后，按（　　）键可以快速将快速蒙版转换为选择区域。

　　　A. "Alt"　　　　　B. "Ctrl"　　　　　C. "X"　　　　　　　D. "Q"

二、操作题

1. 打开如图 8.106 所示的"相片.jpg"图像文件，运用本章讲解的通道知识，快速将其中的人物选取出来（提示：首先复制对比度大的色彩通道；然后运用选区工具选取边缘发丝，调整色阶以增强黑白对比度；接着将除发丝部分用选区工具选出并填充白色；最后，按住"Ctrl"键，单击通道缩览图）。

图 8.106　"相片.jpg"

2. 运用本章讲解的剪贴蒙版内容，制作一张光盘，其中素材文件可以自己随意选择。

第9章
滤镜的应用

滤镜是 Photoshop 软件非常强大的工具，它能在较短的时间内产生很多的特殊效果，制作出炫丽的艺术作品。对于滤境，可通过不同的参数作出很多不同的效果，也可以结合图层、蒙版、通道及图层样式等来处理效果，这样将可以制作出许多神奇的效果。

学习目标

➢ 了解【液化】与【抽出】特殊滤镜的功能。

➢ 了解滤镜库的使用方法。

➢ 掌握各滤镜组中常用滤镜命令的作用与使用规则。

➢ 通过实例掌握常用滤镜的综合应用技巧。

9.1 液化滤镜的应用——制作 QQ 表情

Pholoshop CS3 提供了 4 种特殊的滤镜，包括【液化】、【抽出】、【图案生成器】和【消失点】。它们应用领域较为特殊，因此被归类为特殊功能滤镜。下面通过实例讲解其中功能比较强人的【液化】与【抽出】滤镜。

通过 Pholoshop 中的液化滤镜制作完成一组 QQ 表情，最终效果如图 9.1 所示。

图 9.1　QQ 表情效果图

![相关知识]

【液化】滤镜是通过使用各种工具对图像进行变形、扭曲、膨胀等液化操作。打开素材文件"鲜橙.jpg"图像，执行【滤镜】|【液化】命令，弹出如图 9.2 所示的【液化】对话框。使用此对话框参数设置可以对图像进行液化变形处理。

该滤镜较为复杂，因此根据对话框的结构将其分为五部分进行讲解。

1. 【工具选择】

【向前变形工具】：使用此工具在图像中拖动，可以使图像的像素随着涂抹产生变形。
【重建工具】：在扭曲预览图像之后，使用此工具可以完全或者部分地恢复更改。
【顺时针旋转扭曲工具】：使用此工具，可以使图像产生顺时针旋转效果。
【褶皱工具】：使用此工具，可以使图像向操作中心点收缩以产生挤压效果。
【膨胀工具】：使用此工具，可以使图像背离操作中心点，从而产生膨胀效果。

图 9.2　【液化】滤镜对话框

【左推工具】：使用此工具，可以移动与描边方向垂直的像素。直接拖动此工具使像素向左移；按住"Alt"键拖动此工具，使像素向右移。

【镜像工具】：使用此工具，可以将像素复制到画笔区域。

【湍流工具】：使用此工具，可以平滑地拼凑像素。适合于创建火焰、云彩、波浪等效果。

【冻结蒙版工具】：使用此工具，拖动经过的范围被保护，以免被进一步编辑。

【解冻蒙版工具】：解除使用【冻结蒙版工具】所冻结的区域，使其还原为可编辑状态。

【抓手工具】：拖动此工具，可以显示出未在预览窗口中显示出来的图像。

【缩放工具】：在预览图像中单击或者拖动此工具，可以放大预览图像；按住"Alt"键在预览图像中单击或者拖动此工具，则缩小预览图像。

2．【工具选项】

【画笔大小】：设置使用此工具操作时，将改变图像受影响区域的大小。

【画笔压力】：设置使用此工具操作时，一次操作影响图像的程度大小。

【湍流抖动】：控制【湍流工具】拼凑像素的紧密程度。

【光笔压力】：使用光笔绘图板中的压力读数。

3．【重建选项】

【模式】：在此下拉菜单中选择一种重建模式。

【重建】：要将所有未冻结区域中的效果改回其在弹出【液化】对话框时的状态，从【重建选项】区的【模式】下拉菜单中选择【恢复】选项，然后单击【重建】按钮。

【恢复全部】：要将整个预览图像改回其在弹出【液化】对话框时的状态，在【重建选项】区中单击【恢复全部】按钮。

4．【蒙版选项】

蒙版运算模式：在此列有 5 种蒙版运算模式，即【替换选项】、【添加到选区】、【从选区中减去】、【与选区交叉】以及【反相选区】。

【无】：单击此按扭，可以取消当前所有冻结状态。

【全部蒙住】：单击此接钮，可以将当前图像全部冻结。

【全部反相】：单击此按钮，可以冻结与当前所选相反的区域。

5.【视图选项】

【显示图像】：勾选此复选框，在对话框的预览窗口中显示当前操作的图像。

【显示网格】：勾选此复选框，在对话框的预览窗口中显示辅助操作的网格。

【网格大小】：在此定义网格的大小。

【网格颜色】：在此定义网格的颜色。

【蒙版颜色】：在选择【显示蒙版】选项后，可以在此定义图像冻结区域显示的颜色。

【显示背景】：在此定义背景的显示方式。

【不透明度】：在此定义背景的不透明度显示。

使用不同的扭曲工具编辑的图像扭曲效果如图 9.3 所示。

图 9.3　液化后的图像效果

任务分析

在制作过程中，主要根据提供的图像并结合各种液化工具对图像进行变形、膨胀等液化操作，再分别对各图片进行脸部变形，以求创建的效果更加自然。

任务实施

1）按 "Ctrl+N" 组合键，新建文件。参数设置如图 9.4 所示。

2）按 "Ctrl+O" 组合键，打开图形文件 "表情.png"。使用工具箱中的【移动工具】，将该素材拖动到图像窗口中，如图 9.5 所示。

3）按 "Ctrl+J" 组合键，复制多个图形，并分别调整各图形的大小位置，如图 9.6 所示。

4）选择 "图层 1 副本" 图层，执行【滤镜】|【液化】命令，弹出【液化】对话框，在对

话框中运用缩放工具调整预览图像大小，使用对话框中的【向前变形工具】，变形"嘴巴"和"眉毛"部分，如图9.7所示。

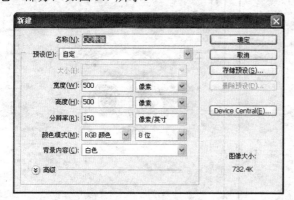

图9.4　新建文件对话框　　　　　图9.5　导入素材图片

图9.6　调整各图形的大小位置　　　图9.7　变形"图层1副本"的脸部表情

提　示

在使用【向前变形工具】时，不可以在图像上过度拖动，以免使图像变的模糊。

5）选择"图层1副本2"图层，执行【滤镜】|【液化】命令，弹出【液化】对话框，使用对话框中的【褶皱工具】，变形"嘴巴"与"眼睛"部分，如图9.8所示。

6）选择"图层1副本3"图层，执行【滤镜】|【液化】命令，弹出【液化】对话框，使用对话框中的【膨胀工具】，并在窗口中调整"眼睛"与"眉毛"部分，再使用【向前变形工具】，调整"嘴巴"为生气状态，如图9.9所示。

7）选择"图层1副本4"图层，执行【滤镜】|【液化】命令，弹出【液化】对话框，使用对话框中的【湍流工具】，变形其中的一个"眼睛"，再调整"眉毛"和"嘴巴"部分如图9.10所示。

8）最后输入文字"QQ表情"，制作完成的最终效果如图9.11所示。

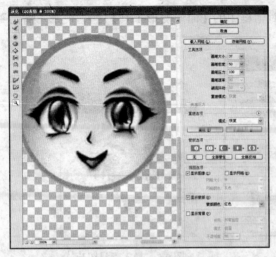

图 9.8　变形"图层 2 副本"的脸部表情　　　　图 9.9　变形"图层 3 副本"的脸部表情

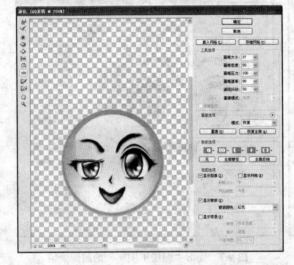

图 9.10　变形"图层 4 副本"的脸部表情　　　　图 9.11　QQ 表情最终效果

9.2　抽出滤镜的应用——海底世界合成效果

　　把如图 9.12 所示的美丽的热带鱼从背景中抽出，放入"海底世界"图像文件中，最终合成效果如图 9.13 所示。

相关知识

　　使用【抽出】滤镜，可以将前景物精确地从其背景中分离出来，在应用手法上有些类似于选区的相关操作，但比选区在选择对象上还要灵活，特别适合选择复杂的图形对像。比如人物头发上选取、动物的毛发选取和多足动物的选取等。

图9.12　热带鱼　　　　　　　　　图9.13　海底世界合成效果

打开素材文件"猫咪.jpg"图像，执行【滤镜】|【抽出】命令，弹出【抽出】对话框如图9.14所示。在该对话框中，左侧是滤镜的工具栏，显示【抽出】的工具；中间位置为图像预进行抽出操作并显示操作效果；右侧为相关的选项设置；在对话框的顶部，对选择不同的工具时将有不同的提示信息，提示当前工具的功能。

图9.14　【抽出】对话框

提　示

按"Alt+Ctrl+X"组合键可以快速弹出【抽出】对话框。

1. 抽出工具

【边缘高光器工具】 ✐：用来指定要保留的边缘。首先使用该工具描绘边缘已确定保留区域。

【填充区域】 ：用来填充要保留的图像区域。一般使用【边缘高光器工具】描绘边缘后，使用该工具填充保留的图像区域。

【橡皮擦工具】：该工具可以擦除边缘的高光，一般对使用【边缘高光器工具】绘制出的高光错误位置进行处理修改。

【吸管工具】：在选择设置区中，勾选【强制前景】复选框。该选项才可以使用在高光覆盖整个选区范围的情况下，使用该工具在图像中单击。可以吸取要保留的颜色，特别适合保留单一色彩的图像。

【清除工具】：当选择了抽出图像后，单击【抽出】对话框右上角的【预览】按钮进行预览模式，此时该工具才可以使用。它主要用来编辑已经抽出的图像区域。在图像上拖动可以将其变透明，以擦除不需要的部分；如果按住"Alt"键拖动，可以将透明部分变成不透明，将擦除的部分再还原，以增加需要的选取。

【边缘修饰工具】：该工具只能在预览模式下使用。该工具在抽出的图像边缘位置拖动，可以将边缘变得更加清晰，以修复强化边缘图像。如果按住"Ctrl"键拖动，可以移动边缘图像。

提 示

在使用【清除工具】和【边缘修饰工具】时按1～9，0键可以修改笔触的压力大小。

【缩放工具】和【抓手工具】与【液化】滤镜中的作用一样，不再赘述了。

2. 选项设置区

在【抽出】对话框的右侧是选项设置区，主要用来设置抽出的参数，并分为3个小参数区。下面来分别讲解这3个小参数区中选项的应用。

（1）【工具选项】

【画笔大小】：设置变形工具的笔触大小。

【高光】：从右测的下拉列表中选择一个高光的颜色，默认的颜色为绿色。

【填充】：从右侧的下拉列表中选择一个填充颜色。默认的颜色为蓝色。

【智能高光显示】：勾选该复选框，在使用【边缘高光器】工具描绘图像边缘时，系统可以更加精确地定义边缘，有点类似于使用选区工具时的容差设置，可以根据图像的颜色容差进行选取。

（2）【抽出】

【带纹理的图像】：当前景或背景为杂色或带有纹理时，勾选该复选框，可以对这些纹理进行优化处理。

【平滑】：设置选取图像的平滑值，可以平滑图像的边缘位置，以增加图像的平滑程度。值越大，图像越平滑。

【通道】：在右侧的下拉列表中，可以选择一个预先存储的 Alpha 通道来定义高光的范围。

【强制情景】：勾选该复选框，并使用【吸管工具】在图像上单击，可以在高光区域内指定与强制前景相似颜色的区域，并将其保留下来。

（3）【预览】

【显示】：指定显示的效果，包括【抽出的】和【原搞】两个选项。如果选择【抽出的】选项，在预览操作区中将显示图像抽出后的效果；如果选择【原搞】选项，在预览操作区中将显示图像的原始效果。

【效果】：指定去除背景后显示背景区域的方式。

【显示高光】：勾选该复选框，将在预览操作中显示高光效果。

【显示填充】：勾选该复选框，将在预览操作区中显示内部填充效果。

3.【预览】操作区的操作方法

1）执行【滤镜】|【抽出】命令，弹出【抽出】对话框后首先使用【边缘高光器工具】 描绘图像的边缘，并利用【橡皮擦工具】 对错误的操作进行修改。

2）描绘好边缘后，使用【填充工具】 将保留的部分填充。【预览】操作区中对猫咪抽出的操作如图 9.15 所示。

图 9.15　抽出猫咪的操作

3）单击【预览】按钮，预览抽出的效果。如果对抽出的效果不满意，可以使用【清除工具】 和【边缘修饰工具】 对其进行修改，并可以使用【吸管工具】 来吸取高光区中保留的图像。

4）在描绘或修改图像的过程中，可以使用【缩放工具】 和【抓手工具】 来辅助修改。完成后单击【确定】按钮，即可将图像抽出。其效果如图 9.16 所示。

图 9.16　从背景抽出的猫咪图像

利用前面讲过的套索或选框工具选取这条鱼尾和鱼鳍部分，操作起来相当困难，下面就使用【抽出】滤镜来完成这个复杂的任务。

1）按"Ctrl+O"组合键，打开素材"鱼.jpg"图像文件，如图 9.17 所示。

图 9.17　打开的图像

2）执行【滤镜】|【抽出】命令，弹出【抽出】对话框，在【抽出】对话框左侧的工具栏中单击【边缘高光器工具】 按钮，然后在鱼尾和鳍位置拖动，将这些复杂的位置选取出来，如图 9.18 所示。

图 9.18　选取鱼尾和鱼鳍的位置

在使用【边缘高光器工具】时，可以按"["键来放大画笔的大小，按"]"键来缩小画笔的大小，以适应不同的区域范围。

3）然后使用【边缘高光器工具】沿鱼的边缘位置拖动，选取刚才描绘边缘没有描绘到的地方，将其整个的边缘描绘出来，如图9.19所示。

图9.19　描绘边缘

4）再使用工具箱中的【填充工具】在鱼的身上单击，将其填充。设置保留的范围，可以看到蓝色的填充效果，如图9.20所示。

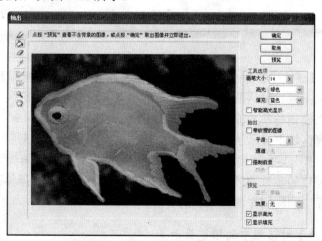

图9.20　填充鱼身内部

5）设置完成后，可以单击【预览】按钮来进行预览抽出的效果，以便修改不满意的部分。满意后单击【确定】按钮完成图像的抽取，此时在当前图像文档中，可以看到一个抽取出来的鱼和一个透明的背景效果，如图9.21所示。

6）按"Ctrl+O"打开素材"海底图片.jpg"文件，然后将抽出的鱼移动到打开的图像中。

多复制几个"鱼图层",并适当变换各层鱼的大小和角度,也可替换颜色。最后完成图像的合成效果,如图 9.22 所示。

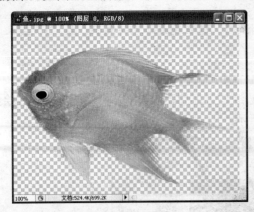

图 9.21 抽取后的图像

图 9.22 最终的合成效果

9.3 滤镜库的应用——螃蟹的多种奇特效果

【滤镜库】是一个集中了大部分滤镜效果的集合库。它将滤镜作为一个整体放置在库中,利用【滤镜库】可以对图像进行滤镜操作。这样很好的避免了多次单击滤镜菜单,选择不同滤镜的繁杂操作,但是,【滤镜】菜单中列出的所有滤镜并不是都可以在【滤镜库】对话框中可用。

通过实践了解和熟悉滤镜库的使用,并尝试对螃蟹图像进行多种处理,得到各种奇特效果。

相关知识

执行【滤镜】|【滤镜库】命令,即可弹出如图 9.23 所示的【滤镜库】对话框。【滤镜库】对话框是多种滤镜的集成式对话框。在该对话框的左侧为图像效果预览区域,中间部分为滤镜命令选择区域,而右侧则是参数设置和滤镜效果添加或删除区域。

在滤镜命令选择区域中显示了 6 个滤镜组,单击滤镜组名称,可以展开或折叠当前的滤镜组。展开滤镜组后。单击某个滤镜命令,即可将该命令应用到当前的图像中,并且在对话框的右侧显示当前选择滤镜的参数选项。还可以从右侧的下拉列表中,选择各种滤镜命令。在【滤镜组】右下角显示了当前应用在图像上的所有滤镜列表。

1. 更改【滤镜库】对话框中的预览显示

1)单击预览区域下方的 + 按钮或 - 按钮可以放大或缩小图像。

2)在缩放栏(显示缩放百分比的位置)下拉列表中可以选取缩放百分比。

3)单击 ⌃ 按钮或 ⌄ 按钮可以隐藏或者显示中间部分的滤镜命令选择区域。隐藏了滤镜命令选择区域,图像缩览图就可以展开。

4)将鼠标指针放置到图像缩览图区域,可以使用【抓手工具】 🖐 在预览区域中拖移查看图像的其他区域。

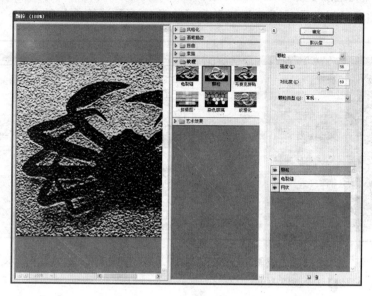

图 9.23 【滤镜库】对话框

2. 滤镜效果图层操作方法

在【滤镜库】对话框中可以对当前图像应用多个相同或者不同的滤镜命令；可以将这些滤镜命令效果叠加起来以得到更丰富的效果。滤镜效果图层的操作和【图层】面板中图层的操作类似，其中包括添加、删除、隐藏、显示、改变图层顺序等操作。

1）如要添加滤镜效果图层，可在滤镜效果图层区域中单击【新建效果图层】按钮，此时新添加的滤镜效果图层，会延续上一个滤镜效果图层的命令及其参数。

2）如果希望查看在某一个或者某几个滤镜效果图层添加前的效果，可以单击该滤镜效果图层左侧的 图标以将其隐藏起来，对于不再需要的滤镜效果图层，可以将其删除。要删除这些图层，可以通过单击将其选中，然后单击【删除效果图层】按钮即可。

打开一个"螃蟹"图像文件。执行【滤镜】|【滤镜库】命令，在【滤镜库】对话框中对当前图像应用多种不同的滤镜命令。通过滤镜命令效果叠加起来以得到多种丰富的图像效果，从而熟悉滤镜库的图层操作技巧。

1）启动 Photoshop 软件，打开"螃蟹.jpg"图像文件。

2）执行【滤镜】|【滤镜库】命令，即可弹出如图 9.23 所示的【滤镜库】对话框。

3）在对话框中首先对最底层滤镜效果图层使用"风格化"滤镜组的【照亮边缘】命令，然后在第二层、第三层滤镜效果图层使用"纹理"滤镜组的【染色玻璃】和【龟裂缝】命令，得到图像效果一，如图 9.24 所示。

4）单击【照亮边缘】滤镜效果图层前面的 👁 图标隐藏该滤镜效果，如图 9.25 所示。此时图像预览图区域显示的是【龟裂缝】和【染色玻璃】滤镜叠加的效果，从而得到图像效果二。

图 9.24　应用【照亮边缘】、【染色玻璃】　　　　　图 9.25　隐藏【照亮边缘】滤镜效果后的滤镜效果

　　　和【龟裂缝】3 个滤镜效果

5）依次选中【照亮边缘】、【染色玻璃】滤镜效果图层，然后单击【删除效果图层】 🗑 按钮，删除这两个效果图层；再单击【新建效果图层】按钮 🖿，此时新添加了【龟裂缝】滤镜效果图层，并延续上一个【龟裂缝】滤镜效果图层的命令参数，得到"龟裂缝"纹理进一步加深，如图 9.26 所示，得到图像效果三。

6）选择底层的【龟裂缝】滤镜效果图层，在滤镜命令选择区域中选择【马赛克拼贴】的滤镜命令，选择其上的【龟裂缝】滤镜效果图层；在命令选择区域中选择素描滤镜组的【水彩画纸】的滤镜命令，如图 9.27 所示的是【马赛克拼贴】滤镜图层叠加【水彩画纸】滤镜图层的效果，得到图像效果四。

图 9.26　添加滤镜效果图层　　　　　　　　图 9.27　【马赛克拼贴】滤镜图层叠加

　　　　　　　　　　　　　　　　　　　　　　　　　【水彩画纸】滤镜图层的效果

7）将鼠标指针放置到【水彩画纸】效果滤镜图层，然后按下鼠标不放向下拖动，使【水彩画纸】滤镜效果图层移至到【马赛克拼贴】滤镜图层效果的下方，此时图像的效果就发生了变化，如图 9.28 所示，得到图像效果五。由此可见，在滤镜效果图层中不仅能够叠加滤镜效果，而且可以通过修改滤镜图层的顺序修改应用这些滤镜所得到的效果。

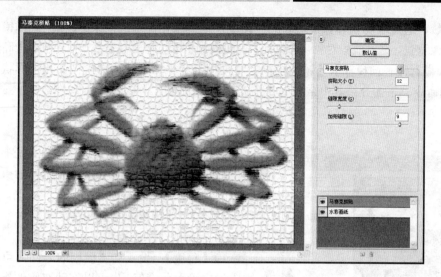

图 9.28　【水彩画纸】滤镜图层移至【马赛克拼贴】滤镜图层下方的效果

9.4　模糊类滤镜的应用——制作飞雪效果

在所有 Photoshop 滤镜命令中，只有 20% 的滤镜命令会被经常用到。通过下面一些实例讲解 Photoshop 中的一些常用滤镜的应用。

本实例制作一幅漫天飞雪的效果图像，主要掌握模糊类滤镜的使用方法，最终效果如图 9.29 所示。

图 9.29　飞雪效果图

【模糊】滤镜组中的命令主要对图像进行模糊处理，用于平滑边缘过于清晰和对比度过于

强烈的区域，通过削弱相邻像素之间的对比度，达到柔化图像的效果。【模糊】滤镜组通常用于模糊图像背景，突出前景对象。它包括【表面模糊】、【动感模糊】、【方框模糊】、【高斯模糊】、【进一步模糊】、【径向模糊】、【镜头模糊】、【模糊】、【平均】、【特殊模糊】和【形状模糊】等11种模糊命令。下面介绍其中常用的3个滤镜命令的功能。

1.【动感模糊】滤镜

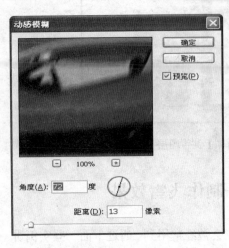

图 9.30 【动感模糊】对话框

该滤镜可以对图像像素进行线性位移操作，从而产生沿某一方向运动的模糊效果，就像拍摄处于运动状态的物体照片一样，使静态图像产生动态效果。执行【滤镜】|【模糊】|【动感模糊】命令，弹出如图 9.30 所示的【动感模糊】对话框。

1）【角度】：设置动感模糊的方向。可以直接在文本框中输入角度值，也可以拖动右侧的指针来调整角度，取值范围为-360～360。

2）【距离】：设置像素移动的距离。这里的移动并非为简单的位移，而是在【距离】限制范围内，按照某种方式复制并叠加像素，再经过对透明度的处理得到的。该值越大，模糊效果越强，该值范围为1～999。

原图与使用【动感模糊】命令后的对比效果如图 9.31 所示。

图 9.31 原图与使用【动感模糊】命令后的对比效果

2.高斯模糊滤镜

该滤镜可以利用高斯曲线的分布模式模糊图像，利用半径的大小来设置图像的模糊程度。执行【滤镜】|【模糊】|【高斯模糊】命令，弹出如图 9.32 所示的【高斯模糊】对话框。

【半径】：设置图像的模糊程度。该值越大，模糊越强烈，取值范围为 0.1～250。

原图与使用【高斯模糊】命令后的对比效果如图 9.33 所示。

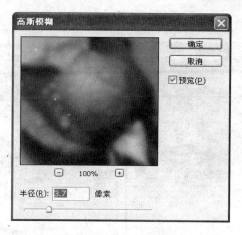

图 9.32 【高斯模糊】对话框

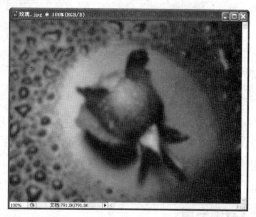

图 9.33 原图与使用【高斯模糊】命令后的对比效果

3. 径向模糊滤镜

该滤镜不但可以制作出旋转动态效果,还可以制作出从图像中心向四周辐射的模糊效果。执行【滤镜】|【模糊】|【径向模糊】命令,弹出如图 9.34 所示的【径向模糊】对话框。

1)【数量】:设置径向模糊的强度值越大图像越模糊,其取值范围为 1～100。

2)【模糊方法】:设置模糊的方式,包括【旋转】和【缩放】两种方式。选择【旋转】选项,图像产生旋转的模糊效果;选择【缩放】选项,图像产生放射状模糊的效果。

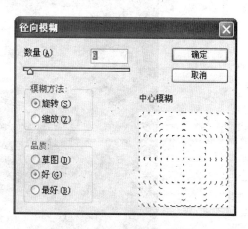

图 9.34 【径向模糊】对话框

3)【品质】:设置处理图像的质量,由差到优的效果顺序为【草图】、【好】和【最好】。品质越好,处理速度越慢。

4)【中心模糊】:设置径向模糊开始的位置,即模糊区域的中心位位置。模糊区域的中心位置在下方的预览框中。单击或拖动鼠标,即可修改径向模糊中心位置。

原图与使用【径向模糊】命令后的对比效果如图 9.35 所示。

图 9.35　原图与使用【径向模糊】命令后的对比效果

任务分析

本实例在制作中，需添加一白色填充的图层，运用【添加杂色】滤镜，再使用【点状化】滤镜，把杂点编辑成彩色块效果。选择其中的白色，使用【高斯模糊】滤镜模糊图像，最后再使用【动感模糊】滤镜完成最终效果。

任务实施

1）按"Ctrl+O"组合键，打开"雪景.jpg"图像文件，如图 9.36 所示。

图 9.36　打开的"雪景.JPG"图像

2）新建"图层 1"图层，并向该层中填充白色。执行【滤镜】|【杂色】|【添加杂色】

命令，在弹出的对话框中设置各项参数，如图9.37所示。

3）单击对话框中的【确定】按钮，整个图像填满了杂点。

4）执行【滤镜】|【像素化】|【点状化】命令，在弹出的对话框中设置参数，如图9.38所示。

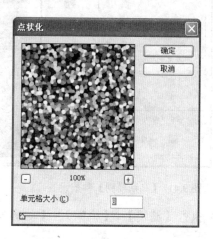

图9.37　【添加杂色】对话框　　　　　　图9.38　【点状化】对话框

提　示

使用【点状化】滤镜可以将图像杂点归结为大的颜色块，颜色块之间还会产生缝隙，这些缝隙将运用工具箱中的背景色填充，其中的【单元格大小】用于控制颜色块的大小。

5）单击【确定】按钮，添加的杂色被处理成彩色块效果，如图9.39所示。

6）使用 工具将其中的任意一种颜色全部选择，并填充白色。之后按"Ctrl+Shift+I"组合键，反选选区并删除选区内的图像，效果如图9.40所示。

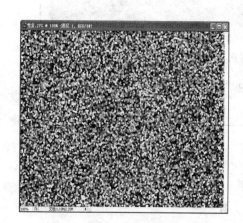

图9.39　添加的点状化效果图　　　　图9.40　反选选区并删除选区内图像后的效果

7）取消选区。执行【滤镜】|【模糊】|【高斯模糊】命令，在弹出的对话框中设置参数，如图 9.41 所示。

8）单击对话框中的【确定】按钮，图像边缘出现虚化效果，如图 9.42 所示。

图 9.41　【高斯模糊】参数设置　　　　图 9.42　使用【高斯模糊】滤镜的效果

9）执行【滤镜】|【模糊】|【动感模糊】命令，在弹出的对话框中设置各项参数，如图 9.43 所示。

10）单击【确定】按钮，编辑图像动态模糊效果，如同漫天飞雪。至此完成最终效果，如图 9.44 所示。

图 9.43　【动感模糊】对话框　　　　图 9.44　飞雪最终效果图

11）按 "Ctrl+Shift+S" 组合键，将该文件保存为 "漫天飞雪.psd"。

9.5　扭曲类滤镜的应用——制作水中倒影

 任务目的

本实例运用扭曲类滤镜制作水中倒影的画面，最终效果如图 9.45 所示。

图 9.45 水中倒影效果图

【扭曲】滤镜组可以将图像进行几何扭曲，以创建波浪、波纹、挤压以及切变等各种图像的变形效果。其中既有平面的扭曲效果，又有三维的扭曲效果。它包括【波浪】、【波纹】、【玻璃】、【极坐标】、【切变】、【球面化】、【水波】、【旋转扭曲】、【置换】、【海洋波纹】、【挤压】、【扩散亮光】和【镜头校正】等 13 种扭曲滤镜，其中大部分都是常用的滤镜命令。

1. 波浪滤镜

该滤镜可以根据用户设置产生不同的波幅和纹理效果。打开"第九章/素材/白鹭洲.jpg"图像文件，执行【滤镜】|【扭曲】|【波浪】命令，弹出如图 9.46 所示的【波浪】对话框。

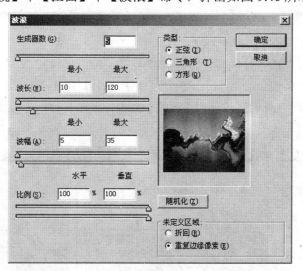

图 9.46 【波浪】对话框

1)【生成器数】：设置波纹生成的数量，取值范围为 1～999。

2)【波长】：设置相邻两个波峰之间的距离，以分别设置最小波长和最大波长，注意最小波长不可以超过最大波长。

3）【波幅】：设置波浪的高度，可以分别设置最大波幅和最小波幅，同样最小波幅不能超过最大波幅。

4）【比例】：设置水平和垂直方向波浪波动幅度的缩放比例。

5）【类型】：设置生成波纹的类型，包括【正炫】、【三角形】和【方形】3个选项。

6）【随机化】：单击此按钮，可以在不改变参数的情况下，改变波浪的效果，多次单击可以生成更多的波浪效果。

7）【未定义区域】：设置像素波动后边缘空缺的处理方法。选择【折回】选项，表示将超出边缘位置的图像在一侧折回；选择【重复边缘像素】选项，表示将超出边缘位置的图像重复边缘的像素。

原图与使用【波浪】命令后的对比效果如图9.47所示。

图9.47　原图与使用【波浪】命令后的对比效果

2．波纹滤镜

该滤镜可以在图像上创建风吹水面产生的起伏效果。执行【滤镜】|【扭曲】|【波纹】命令，弹出如图9.48所示的【波纹】对话框。

1）【数量】：设置生成波纹的数量，取值范围为－999～999。

2）【大小】：设置生成波纹的大小，包括【大】、【中】和【小】3个选项。

在原图中选取水面部分的图像使用【波纹】命令，原图与使用【波纹】命令后的对比效果如图9.49所示。

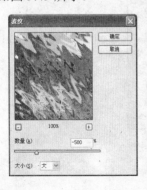

图9.48　【波纹】对话框　　　　　图9.49　原图与使用【波纹】命令后的对比效果

3. 玻璃滤镜

该滤镜可以制作出一系列纹理，模拟透过玻璃观看图像的效果。执行【滤镜】|【扭曲】|【玻璃】命令，弹出如图 9.50 所示的【玻璃】对话框。

图 9.50 【玻璃】对话框

1）【扭曲度】：设置图像的扭曲程度。该值越大，图像的扭曲越明显，取值范围为 0～20。

2）【平滑度】：设置图像的平滑程度。该值越大，图像越平滑，取值范围为 1～15。

3）【纹理】：设置图像的扭曲纹理。其包括【块状】、【画布】、【磨砂】和【小镜头】4 个选项。另外，还可以通过单击右侧的三角箭头 ⊙ 载入 .psd 格式的图片作为纹理。设置纹理后，可以通过【缩放】参数来修改纹理的大小。如果勾选【反相】复选框，可以将纹理的凹凸进行反转。

原图与使用【玻璃】命令后的对比效果如图 9.51 所示。

图 9.51 原图与使用【玻璃】命令后的对比效果

4. 极坐标滤镜

该滤镜可以将图像从平面坐标转换到极坐标，或将图像从极坐标转换到平面坐标以生成扭

曲图像的效果。执行【滤镜】|【扭曲】|【极坐标】命令，弹出如图 9.52 所示的【极坐标】对话框。

1)【平面坐标到极坐标】：选择该选项，可以将平面直角坐标转换为极坐标，将直线形的图像变为弧形。

2)【极坐标到平面坐标】：选择该选项，可以将极坐标转换为平面直角坐标，将弧形的图像变为直线形。

原图与使用【极坐标】命令后的对比效果如图 9.53 所示。

图 9.52 【极坐标】对话框

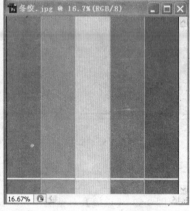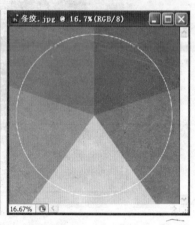

图 9.53 原图与使用【极坐标】命令后的对比效果

5. 切变滤镜

该滤镜允许用户按自己设置的曲线来扭曲图像。执行【滤镜】|【扭曲】|【切变】命令，弹出如图 9.54 所示的对话框。

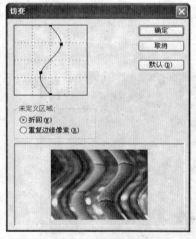

图 9.54 【切变】对话框

1)【切换控制区】：主要用来控制图像的扭曲变形。在控制区中的直线上或其他方格位置单击，可以直接添加控制点。拖动控制点即可设置直线变形，同时图像也同步变形。多次单击可添加多个的控制点。如果想删除控制点，直接将控制点拖动到对话框外释放鼠标即可。

2)【未定义区域】：设置像素波动后边缘空缺的处理方法。选择【折回】选项，表示将超出边缘位置的图像在另一侧折回；选择【重复边缘像素】选项，表示将超出边缘位置的图像重复边缘的像素。

3)【默认】：单击该按钮，可以将调整后的曲线恢复为直线效果。

原图与使用【切变】命令后的对比效果如图 9.55 所示。

6. 球面化滤镜

该滤镜可以使图像产生凹陷或凸出的球面或柱面效果，就像图像被包裹在球面上或柱面上一样，产生立体效果。执行【滤镜】|【扭曲】|【球面化】命令，弹出如图 9.56 所示的【球面化】对话框。

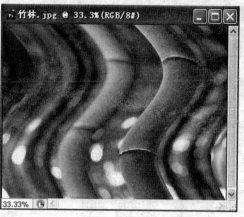

图 9.55 原图与使用【切变】命令后的对比效果

1)【数量】：设置产生球面化或柱面化的变形程度，取值范围为-100%～100%。当值为正时，图像向外凸出，且值越大，凸出的程度越大；当值为负时，图像向内凹陷，且值越小，凹陷的程度越大。

2)【模式】：设置图像变形的模式。其包括【正常】、【水平优先】和【垂直优先】3 个选项。当选择【正常】时，图像将产生球面化效果；当选择【水平优先】时，图像将产生竖直的柱面效果；当选择【垂直优先】时，图像将产生水平的柱面效果。

在原图中用椭圆形选框工具选取图像中的一部分图像，再使用【球面化】命令。原图与使用【球面化】命令后的对比效果如图 9.57 所示。

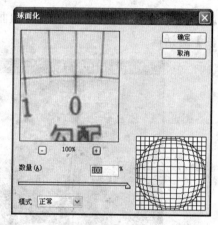

图 9.56 【球面化】对话框

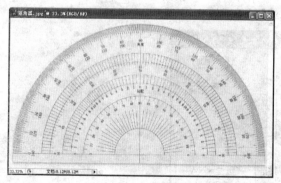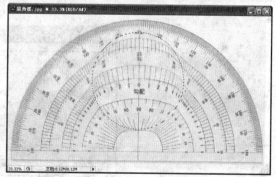

图 9.57 原图与使用【球面化】命令后的对比效果

7. 水波滤镜

该滤镜可以制出类似涟漪的图像变形效果。多用来制作水的波纹。执行【滤镜】|【扭曲】|【水波】命令，弹出如图 9.58 所示的【水波】对话框。

1)【数量】：设置生成波纹的强度。取值范围为-100～100。当值为负时，图像中心是波峰；当值为正数时，图形中心是波谷。

图9.58 【水波】对话框

2）【起伏】：设置生成水波纹的数量。其值越大，波纹数量越多，波纹越碎。

3）【样式】：设置置换像素的方式。其包括【围绕中心】、【从中心向外】和【水池波纹】3个选项。【围绕中心】表示沿中心旋转变形；【从中心向外】表示从中心向外置换变形；【水池波纹】表示向左上或右下置换变形图像。

在原图中选取水面部分图像使用【水波】滤镜命令，原图与使用【水波】命令后的对比效果如图9.59所示。

8. 旋转扭曲滤镜

该滤镜创造出一种螺旋形的效果，以图像中心为旋转中心，在图像中央呈现最大化的扭曲，并逐渐向边缘递减，就像风轮一样。执行【滤镜】|【扭曲】|【旋转扭曲】命令，弹出如图9.60所示的【旋转扭曲】对话框。

图9.59 原图与使用【水波】命令后的对比效果

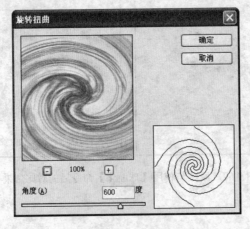

图9.60 【旋转扭曲】对话框

【角度】：设置旋转的强度。取值范围为-999～999。当值为正时，图像按顺时针旋转；当值为负时，图像按逆时针旋转。

原图与使用【旋转扭曲】命令后的对比效果如图9.61所示。

图 9.61　原图与使用【旋转扭曲】命令后的对比效果

9. 置换滤镜

该滤镜可以指定一幅图像，并使用该图像的颜色、形状和纹理等来确定当前图像中的扭曲方式，最终使两幅图像交错在一起，产生位移扭曲效果。这里的另一幅图像被称为置换图，而且置换图的格式必须是.psd 格式。执行【滤镜】|【扭曲】|【置换】命令，弹出如图 9.62 所示的【置换】对话框。

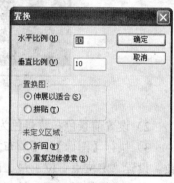

1)【水平比例】：设置图像在水平方向上的变形比例。

2)【垂直比例】：设置图像在垂直方向上的变形比例。

3)【置换图】：当置换图与当前图像区域的大小不同时，设置图像的匹配方式。其包括【伸展以适合】和【拼贴】两个选项。

4)【未定义区域】：设置像素波动后边缘空缺的处理方法。

原图、置换图和使用【置换】滤镜命令后的对比效果如图 9.63 所示。

图 9.62　【置换】对话框

图 9.63　原图、置换图和使用【置换】命令后的对比效果

任务分析

本实例在制作中，首先打开一幅待处理图像，然后扩大画布的大小为制作倒影提供足够的

241

空间。添加两个图层分别作为倒影和非倒影区域的图层,使用【波纹】、【动感模糊】和【水波】等 3 种滤镜来制作水中倒影效果。

1)启动 Photoshop,打开"第九章/素材/秋色.jpg"图像文件作为待处理的图片,如图 9.64 所示。

图 9.64　待处理的图片

2)设置前景色和背景色为黑色和白色。

3)执行【图像】|【画布大小】命令,在弹出的对话框中,按如图 9.65 所示设置各项参数。设置"定位点"位于最上面一行的中间位置,单击【确定】按钮,效果如图 9.66 所示,即画布高度增加了 60%。这样做是为了增加图像倒影的区域。

图 9.65　【画布大小】对话框　　　　　　　　　图 9.66　增加画布大小

4)用选取工具在图像中选出倒影区域,如图 9.67 所示。

5)执行【选择】|【存储选区】命令,弹出【存储选区】对话框如图 9.68 所示,单击【确定】按钮,把如图 9.67 所示的选区保存起来。

图 9.67　倒影的区域

图 9.68　【存储选取】对话框

6）按"Ctrl+J"组合键将所选区域复制到"图层 1"图层中。选择"图层 1"图层，设置锁定透明像素区域，然后按"Ctrl+Delete"组合键，将该图层的图像区域填充为白色，保持该区域的选择。

7）选择背景图层后，按"Ctrl+Shift+I"组合键进行反向选择。

8）按"Ctrl+J"组合键将所选区域复制到"图层 2"图层中，得到倒影以外的图像区域，图层面板如图 9.69 所示。

9）在"图层 2"图层中，垂直翻转图层中的图像，向下拖动图像内容并将它置于水中倒影的位置。按"Ctrl+T"组合键，拖动控制点，使所选图像充满水面区域，并缩小图像的高度，效果如图 9.70 所示。

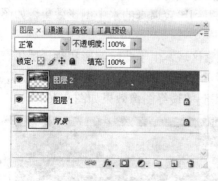

图 9.69　图层面板

图 9.70　移动变形倒影图像

10）选择"图层 2"图层，按"Alt+Ctrl+G"组合键创建剪贴蒙版。这样在"图层 2"图层中就会只显示"图层 1"图层中有图像区域的内容，这时图层面板如图 9.71 所示。

11）选择"图层 2"图层，执行【滤镜】|【扭曲】|【波纹】命令，在弹出的【波纹】对话框中，设置数量为 120，大小为中，单击【确定】按钮，【波纹】效果如图 9.72 所示。

12）单击【滤镜】|【扭曲】|【动感模糊】命令，设定角度为 90 度，距离为 12 像素，单击【确定】按钮就可以得到模糊的倒影区域图像，效果如图 9.73 所示。

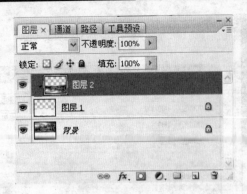

图 9.71　图层面板　　　　　　　　　　　图 9.72　【波纹】效果

13）为了产生更为逼真的效果，下面将添加一些波纹效果。在倒影选择一个矩形区域，按"Ctrl+Alt+D"组合键进行羽化，设置羽化半径为 5 像素，羽化效果如图 9.74 所示。

图 9.73　【动感模糊】效果　　　　　　　　图 9.74　羽化效果

14）执行【滤镜】|【扭曲】|【水波】命令，设置数量为 2，起伏为 6，样式为水池波纹。设置"图层 2"图层的【不透明度】为 90%，就可以得到比较逼真的水中倒影效果，如图 9.75 所示。

15）最后，在"图层 1"图层中取消锁定透明像素区域，由于此时倒影和背景层仍有明显的界限，可以考虑用笔刷工具消除。选择笔刷工具，并设置笔刷大小为 40px，硬度为 0，对图层 1 倒影的边界处进行涂抹，以消除明显的界限，得到的最终图像效果如图 9.76 所示。

图 9.75　添加水波效果　　　　　　　　　图 9.76　最终的图像效果

9.6　风格化滤镜的应用——制作飘逸的羽毛

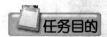

本实例运用风格化滤镜组的【风】滤镜命令制作飘逸的羽毛画面，最终效果如图 9.77 所示。

【风格化】滤镜组通过置换像素、查找和增加图像的对比度，在图像中产生一种印象派的艺术风格。【风格化】滤镜组中包含【查找边缘】、【等高线】、【风】、【浮雕效果】、【扩散】、【拼贴】、【曝光过度】、【凸出】和【照亮边缘】9 种滤镜效果，下面打开"第九章/素材/百合花.jpg"图像，如图 9.78 所示，作为演示素材，讲解其中常用的几个滤镜命令。

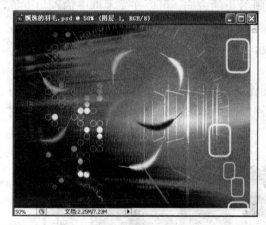

图 9.77　飘逸的羽毛效果图　　　　　　　图 9.78　"百合花.jpg"图像

1．【风】滤镜

【风】滤镜通过在图像中添加一些小的方向线制作成起风的效果。执行【滤镜】|【风格化】|【风】命令，弹出如图 9.79 所示的【风】对话框。

1)【方法】：设置风的强度。其包括【风】、【大风】和【飓风】3 个选项，风的强度依次加强。

2)【方向】：指定风吹的方向。其包括【从左】和【从右】两个选项，选择【从左】选项，将产生从左向右吹风的效果；选择【从右】选项，将产生从右向左吹风的效果

单击对话框中的【确定】按钮，图像出现被风吹的效果，如图 9.80 所示。

2．浮雕效果滤镜

该滤镜主要用来制作图像的浮雕效果。它将整个图像转换成灰色图像，并通过勾画图像的轮廓，从而使图像产生凸起以制作出浮雕效果。将"百合花.jpg"图像还原到初始状态，执行

【滤镜】|【风格化】|【浮雕效果】命令，弹出如图 9.81 所示的【浮雕效果】对话框。

图 9.79 【风】对话框　　　　　　　　　图 9.80　图像起风效果

1）【角度】：设置光线照射的角度，即产生浮雕效果的方向。可以在文本框中输入角度值，也可以通过拖动右侧的指针来改变浮雕的方向。

2）【高度】：设置图像浮雕效果的凸出的程度，即浮雕的深度。值越大，图像的凸出效果越明显。

3）【数量】：设置图像的对比度。值越大，图像的对比度越大，图像的凸出效果越明显。

单击对话框中的【确定】按钮，得到图像的浮雕效果如图 9.82 所示。

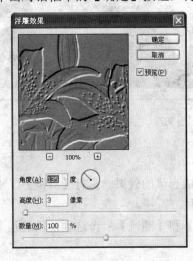

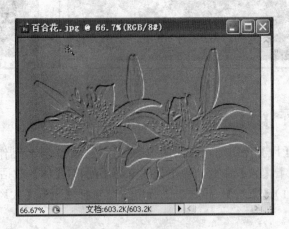

图 9.81 【浮雕效果】对话框　　　　　　　图 9.82　浮雕图像效果

3. 照亮边缘滤镜

【照亮边缘】滤镜通过搜索主要颜色的变化区域来突出图像的边缘，有些类似于【查找边缘】滤镜，只不过它在查找边缘的同时，将边缘照亮，制作出类似霓虹灯的效果。将"百合花.jpg"图像还原到初始状态，执行【滤镜】|【风格化】|【照亮边缘】命令，弹出如图 9.83 所示的【照亮边缘】对话框。

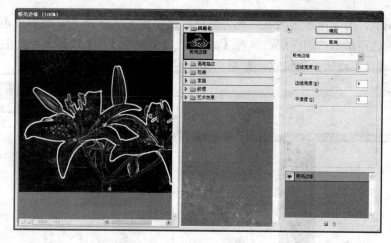

图 9.83　【照亮边缘】对话框

1）【边缘宽度】：设置发光轮廓线的宽度。其值越大，发光的边缘宽度越大，取值范围为 1～14。

2）【边缘亮度】：设置发光轮廓线的发光强度。其值越大，发光边缘的亮度越大，取值范围为 0～20。

3）【平滑度】：设置发光轮廓线的柔和程度。其值越大，边缘越柔和，取值范围为 1～15。
单击对话框中的【确定】按钮，显示图像边缘被照亮如同闪烁的霓虹灯的效果。

本实例在制作中，首先在白色背景中绘制黑色矩形，对其运用【风】滤镜命令与【动感模糊】滤镜命令，制作出羽毛特效；再使用【自由变换】和【变形】命令，得到羽毛形状；最后复制多个羽毛，变换颜色与形状进行画面布局。

1）按 "Ctrl+N" 组合键，新建文件，参数设置如图 9.84 所示。

图 9.84　新建对话框

2）新建图层，绘制矩形选区并填充为黑色，效果如图 9.85 所示，然后取消选区。

3）选择黑色矩形所在的图层，执行【滤镜】|【风格化】|【风】命令，在弹出的【风】对话框中进行【风】滤镜参数设置，如图 9.86 所示。

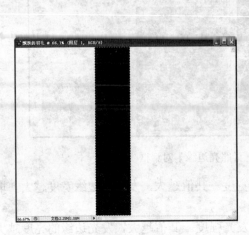

图 9.85　绘制黑色矩形　　　　　图 9.86　设置【风】参数

4）选择黑色矩形所在的图层，执行【滤镜】|【模糊】|【动感模糊】命令，在弹出的【动感模糊】对话框中进行【动感模糊】滤镜参数设置，如图 9.87 所示。根据实际情况可按"Ctrl+F"组合键以加强模糊效果。

提　示

❖ 按"Ctrl+F"组合键，可以以相同的参数再次应用该滤镜。

❖ 按"Alt+Ctrl+F"组合键，会重新打开上一次执行的滤镜对话框。

❖ 按"Shift+Ctrl+F"组合键或者执行【编辑】|【渐隐】命令，即可弹出【渐隐】对话框，从中可以调整【不透明度】和选择颜色混合【模式】。

5）用矩形选框工具选择如图 9.88 所示的左侧无锯齿处，并对其删除。

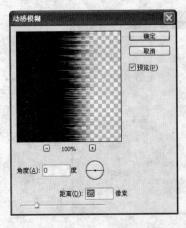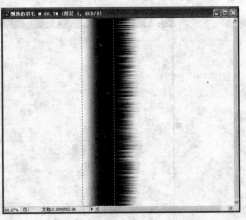

图 9.87　设置【动感模糊】参数　　　　图 9.88　选择左侧无锯齿处

6）使用【自由变换】和【变形】命令进行变形处理，如图 9.89 所示。将黑色矩形变形成羽毛状效果，如图 9.90 所示。

7）复制左半边羽毛并进行水平翻转，效果如图 9.91 所示。

8）新建图层，绘制羽毛柄状的矩形选区，羽化为 1 像素，填充深灰色。用硬度较低的橡皮擦擦除羽毛柄过长的部分，制作羽毛柄效果如图 9.92 所示。

图 9.89　变形处理　　　图 9.90　羽毛状效果　　图 9.91　复制翻转羽毛效果　　图 9.92　制作羽毛柄效果

9）合并除背景之外的所有图层，并命名为"羽毛"。

10）改变背景色为黑色，再选择"羽毛"图层，执行【图像】|【调整】|【色相/饱和度】命令，在弹出的【色相/饱和度】对话框中设置参数，如图 9.93 所示，调整羽毛颜色，效果如图 9.94 所示。

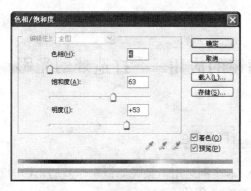

图 9.93　设置【色相/饱和度】参数　　　　图 9.94　调整羽毛颜色

11）复制"羽毛"图层，对复制的图层命名为"羽毛 1"，隐藏"羽毛"图层，选择"羽毛 1"图层。

12）执行【滤镜】|【扭曲】|【切变】命令，在【切变】对话框中的曲线上添加节点，调整羽毛弧度，如图 9.95 所示。

13）把羽毛调整到适当的大小，复制多个"羽毛"图层，调整各层羽毛的颜色，变换羽毛的位置与方向，如图 9.96 所示。

14）打开"背景.jpg"文件，移动该图片到"飘逸的羽毛"的所有羽毛层之下，背景层之上，图层面板如图 9.97 所示。适当调整"背景"图片的大小与羽毛的位置角度，得到最终效果如图 9.98 所示。

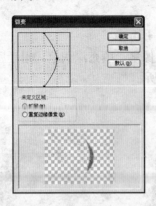

图 9.95　设置【切变】参数

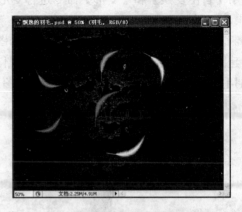

图 9.96　对复制的"羽毛"变换颜色、位置与方向

图 9.97　图层面板

图 9.98　最终效果图

9.7　渲染类滤镜的应用——打造梦幻光影

　　本实例运用渲染类滤镜制作梦幻光影的效果，最终效果如图 9.99 所示。

图 9.99　梦幻光影效果图

　　【渲染】滤镜组能够在图像中模拟光线照明、云雾状及各种表面材质的效果，包括【分层云彩】、【光照效果】、【镜头光晕】、【纤维】和【云彩】5 种滤镜。

1.　云彩滤镜

　　该滤镜可以根据前景色和背景色的混合，制作出类似云

彩的效果。它与当前图像的颜色没有任何关系。要制作云彩，只需设置好前景色和背景色即可。如将前景色设置为蓝色，背景色设置为白色，执行【滤镜】|【渲染】|【云彩】命令，即可创建如图 9.100 所示的云彩效果。注意当前图层上的图像数据将会被替换。

2. 光照效果滤镜

该滤镜可以模拟不同的灯光，使图像产生立体效果。其包含有 17 种光照样式、3 种光照类型和 4 套光照属性，还可以使用灰度文件的纹理 (称为凹凸图)产生类似 3D 的效果。执行【滤镜】|【渲染】|【光照效果】命令，弹出如图 9.101 所示的【光照效果】对话框。

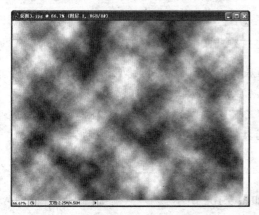

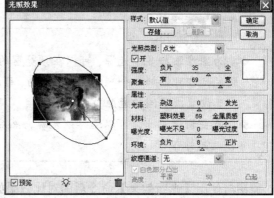

图 9.100　使用【云彩】命令后的效果图　　　　图 9.101　【光照效果】对话框

（1）样式

从右侧的下拉列表中，可以选择一种预置的光照样式，Photoshop 预置了 17 种光照样式。单击【存储...】按钮，可以将当前光照设置保存成新的样式；单击【删除】按钮，可以将当前选择的光照样式删除。

（2）光照类型

该选项组不仅可以设置光照的类型，还可以设置光照的强度、聚焦和是否打开光源等。

1）【光照类型】：从右侧的下拉列表中，可以选择一种光照的类型。包括【平行光】、【全光源】和【点光】3 种类型。【平行光】的照射与其照射的远近和角度有关，可以模拟太阳光；【全光源】的照射是从光源位置向各个方向照射。

2）【开】：勾选该复选框，将打开光源照射，否则不使用光源效果。

3）【强度】：设置光照的亮度大小。其值越大，亮度越高。

4）【光照颜色】：单击右侧的色块，可打开【选择光照颜色】对话框，设置光照的颜色。

5）【聚焦】：设置点光源的光照范围。其值越大，光照的范围越大。只有选择【点光】选项时，该项才可以使用。

（3）光照属性

在【属性】选项组中，可以对光照的属性进行设置，如【光泽】、【材料】、【曝光度】等。

1）【光泽】：设置图像表面的反射光的多少，从【杂边】到【发光】反光程度逐渐增强。通过它可以调整图像的平衡程度。

2）【材料】：设置图像本身颜色的质感。【塑料效果】反射光的颜色比较亮，而【金属质感】反射自身的颜色，有金属质感。

3）【曝光度】：设置图像的曝光程度。其值越大，图像的曝光度越大。

4）【环境】：设置图像的环境光效果。可以单击右侧的色块，打开【选择环境颜色】对话框设置环境光的颜色，其取值范围为-100～100。

（4）纹理通道

在【纹理通道】选项组中可以选择作用通道，生成一种浮雕效果。

1）【白色部分突出】：勾选该复选框，通道中的白色部分为凸出部分；不勾选该复选框，图像中的黑色部分为凸出部分。

2）【高度】：设置图像中凸出部分的高光，其值越大，凸出越明显。

提示

❖ 要为图像添加多个光源，可以在预览窗的底部拖动图标 到预览窗口的图像中，释放鼠标即可添加一个光源；多次拖动，可以添加多个光源；还可以选择不同的光源，将其设置成不同的光照类型。

❖ 如果要删除光源，可以选择该光源，然后按"Delete"键；或将其拖动到图标上，释放鼠标即可。

原图与使用【光照效果】命令后的对比效果如图 9.102 所示。

图 9.102　原图与使用【光照效果】命令后的对比效果

图 9.103　【镜头光晕】对话框

3. 镜头光晕滤镜

该滤镜可以模拟照相机镜头由于亮光所产生的镜头光斑效果。执行【滤镜】|【渲染】|【镜头光晕】命令，弹出如图 9.103 所示的【镜头光晕】对话框。

1）【光晕中心】：设置光晕的中心位置。在预览窗口中单击或拖动窗口中的十字形标记，可改变光晕中心的位置。

2）【亮度】：设置光晕的亮度。其值越大，其光晕的亮度越大，取值范围为 10%～300%。

3）【镜头类型】：设置镜头的类型。其包括【50～300 毫米变焦】、【35 毫米聚焦】、【105 毫米聚焦】和【电影镜头】4 个选项，不同的镜头将产生不同的光晕效果。

原图与使用【镜头光晕】命令后的对比效果如图 9.104 所示。

图 9.104 原图与使用【镜头光晕】命令后的对比效果

4. 纤维滤镜

该滤镜可以将前景色和背景色进行混合处理，生成具有纤维效果的图像。执行【滤镜】|【渲染】|【纤维】命令，弹出如图 9.105 所示的【纤维】对话框。

1)【差异】：设置纤维细节变化的差异程度。其值越大，纤维的差异性越大，图像越粗糙。

2)【强度】：设置纤维的对比度。其值越大，生成的纤维对比度越大，纤维纹理越清晰。

3)【随机化】：单击该按钮，可以在相同参数的设置下，随机产生不同的纤维效果。

如将前景色设置为棕色，背景色设置为灰白色，使用【纤维】命令后使选取部分产生的效果如图 9.106 所示。

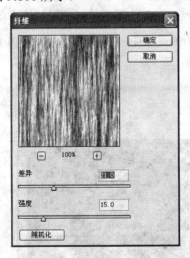
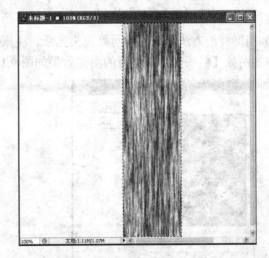

图 9.105 【纤维】对话框　　图 9.106 使用【纤维】命令后使选取部分产生的效果

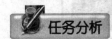 任务分析

本实例在制作中，首先打开一幅待处理图像，然后扩大画布的大小为制作倒影提供足够的空间。添加两个图层分别作为倒影和非倒影区域的图层，使用【波纹】、【动感模糊】和【水波】等 3 种滤镜来制作水中倒影效果。

 任务实施

1）启动 Photoshop，新建 600px×600px、分辨率为 300 像素的 PS 文件。

2）新建"图层 1"图层，并填充黑色。

3）选中"图层 1"图层，执行【滤镜】|【渲染】|【镜头光晕】命令，弹出如图 9.107 所示的【镜头光晕】对话框。为新图层添加【镜头光晕】滤镜的图像效果，如图 9.108 所示。

图 9.107 【镜头光晕】对话框　　　　　　图 9.108　添加【镜头光晕】滤镜的图像效果

4）用同样的方法添加另外两处镜头光晕，注意添加的光晕中心点的位置，如图 9.109 所示，添加两处【镜头光晕】滤镜的图像效果如图 9.110 所示。

图 9.109　添加另外两处镜头光晕　　　　　图 9.110　使用 3 个镜头光晕的效果图

5）在该图层上使用【滤镜】|【扭曲】|【极坐标】命令，在弹出的【极坐标】对话框中进行参数设置，如图 9.111 所示，效果如图 9.112 所示。

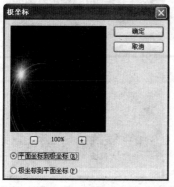

图 9.111 【极坐标】参数设置　　　图 9.112 使用 3 个镜头光晕的效果图

6）按"Ctrl+J"组合键复制图层并旋转 180 度，设置图层属性为"滤色"，效果如图 9.113 所示。

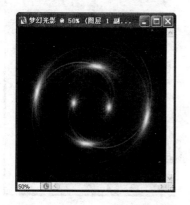

图 9.113 复制旋转图层的效果

7）按"Ctrl+E"组合键向下合并两个图层，在合并后的图层上，执行【滤镜】|【扭曲】|【水波】命令，在弹出的【水波】对话框中进行参数设置，如图 9.114 所示。

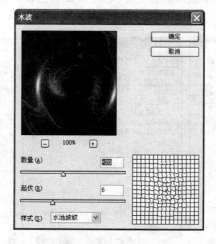

图 9.114 【水波】参数设置

8）在该图层上，执行【滤镜】|【模糊】|【高斯模糊】命令，在弹出的【高斯模糊】对话框中进行参数设置，如图 9.115 所示，此时图层效果如图 9.116 所示。

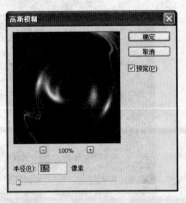

图 9.115　【高斯模糊】对话框　　　　　图 9.116　图层光影效果

9）新建"图层2"图层，并填充"透明彩虹"线性渐变，图层效果如图9.117所示。设置图层为【叠加】模式，【图层】面板如图9.118所示。

图 9.117　填充"透明彩虹"线性渐变　　　　图 9.118　【图层】面板

10）新建"图层3"图层，设置前景色为白色，选择画笔工具，在属性栏中单击【切换画笔调板】按钮，在对话框中设置适当的画笔尖直径、间距、形状动态、散布等参数，参数设置如图9.119所示。

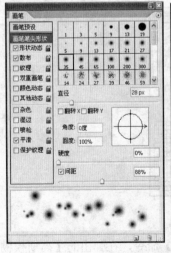

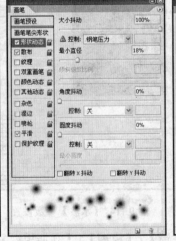

图 9.119　画笔参数设置

11）用画笔工具点缀上一些白色光点，并为图层添加【外发光】图层样式，参数设置如图 9.120 所示，得到梦幻光影的最终效果如图 9.121 所示。

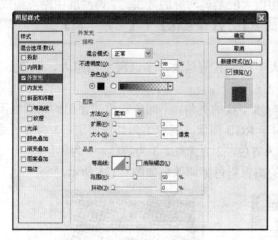
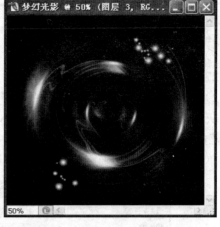

图 9.120　图层样式参数设置　　　　　图 9.121　梦幻光影的最终的效果

9.8　像素化滤镜的应用——创建艺术相框

任务目的

本实例通过像素化类滤镜为照片创建艺术相框，最终效果如图 9.122 所示。

相关知识

【像素化】滤镜组主要通过单元格中的颜色值相近的像素结成许多的小方块，并将这些小方块重新组合，有机地分布，形成像素组合效果。其包括【彩块化】、【彩色半调】、【点状化】、【晶格化】、【马赛克】、【碎片】和【铜板雕刻】等 7 种滤镜。打开"第九章/素材/向日葵.jpg"图像文件作为其中介绍常用滤镜命令的演示素材，如图 9.123 所示。

图 9.122　艺术相框效果图　　　　图 9.123　打开的"向日葵.jpg"图像

1. 彩色半调滤镜

该滤镜可以模拟对图像的每个通道使用放大的半调网屏的效果。半调网屏由网点组成，网点控制印刷时特定位置的油墨量。执行【滤镜】|【像素化】|【彩色半调】命令，弹出如图 9.124 所示的【彩色半调】对话框。

1)【最大半径】：指定半调网点的最大半径。其值越大，半调网点就越大，取值范围是4～127。

2)【网角】：设置每个通道的网点的实际水平线的夹角，不同色彩模式使用的通道数不同。对于灰色模拟的图像，只能使用通道 1；对于 RGB 图像，通道 1 为红色通道、2 为绿色通道、3 为蓝色通道；对于 CMYK 图像，通道 1 为青色、2 为洋红、3 为黄色、4 为黑色。

单击对话框中的【确定】按钮，编辑的图像彩色半调效果如图 9.125 所示。

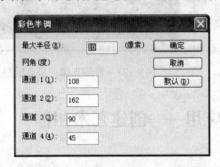

图 9.124　【彩色半调】对话框　　　　图 9.125　图像彩色半调效果

2. 点状化滤镜

该滤镜可以将图像中的颜色分解为随机分布的网点，并使用背景作为网点之间的画布颜色，形成类似点状化绘图的效果。按"Ctrl+Z"组合键，将"向日葵"图像还原至初始状态，设置背景色为绿色，执行【滤镜】|【像素化】|【点状化】命令，在弹出的对话框中设置【单元格大小】为"25"，如图 9.126 所示。

【单元格大小】：设置点状化的大小，其值越大，点块越大，取值范围为 3～300。

单击对话框中的【确定】按钮，编辑的图像点状化效果如图 9.127 所示。

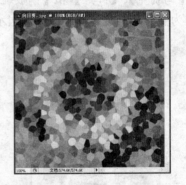

图 9.126　【点状化】对话框　　　　图 9.127　图像彩色半调效果

3. 晶格化滤镜

该滤镜可以使图像产生结晶般的块状效果。按"Ctrl+Z"组合键，将"向日葵"图像还原

至初始状态。执行【滤镜】|【像素化】|【晶格化】命令，在弹出的对话框中设置【单元格大小】为"20"，如图 9.128 所示。

其中【单元格大小】：设置结晶体的大小。其值越大，结晶体越大，取值范围为 3～300。

单击对话框中的【确定】按钮，像素图像中的颜色像素被归纳成不规则的色块效果，如图 9.129 所示。

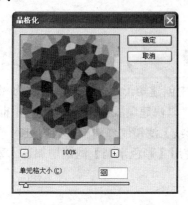
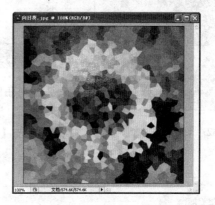

图 9.128　【晶格化】对话框　　　　图 9.129　图像晶格化效果

4. 马赛克滤镜

该滤镜可以使图像中的像素集结成块状效果。平时看电视或看电影中的人物面部多应用该滤镜效果。人们常说的给人物面部打个马赛克，说的就是这个滤镜效果。将"向日葵"图像还原至初始状态。执行【滤镜】|【像素化】|【马赛克】命令，在弹出的对话框中设置【单元格大小】为"20"，如图 9.130 所示。

【单元格大小】：设置马赛克的大小。其值越大，马赛克越大，取值范围为 2～200。

单击对话框中的【确定】按钮，图像颜色像素被归纳成规则的方块效果，如图 9.131 所示。

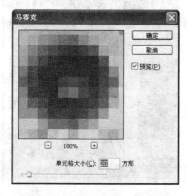
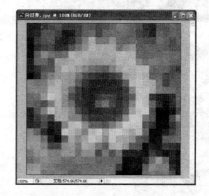

图 9.130　【马赛克】对话框　　　　图 9.131　图像马赛克效果

提　示

【晶格化】和【马赛克】滤镜同样都可以将图像颜色像素进行归纳，形成色块效果。但前者形成不规则的多边色块，而后者则形成规则的方形色块。

图 9.132　图像碎片效果

5. 碎片滤镜

该滤镜可以使图像产生重叠位移的模糊效果。该滤镜没有任何参数设置，如果想将使模糊效果更加明显，可以多次执行该滤镜。使用【碎片】命令后的效果如图 9.132 所示。

任务分析

首先在图像中创建矩形选区，分割照片为相框与框内两个区域，进入"以快速蒙版模式编辑"，对相框区域使用【碎片】与【阴影线】滤镜制作边框，然后进入"以标准模式编辑"，最后使用【彩色半调】滤镜增加艺术效果。

任务实施

1）打开"照片.jpg"图像文件，使用【工具箱】中的【矩形选框】工具，在图像区域创建矩形选区，如图 9.133 所示。

2）单击【工具箱】中的【以快速蒙版模式编辑】按钮，将图像选区切换为快速蒙版模式状态，如图 9.134 所示。

图 9.133　照片原图

图 9.134　换为快速蒙版模式

3）执行【滤镜】|【像素化】|【碎片】命令，然后按"Ctrl+F"组合键两次，也就是重复使用【碎片】滤镜效果两次。

4）执行【滤境】|【画笔描边】|【阴影线】命令，弹出【阴影线】对话框，设置各个选项的具体参数，如图 9.135 所示。

5）单击【阴影线】对话框中的【确定】按钮即可为图像添加阴影线效果，如图 9.136 所示。

6）单击【工具箱】中的【以标准模式编辑】按钮 将图像切换为选区状态，然后按

260

"Ctrl+Shift+I"组合键对选择区域反选，如图 9.137 所示。

图 9.135　【阴影线】参数设置

图 9.136　蒙版添加阴影线效果

图 9.137　选区状态

7）单击【图层】面板下方的【创建新图层】按钮创建"图层 2"。然后按"Shift+F5"组合键弹出【填充】对话框，设置自己喜欢的颜色，单击【确定】按钮，为选区填充合适的颜色，按"Ctrl+D"组合键取消选区的选择，如图 9.138 所示。

8）执行【滤镜】|【像素化】|【彩色半调】命令，在弹出的对话框中将最大半径设置为18，如图 9.139 所示。

9）单击对话框中的【确定】按钮即得到相框的色彩半调效果，如图 9.140 所示。

10）最后再多次按"Ctrl+F"组合键，也就是重复使用【彩色半调】滤镜效果几次，也可继续使用其他滤镜进行修饰，直到得到满意的效果为止，如图 9.141 所示。

11）按"Ctrl+S"组合键，保存文件。

图 9.138 为选区填充颜色　　　　　　图 9.139 【彩色半调】参数设置

图 9.140 【彩色半调】滤镜效果　　　　图 9.141 最终效果图

9.9 艺术效果滤镜的应用——制作水彩画效果

任务目的

本实例运用艺术效果滤镜制作水彩画效果，最终效果如图 9.142 所示。

相关知识

艺术效果滤镜组主要将摄影图像变成传统介质上的绘画效果，利用这些命令可以使图像产生不同风格的艺术效果。其包括【壁画】、【彩色铅笔】、【粗糙蜡笔】、【底纹效果】、【调色刀】、【干画笔】、【海报边缘】、【海绵】、【绘画涂抹】、【胶片颗粒】、【木刻】、【霓虹灯光】、【水彩】、

【塑料包装】和【涂抹棒】等 15 种滤镜。打开"第九章/素材/西红柿.jpg"图像文件作为介绍常用滤镜命令的演示素材，如图 9.143 所示。

图 9.142　水彩画效果　　　　　　图 9.143　打开的"西红柿.jpg"图像

1．彩色铅笔滤镜

该滤镜可以模拟各种颜色的铅笔在纯色背景上绘制图像的效果,绘制的图像中保留重要的边缘，外观呈粗糙阴影线效果，纯色的背景色透过比较平滑的区域显示出来。执行【滤镜】|【艺术效果】|【彩色铅笔】命令，弹出如图 9.144 所示的【彩色铅笔】对话框。

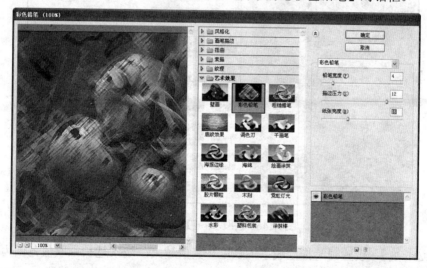

图 9.144　【彩色铅笔】对话框

1）【铅笔宽度】：设置铅笔笔触的宽度。其值越大，铅笔绘制的线条越粗，取值范围为1～24。

2）【描边压力】：设置铅笔绘图时的压力大小。其值越大，绘制出的颜色越明显，取值范围为 0～15。

3）【纸张亮度】：设置纯色背景的亮度。其值越大，纸张的亮度越大，取值范围为 0～50。原图使用【彩色铅笔】命令后的效果如图 9.145 所示。

图 9.145 原图使用【彩色铅笔】命令后的效果

2. 粗糙蜡笔滤镜

该滤镜可使图像产生类似彩色蜡笔在带纹理的背景上描边的效果,使图像表面产生一种不平整的浮雕纹理。执行【滤镜】|【艺术效果】|【粗糙蜡笔】命令,弹出如图 9.146 所示的【粗糙蜡笔】对话框。

图 9.146 【粗糙蜡笔】对话框

1)【描边长度】:设置画笔描绘线条的长度。其值越大,线条越长,取值范围为 0~40。

2)【描边细节】:设置粗糙蜡笔的细腻程度。其值越大,细节描写越明显,取值范围为 1~20。

3)【纹理】:设置生成纹理的类型。在右侧下拉列表中包括【砖形】、【粗麻布】、【画布】和【砂岩】4 种纹理类型。

4)【缩放】:设置纹理的缩放大小。其值越大,纹理越大,取值范围为 50%~120%。

5)【凸现】:设置纹理凹凸程度。其值越大,图像的凸现感越强,取值范围为 0~50。

6)【光照】:设置光源的照射方向。其包括【下】、【左下】、【左】、【左上】、【上】、【右上】、【右】和【右下】8 个选项。

7)【反相】：勾选该复选框，可以反转纹理的凹凸区域。

原图使用【粗糙蜡笔】命令后的效果如图 9.147 所示。

图 9.147　原图使用【粗糙蜡笔】命令后的效果图

3.　绘画涂抹滤镜

该滤镜可以模拟画笔在图像上随意涂抹，使图像产生模糊的艺术效果。执行【滤镜】|【艺术效果】|【绘画涂抹】命令，弹出如图 9.148 所示的【绘画涂抹】对话框。

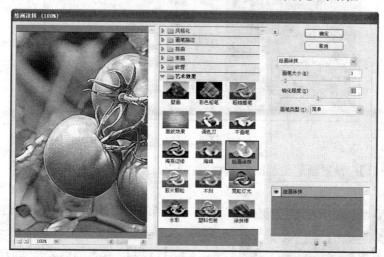

图 9.148　【绘画涂抹】对话框

1)【画笔大小】：设置涂抹工具的笔触大小。其值越大，涂抹的范围越大，取值范围为 1～50。

2)【锐化程度】：设置涂抹笔触的清晰程度。其值越大，锐化程度越大，图像越清晰，取值范围为 0～40。

3)【画笔类型】：指定涂抹的画笔类型。从右侧的下拉列表中，可以选择【简单】、【未处理光照】、【未处理深色】、【宽锐化】、【宽模糊】和【火花】6 种类型，使用不同的选项。

设置参数后，原图使用【绘画涂抹】命令后的效果如图 9.149 所示。

图 9.149　原图使用【绘画涂抹】命令后的效果

4. 水彩滤镜

该滤镜可以将图像的细节进行简化处理，使图像产生一种水彩画的艺术效果。执行【滤镜】|【艺术效果】|【水彩】命令，弹出如图 9.150 所示的【水彩】对话框。

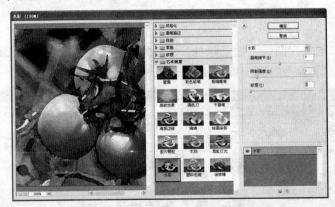

图 9.150　【水彩】对话框

1）【画笔细节】：设置画笔图画的细腻程度。其值越大，图像细节表现越多，取值范围为 1～14。

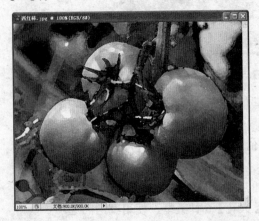

图 9.151　原图使用【水彩】命令后的效果

2）【阴影强度】：设置图像中暗区的深度。其值越大，暗区越暗，取值范围为 0～10。

3）【纹理】：设置颜色交界处的纹理强度。其值越大，纹理越明显，取值范围为 1～3。

原图使用【水彩】命令后的效果如图 9.151 所示。

5. 海绵滤镜

该滤镜可以创建对比颜色较强的纹理，使图像看上去好像用海绵绘制的艺术效果。执行【滤镜】|【艺术效果】|【海绵】命令，弹出如图 9.152

所示的【海绵】对话框。

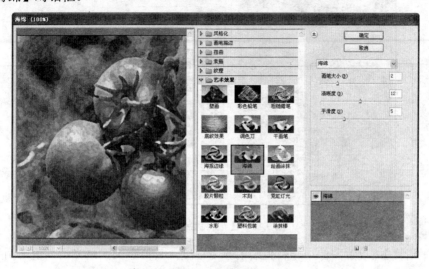

图 9.152 【海绵】对话框

1)【画笔大小】：设置海绵笔触的粗细。其值越大，笔触越大，取值范围为 0～10。

2)【清晰度】：设置图像边缘的清晰程度。其值越大，绘制的颜色越清晰，取值范围为 0～25。

3)【平滑度】：设置绘制颜色间的光滑程度。其值越大，越光滑，取值范围为 1～15。

原图使用【海绵】命令后的效果如图 9.153 所示。

图 9.153 原图使用【海绵】命令后的效果

6. 塑料包装滤镜

该滤镜可以为图像表面增加一层强光效果，使图像产生质感很强的塑料包装的艺术效果。执行【滤镜】|【艺术效果】|【塑料包装】命令，弹出如图 9.154 所示的【塑料包装】对话框。

1)【高光强度】：设置图像中高光区域的亮度。其值越大，高光区域的亮度越大，取值范围为 0～20。

2)【细节】：设置图像中高光区域的复杂程度。其值越大，高光区域越多，值范围为 1～15。

图 9.154 【塑料包装】对话框

3）【平滑度】：设置图像中塑料包装的光滑程度。其值越大，越光滑，值范围为 1～15。
原图使用【塑料包装】命令后的对比效果如图 9.155 所示。

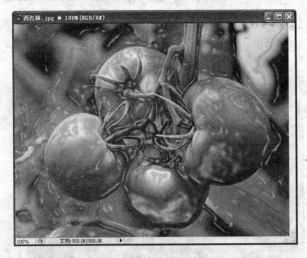

图 9.155 原图使用【塑料包装】命令后的效果

 任务分析

本实例通过特殊模糊滤镜与查找边缘滤镜，配合应用"叠加"图层模式，产生淡彩的效果，
再使用【艺术效果】滤镜组的【水彩】命令，配合应用"柔光"图层模式，完成水彩画效果。

 任务实施

1）打开素材"第九章\素材\水上建筑.jpg"图像文件，如图 9.156 所示。

2）按"Ctrl+J"组合键，复制"背景"层为"图层 1"图层。执行【滤镜】|【模糊】|
【特殊模糊】命令，弹出【特殊模糊】对话框，进行适当参数设置，如图 9.157 所示，单击【确
定】按钮。

图 9.156 素材图片　　　　　　　　　　　图 9.157 【特殊模糊】参数设置

3）复制"图层 1"图层为"图层 1 副本"图层，选择【滤镜】|【风格化】|【查找边缘】命令，得到画面效果如图 9.158 所示。

图 9.158 查找边缘效果

4）执行【滤镜】|【模糊】|【高斯模糊】命令，弹出【高斯模糊】对话框，设置参数如图 9.159 所示，单击【确定】按钮，得到效果如图 9.160 所示。

图 9.159 【高斯模糊】参数设置　　　　图 9.160 【高斯模糊】命令处理后的效果

5）在图层面板上设置图层混合模式为叠加，图层面板与叠加效果如图 9.161 所示。

图 9.161　图层面板与叠加效果

6）复制"背景"层为"背景副本"图层，然后将新图层至于图层的最上方。执行【滤镜】|【艺术效果】|【水彩】命令，弹出【水彩】对话框，设置参数如图 9.162 所示，单击【确定】按钮。

图 9.162　【水彩】对话框

7）在图层面板中设置图层混合模式为柔光，完成水彩画的制作，图层面板与水彩画最终效果如图 9.163 所示。

图 9.163　图层面板与水彩画最终效果

9.10　杂色滤镜的应用——创建怀旧色调照片

本实例通过杂色滤镜为照片创建怀旧照片色调，最终效果如图 9.164 所示。

【杂色】滤镜组主要是为添加或减少杂色，以增加图像的纹理或减少图像的杂色效果。杂色滤镜包括【减少杂色】、【蒙尘与划痕】、【去斑】、【添加杂色】和【中间值】等 5 种滤镜。下面打开"第九章/素材/看梅.jpg"图像文件，如图 9.165 所示，作为演示素材，讲解该滤镜组中常用的几个滤镜命令。

图 9.164　怀旧色调照片效果图

1. 减少杂色滤镜

通常使用数码照相机拍摄的照片较容易出现大量的杂点，使用【减少杂色】命令可以轻易地将这些杂点去除。执行【滤镜】|【杂色】|【减少杂色】命令，弹出如图 9.166 所示的【减少杂色】对话框。

图 9.165　打开的"看梅.jpg"图像

图 9.166　【减少杂色】对话框

1）【基本】：用来控制降低杂色中最基础的选项。

2）【高级】：在此模式下，用户可以在每个通道上执行降噪，还可以将特定的设置保存为预设值。

3）【强度】：用来控制降噪的程度。

4）【保留细节】：在减少图像杂色时保持原图像细节的程度。

5）【减少杂色】：用来控制图像减少杂色的数量。

6)【锐化细节】：用来控制图像颜色像素的锐化程度。

7)【移去 JPEG 不自然感】：勾选此复选框可以移除 JPEG 图像压缩时产生的杂色。

可以看到使用【减少杂色】命令移除的图像杂点效果更加细腻，几乎保持了原图像的细节，如图 9.167 所示。

2. 蒙尘与划痕滤镜

该滤镜可以去除像素邻近区差别较大的像素，以减少杂色，修复图像的细小缺陷。执行【滤镜】|【杂色】|【蒙尘与划痕】命令，弹出如图 9.168 所示的【蒙尘与划痕】对话框。

图 9.167　使用【减少杂色】命令后的效果　　　图 9.168　【蒙尘与划痕】对话框

1)【半径】：设置去除缺陷的搜索范围。其值越大，图像越模糊，取值范围为 1～100。

2)【阈值】：设置被去掉像素与其他像素的差别程度。其值越大，去除杂点的能力越弱，取值范围为为 0～128。

原图使用【蒙尘与划痕】命令后的效果如图 9.169 所示。

3. 添加杂色滤镜

该滤镜可以在图像上随机添加一些杂点，产生杂色的图像效果。执行菜单栏中的【滤镜】|【杂色】|【添加杂色】命令，弹出如图 9.170 所示的【添加杂色】对话框。

 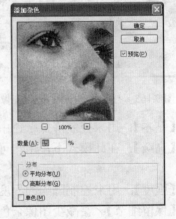

图 9.169　使用【蒙尘与划痕】命令后的效果　　　图 9.170　【添加杂色】对话框

1）【数量】：设置图像中生成杂色的数量。其值越大，生成的杂色数量越多。

2）【分布】：设置杂色分布的方式。其包括【平均分布】和【高斯分布】两种分布方式。如果选择【平均分布】，将使用随机分布产生杂色；如果选择【高斯分布】，则根据高斯曲线进行分布，产生的杂色效果更加明显。

3）【单色】：勾选该复选框，将产生单色的杂色效果。

原图使用【添加杂色】命令后的效果如图 9.171所示。

图 9.171　使用【添加杂色】命令后的效果

提　示

在图像处理过程中，【添加杂色】往往会与其他滤镜结合起来使用。

4.　中间值滤镜

该滤镜可以在邻近的颜色像素中搜索，去除与邻近像素相差过大的像素，用得到的像素中间值来替换中心像素的亮度值使图像变得模糊。执行【滤镜】|【杂色】|【中间值】命令，弹出【中间值】对话框如图 9.172 所示。

【半径】：设置邻近像素亮度的分析范围。其值越大，图像越模糊，取值范围为 1～100像素。

原图使用【中间值】命令后的效果如图 9.173 所示。

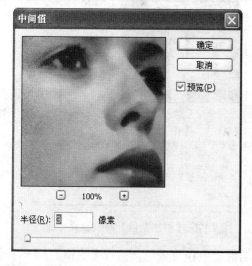

图 9.172　【中间值】对话框

图 9.173　使用【中间值】命令后的效果

任务分析

首先使用【去色】命令将照片处理为灰度图像效果，给照片添加老照片的泛黄色调，再使用【添加杂色】滤镜，最后使用【云彩】与【纤维】滤镜与图层的模式的运用为照片添加老照片的纹理。

任务实施

图9.174 灰度图像效果

1）启动 Photoshop，打开"第九章/素材/江南水乡.jpg"。

2）执行【图像】|【调整】|【去色】命令，去掉照片中的彩色信息，效果如图 9.174 所示。

3）新建一个图层"图层 1"，将前景色设置为土黄色（R：224，G：190，B：72），按下"Alt+Delete"组合键将该图层填充为前景色，然后设置该图层的混合模式为颜色，不透明度为 40%，此时【图层】面板如图 9.175 所示。

4）选中"背景"图层，执行【滤镜】|【杂色】|【添加杂色】命令，弹出【添加杂色】对话框，并从中进行相应的参数的设置，如图 9.176 所示。单击【确定】按钮，给"背景"图层添加杂色。

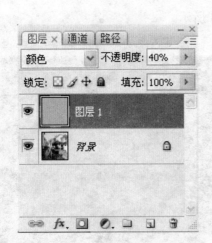

图9.175 【图层】面板

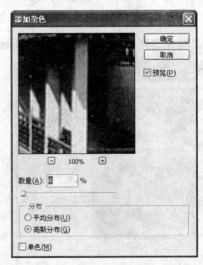

图9.176 【添加杂色】参数设置

5）新建"图层 2"图层，按"D"键恢复默认的前景色和背景色，执行【滤镜】|【渲染】|【云彩】命令，为"图层 2"添加云彩效果，此时【图层】面板如图 9.177 所示。

6）执行【滤镜】|【渲染】|【纤维】命令，弹出【纤维】对话框，并从中设置参数，如图 9.178 所示。

图 9.177 【图层】面板

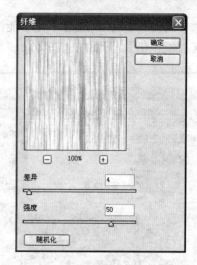

图 9.178 【纤维】参数设置

7）单击【确定】按钮，应用【纤维】滤镜，设置"图层2"的图层混合模式为颜色加深，不透明度为40%，此时【图层】面板如图9.179所示，即可得到怀旧色调照片最终效果图，如图9.180所示。

图 9.179 【图层】面板

图 9.180 最终效果图

9.11 锐化滤镜的应用——制作油画效果

油画的笔触具有强烈的立体感，具有极强的表现力。通过 Photoshop 软件，即使不懂得画油画，也能将自己的照片变成一幅油画艺术品。图像最终效果如图 9.181 所示。

相关知识

【锐化】滤镜组可以加强图像的对比度，使图像变得更加清晰。其包括【USM 锐化】、【进

275

一步锐化】、【锐化】、【锐化边缘】和【智能锐化】等5种锐化命令，其中比较常用的是【USM锐化】和【智能锐化】。下面以"书桌.jpg"图像为素材，演示这两种锐化滤镜的作用与效果，如图9.182所示。

图9.181　油画效果图

图9.182　打开的"书桌.jpg"图像

1．USM 锐化滤镜

该滤镜可以在图像边缘的每侧生成一条亮线和一条暗线，以此来产生轮廓的锐化效果。其多用于校正摄影、扫描、重新取样或打印过程中产生的模糊效果。执行【滤镜】|【锐化】|【USM 锐化】命令，在弹出的对话框中设置各项参数，如图9.183所示。

1）【数量】：设置图像对比强度。其值越大，图像的锐化效果越明显，取值范围为1%～500%。

2）【半径】：设置边缘两侧像素影响锐化的像素数目。其值越大，锐化的范围越大，取值范围为0～255。

3）【阈值】：设置锐化像素与周围区域亮度的差值。其值越大，锐化的像素越少，取值范围为0～255。

使用【USM 锐化】命令后的效果如图9.184所示

图9.183　【USM 锐化】对话框

图9.184　使用【USM 锐化】命令后的效果

2．智能锐化滤镜

该滤镜具有【USM 锐化】滤镜所没有的锐化控制功能，可以设置锐化算法或控制在阴影和高光区域中进行的锐化量。执行【滤镜】|【锐化】|【智能锐化】命令，可以在弹出的对话框中设置各项参数。在【智能锐化】对话框中，如果选择【高级】选项，将显示高级参数设置，有 3 个选项卡，如图 9.185 所示。

（1）【锐化】选项卡

在默认状态下【智能锐化】对话框参数显示的就是【锐化】选项卡，下面来介绍该选项卡中的参数应用。

1）【数量】：设置锐化的程度。其值越大，图像的简化效果越明显，取值范围为 1%～500%。

2）【半径】：设置边缘周围像素的锐化影响范围。其值越大，受影响的边缘越宽，锐化的效果越明显，取值范围为 0.1～640。

3）【移去】：设置图像锐化的锐化算法。【高斯模糊】是【USM 锐化】滤镜使用的方法；【镜头模糊】将更精细地锐化图像中的边缘和细节，并减少了锐化光晕；【动感模糊】可以减少由于照相机或主体移动而导致的模糊效果。当选择【动感模糊】选项后，可以通过【角度】值或拖动指针来设置动感模糊的角度。

4）【更加准确】：勾选该复选框，将更加精确的移去模糊，处理速度也会变慢。

（2）【阴影】选项卡

单击【阴影】选项卡进行【阴影】参数设置如图 9.186 所示，该区域主要用来进行图像中较暗和较亮区域的锐化设置。

图 9.185　【智能锐化】对话框

图 9.186　【阴影】参数设置

1）【渐隐量】：可以减少对图像阴影部分的锐化百分比。

2）【色调宽度】：控制阴影或高光中色调的修改范围。

3）【半径】：可以设置锐化阴影的范围。

【高光】选项卡中的参数与【阴影】选项卡中的相同，这里不再赘述了。原图使用【智能锐化】命令后的效果如图 9.187 所示。

图 9.187　原图使用【智能锐化】命令后的效果

任务分析

　　本实例的制作，是运用 Photoshop 中的【绘画涂抹】、【USM 锐化】、【浮雕效果】和【纹理化】等滤镜的配合使用来完成的。

任务实施

　　1）按"Ctrl+O"组合键，打开"田园风光.jpg"图像文件作为待处理图像，如图 9.188 所示。

图 9.188　待处理的图像

　　2）执行【滤镜】|【杂色】|【中间值】命令，在弹出的【中间值】对话框中设置参数，如图 9.189 所示，单击【确定】按钮，得到的效果如图 9.190 所示。

图 9.189　【中间值】对话框

图 9.190　添加"中间值"滤镜的效果

3）执行【滤镜】|【锐化】|【USM 锐化】命令，在弹出的【USM 锐化】滤镜对话框中设置参数如图 9.191 所示。单击【确定】按钮，图像效果如图 9.192 所示。

图 9.191　【USM 锐化】参数设置

图 9.192　设置滤镜后的效果

4）执行【滤镜】|【艺术效果】|【绘画涂抹】命令，在弹出的【绘画涂抹】对话框中设置参数如图 9.193 所示。

图 9.193　【绘画涂抹】参数设置

5）执行【图像】|【调整】|【色阶】命令，在弹出的【色阶】对话框中设置参数如图 9.194 所示。单击【确定】按钮，得到的效果如图 9.195 所示。

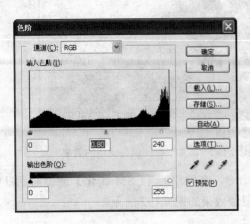

图 9.194 【色阶】参数设置　　　　　　　图 9.195　调整图像色阶后的效果

6）复制图层。在"图层"面板上将背景图层拖动到"创建新的图层"按钮上复制图层，得到"背景副本"图层，如图 9.196 所示。

7）执行【滤镜】|【风格化】|【浮雕效果】命令，在弹出的【浮雕效果】对话框中设置参数，如图 9.197 所示。单击【确定】按钮，设置"背景副本"图层的混合模式为线性光，图层不透明为 50%，如图 9.198 所示。

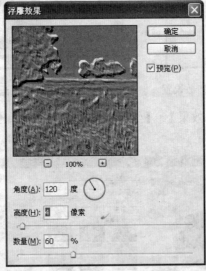

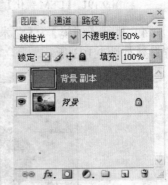

图 9.196　复制图层　　　　图 9.197 【浮雕效果】参数设置　　　图 9.198　设置图层混合模式

8）按"Ctrl+E"组合键，将"背景 副本"图层合并到"背景"图层，得到图像的油画的效果如图 9.199 所示。按"Ctrl+A"组合键，使图像全部被选中，再按"Ctrl+C"组合键对制作的"油画"进行复制。

9）按"Ctrl+O"组合键，打开"画框.jpg"图像文件，用【魔棒】工具在"画框"内部单击，得到"画框"内部选区，如图 9.200 所示。

图 9.199　油画效果

图 9.200　选取"画框"内部

10）执行【编辑贴入】命令，将复制的内容粘贴到选区中，在【图层】面板中生成"图层1"，如图 9.201 所示。

11）选择【移动】工具，拖动复制的油画到适当的位置，按"Ctrl+T"组合键，图像周围出现控制手柄，调整图像的大小，按"Enter"键确定操作，最终效果如图 9.202 所示。至此油画效果制作完成。

图 9.201　【图层】面板

图 9.202　油画的最终效果

本 章 小 结

本章主要学习了常用滤镜命令的功能、各参数的作用与使用规则。通过案例的操作过程演练，使读者了解了各种滤镜的实际效果，进一步加深对常用滤镜的掌握。利用这些滤镜可以为图像制作各种特殊效果。由于篇幅有限，本书不能逐一详尽地介绍每一种滤镜的使用方法。滤镜在实际工作中的应用，还需读者自己多多实践，慢慢去领会各个滤镜的内在功能。

实 践 探 索

一、选择题

1．在运用滤镜命令处理图像时，如果需要重复上一次使用过的滤镜命令，可以按键盘中的（　　）组合键

A．"Alt+F"　　　　　　　　　　　B．"Shift+F"

C．"Ctrl+F"　　　　　　　　　　　D．"Ctrl +D"

2．在滤镜对话框参数设置中，如果对自己调节的图像效果不满意，希望恢复调节前的参数，可以按（　　）键，这时"取消"按钮会变为"复位"按钮，单击此钮就可以将参数重置为调节前的状态。

A．"Alt"　　　　B．"Alt+F"　　　　C．"Ctrl+F"　　　　D．"Shift+F"

3．（　　）滤镜组通过置换像素、查找和增加图像的对比度，在图像中产生一种印象派的艺术风格。

A．【风格化】　　　　　　　　　　B．【艺术效果】

B．【锐化】　　　　　　　　　　　D．【像素化】

4．（　　）滤镜组可以将图像进行几何扭曲，以创建波浪、波纹、挤压以及切变等各种图像的变形效果。

A．【风格化】　　　　　　　　　　B．【扭曲】

B．【艺术效果】　　　　　　　　　D．【纹理】

二、操作题

1．打开"美少女.jpg"图像文件，运用【喷色描边】与【彩色半调】滤镜，制作艺术边框，效果如图 9.203 所示（提示：首先把"美少女.jpg"图像转为普通图层，在该层之下添加淡蓝色背景层，在"美少女"层中创建矩形选区，分割照片为相框与框内两个区域，进入"以快速蒙版模式编辑"，对相框区域使用【喷色描边】滤镜制作边框，然后进入"以标准模式编辑"，反选选区，按"Delete"键删除选区内容，最后对"淡蓝色背景层"使用【彩色半调】滤镜完成艺术边框的制作）。

2．绘制炫丽的花朵，参考效果如图 9.204 所示（提示：先绘制一个白色矩形条，使用【滤镜】|【风格化】|【风】命令作出花瓣雏形，使用【编辑】|【变换】|【变形】命令将风格化后的矩形条变形成一个花瓣。为花瓣添加图层样式，复制花朵的其他花瓣；花蕊的制作方法与花瓣相同）。

图 9.203　艺术边框效果

图 9.204　炫丽花朵

第 10 章
快捷高效的动作功能

　　动作是 Photoshop 的一个非常强大而又难以掌握的功能，而图像自动化处理又是动作的高级应用，也是一个非常实用的功能。图像自动化处理可以帮助我们快速完成大批量图像的处理操作，这样既提高了工作效率，又不会因多次操作而发生参数设置错误的情况。

学习目标

➢ 了解动作的工作原理。

➢ 认识动作面板及作用。

➢ 掌握动作最基本的录制与播放及其他编辑操作。

➢ 了解自动批处理的意义及作用。

➢ 掌握自动批处理的使用方法。

10.1 动作基础——使用预置动作

动作是 Photoshop 中一些命令的集合，利用动作可以方便快捷地将用户执行过的操作及命令记录下来。需要再次执行同样的或类似的操作或命令时，通过应用录制的动作即可。应用动作可以大大提高设计工作者的工作效率。

通过制作如图 10.1 所示的"宝宝相框"的实例，学习 Photoshop 预置动作的使用方法。

图 10.1 "宝宝相框"的效果图

Photoshop 动作是将一系列命令组合为单个动作，相当于以前在 DOS 操作系统中的批处理命令，也就是一种对图像进行多重步骤的批处理操作，这样可以大大减轻用户一些需要重复操作的烦恼。

在 Photoshop 中，对动作的编辑用一个单独的面板来完成。使用该面板可以实现动作的记录、播放、编辑和删除等，还可以创建新序列和新动作。执行【窗口】|【动作】命令或按"Alt+F9"组合键，可以显示【动作】面板，如图 10.2 所示。

1）■（停止播放/录制）按钮：当【动作】面板中正在执行录制或播放动作时，单击该按钮，可以停止录制或播放。

2）●（开始记录）按钮：单击该按钮时将显示红色，说明已经开始录制动作。

3）▶（播放）按钮：单击该按钮系统将自动播放录制的动作。

4）▭（新建组）按钮：单击该按钮可以新建一个动作组。动作组如同图层中的组，也是用来管理具体的动作的。

5）🖸（新建动作）按钮：单击该按钮可以创建一个新的动作。

6）🗑（删除动作）按钮：单击该按钮可以删除记录的动作或动作指令。

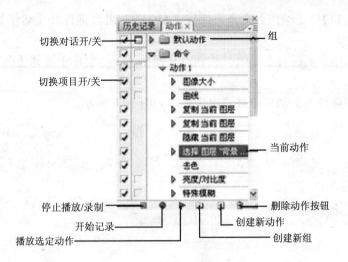

切换对话开/关

切换项目开/关

组

当前动作

停止播放/录制

开始记录

播放选定动作

删除动作按钮

创建新动作

创建新组

图 10.2 【动作】面板

7）▣（切换对话开/关）按钮：此图标以黑白效果显示，在播放动作时会弹出该动作相对应的对话框，以方便我们对此动作参数进行重新设置。如果某项动作指令前面没有该图标，说明该项操作没有可以设置的对话框；如果该图标显示为红色，说明此动作中有部分动作指令在当前条件下不可执行，单击该图标系统会自动将不可执行的动作指令转换成可执行的指令。

8）✔（切换项目开/关）：用来控制动作指令是否被播放。

9）【默认动作】：这是系统默认的动作选项。执行【动作】面板下拉菜单中的【复位动作】命令，即可将【动作】面板设置为系统默认的显示状态。

10）动作指令：就是录制的操作指令。一个动作中可以包含许多的动作指令。

 任务分析

本实例使用 Photoshop 预置动作，并使用该软件自带的动作为图像制作一个木质画框。

 任务实施

1）按"Ctrl+O"组合键，打开"宝宝.jpg"图像文件，如图 10.3 所示。

图 10.3 打开的"宝宝.jpg"图像

2）执行【窗口】|【动作】命令，或按"Alt+F9"组合键打开【动作】面板，如图 10.4 所示。

3）单击【动作】面板右上角的 ≡ 按钮，从弹出的下拉菜单中选择【图像效果】命令，如图 10.5 所示。

4）此时【图像效果】动作组被调出来了，如图 10.6 所示。

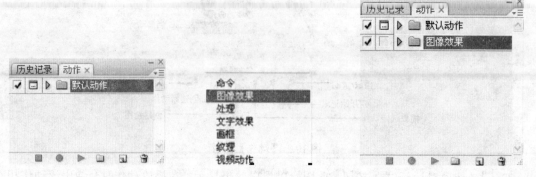

图 10.4 【动作】面板　　图 10.5 选择【图像效果】命令　　图 10.6 调出【图像效果】动作组

5）单击【图像效果】动作组前面的 ▷ 按钮，展开此动作组，如图 10.7 所示。

6）单击【图像效果】动作组中的【细雨】动作，使其变成蓝色状态，如图 10.8 所示。此时【动作】面板底部的 ●（开始记录）按钮和 ▶（播放）按钮也变成了启动状态。

图 10.7 展开【图像效果】动作组　　　　图 10.8 选择【细雨】动作

7）单击【动作】面板底部的 ▶（播放）按钮，此时可看到 Photoshop 窗口不停地闪动，几秒后，图像就有了细雨蒙蒙的效果了，如图 10.9 所示。

8）单击【动作】面板右上角的 ≡（下拉菜单）按钮，从弹出的下拉菜单中选择【画框】命令，调出【画框】动作组，如图 10.10 所示。

9）单击【画框】组前面的 ▷ 按钮，展开此动作组，如图 10.11 所示。

10）单击【画框】动作组中的【木质画框 - 50 像素】动作，使其变成蓝色状态，如图 10.12 所示。此时【动作】面板底部的 ●（开始记录）按钮和 ▶（播放）按钮也变成了启动状态。

图 10.9　执行【细雨】动作的效果

图 10.10　调出【画框】动作组

图 10.11　展开【画框】组

11）单击【动作】面板底部的 ▶（播放）按钮，会弹出一个【信息】提示对话框，如图 10.13 所示。

图 10.12　选择"木质画框-50 像素"动作

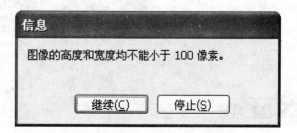

图 10.13　【信息】提示对话框

12）Photoshop 闪动数秒后，已经为图像制作了一个木质画框，最终效果如图 10.14 所示。

图 10.14　最终效果

10.2　应用及录制动作——水墨画

　　本实例通过学习使用 Photoshop 录制一幅水墨画制作的动作，然后应用录制的动作，数秒内如法炮制了多张风格统一的水墨画，如图 10.15 所示。通过本实例可学到 Photoshop 录制并应用动作的方法。

图 10.15　"水墨画"的效果图

　　根据 Photoshop 动作制作的规律，要先记录下第一张风光图片的水墨效果制作的全过程，

再将所记录的动作运用到要使用的图像上。

1. 动作录制

1）按 "Ctrl+O" 组合键，打开 "风光 1.jpg" 图像文件，如图 10.16 所示。

图 10.16　风光 1.jpg

2）单击【动作】面板底部 （新建组）按钮，在弹出的【新建组】对话框中输入名称为 "水墨效果"，如图 10.17 所示。

图 10.17　【新建组】对话框

3）单击【动作】面板底部 （新建动作）按钮，输入名称 "水墨效果"，如图 10.18 所示。

图 10.18　【新建动作】对话框

4）单击 （记录）按钮，开始录制操作。

5）按 "Ctrl+M" 组合键，调出【曲线】对话框，调整画面亮度，如图 10.19 所示，调整后的效果如图 10.20 所示。

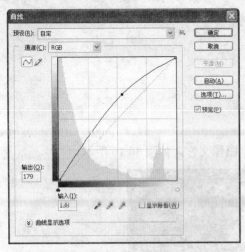

图 10.19 【曲线】对话框   图 10.20 调整后的效果

6）在【图层】面板中复制两个图层，如图 10.21 所示。

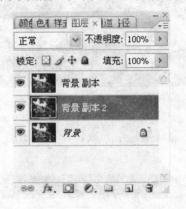

图 10.21 【图层】面板

7）在【图层】面板中，将"背景 副本"隐藏，选中"背景 副本 2"图层，执行【图像】|【调整】|【去色】命令，将图像去色，去色后的页面效果如图 10.22 所示，此时的【动作】图板如图 10.23 所示。

图 10.22 执行【去色】命令后的效果   图 10.23 【动作】面板

8）执行【图像】|【调整】|【亮度/对比度】命令，弹出【亮度/对比度】对话框，根据画面设置参数，如图 10.24 所示，设置完成后单击【确定】按钮，调整图像对比度后的页面效果如图 10.25 所示。

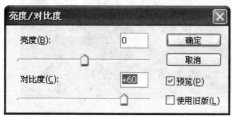

图 10.24　【亮度/对比度】对话框　　　　图 10.25　执行【亮度/对比度】命令后的效果

9）执行【滤镜】|【模糊】|【特殊模糊】命令，弹出【特殊模糊】对话框，设置对话框参数，如图 10.26 所示，设置完成后单击【确定】按钮，效果如图 10.27 所示。再执行【滤镜】|【模糊】|【高斯模糊】命令，弹出【高斯模糊】对话框，设置对话框参数，如图 10.28 所示，设置完成后单击"确定"按钮，效果如图 10.29 所示。

图 10.26　【特殊模糊】对话框　　　　图 10.27　执行【特殊模糊】命令后的效果

10）执行【滤镜】|【杂色】|【中间值】命令，弹出【中间值】对话框，设置对话框参数，如图 10.30 所示，设置完成后单击【确定】按钮，设置后的页面如图 10.31 所示。

11）在【图层】面板中选择"背景 副本"图层，显示图层后并将图像去色，调整该图层的亮度/对比度，设置对比度为 50。再执行【图像】|【调整】|【曲线】命令，弹出【曲线】

对话框，如图 10.32 所示。根据需要调整曲线，设置完成后单击【确定】按钮，设置完成后的
效果如图 10.33 所示。

图 10.28　【高斯模糊】参数设置

图 10.29　执行【高斯模糊】命令的效果

图 10.30　【中间值】参数设置

图 10.31　执行【中间值】命令后的效果

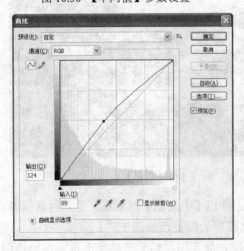

图 10.32　【曲线】对话框

图 10.33　执行【曲线】命令后的效果

12）在"背景 副本"图层上，执行【滤镜】|【模糊】|【特殊模糊】命令，弹出【特殊模糊】对话框，设置对话框参数，如图 10.34 所示，设置完成后单击【确定】按钮，设置完成后的效果如图 10.35 所示。

图 10.34 【特殊模糊】参数设置　　图 10.35 执行【特殊模糊】命令后的效果

13）在"背景 副本"图层上添加半径为 1px 的【高斯模糊】滤镜，设置完成后的效果如图 10.36 所示；再将该图层的混合模式调整为变亮模式，设置后的页面效果如图 10.37 所示。

图 10.36 执行【高斯模糊】命令后的效果　　图 10.37 执行【变亮】图层混合模式后的效果

14）复制两个"背景 副本"图层，增加页面的层次感，设置完成后的效果及【图层】面板如图 10.38 和图 10.39 所示。

图 10.38 【图层】面板　　　　图 10.39 完成后的效果

15）使用 **T**（竖排文字）工具，在页面中添加合适的文字。最后，使用 □（矩形选框）工具绘制一个框形，并进行描边，【动作】面板如图 10.40 所示，设置后的页面效果如图 10.41 所示。

图 10.40　【动作】面板　　　　　　　　图 10.41　"水墨"效果

16）打开【动作】面板，单击【动作】面板右上角的 ≡ 按钮，从弹出的下拉菜单中选择【存储动作】命令，在弹出的对话框中输入动作名称，并单击【保存】按钮，如图 10.42 和图 10.43 所示。

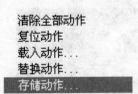

图 10.42　【动作】下拉菜单　　　　　　图 10.43　【存储】对话框

2. 动作应用

1）按 "Ctrl+O" 组合键，打开 "风光 2.jpg" 图像文件，在【动作】面板上选择 "水墨效果" 命令，接着单击【动作】面板下方的播放按钮 ▶，图像闪烁数秒后，一幅水墨就完成了，如图 10.44～图 10.46 所示。

图 10.44 "风光 2.jpg" 图像   图 10.45 【动作】面板   图 10.46 "风光 2" 水墨效果

 提 示

❖ 在播放（应用）动作过程中部分效果不适合时，可以双击动作中的某个命令，弹出相应的对话框以重新调整参数，或是暂停动作进行手动调整。

❖ 如果有大量的图片都要进行相同处理，可采用"批处理"来完成。

2）按照步骤 1）的方法将其他图片应用动作，如图 10.47 所示。

图 10.47 图片最终效果

10.3 自动批处理（一）——批量图像快速处理

从事图形图像工作的人员会经常处理大批量的图像文件,如将几百张彩色图片转换成灰度图像,将上千张图片的分辨率改成 100 像素/英寸,将上万张图片的大小统一成"500 像素×500 像素"大小等,这些工作很难一张一张去完成。在 Photoshop 中利用动作和批处理功能就可以很好的解决这些问题。其实,批处理也就是让多个图像文件执行同一个动作,从而实现自

动化操作。

任务目的

通过制作如图 10.48 所示的实例，学习 Photoshop 自动批处理的使用方法。

图 10.48　运用批处理完成的图像效果

相关知识

批处理(B)...
PDF 演示文稿(P)...
创建快捷批处理(C)...

裁剪并修齐照片

联系表 II...

图片包...

Web 照片画廊...

Photomerge...
合并到 HDR...
条件模式更改...
限制图像...

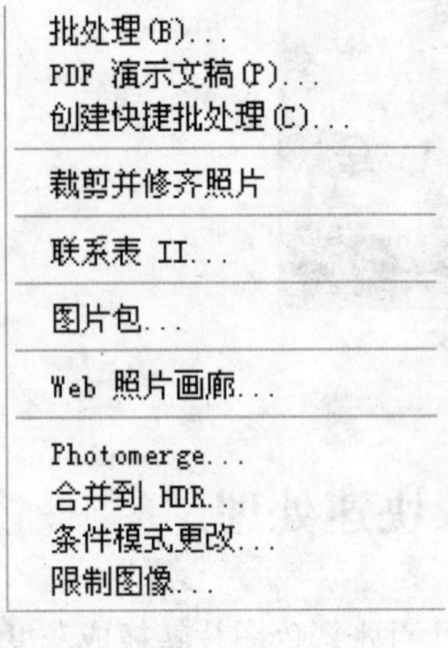

图 10.49　【自动】子菜单选项

1.　图像自动批处理的意义

在 Photoshop 的【文件】|【自动】菜单下有几个非常实用的自动处理功能，如图 10.49 所示。

1)【批处理】：使用该项可以一次性地对大批量图像文件执行同一个"动作"操作，从而实现操作的自动化。

2)【PDF 演示文稿】：用于制作演示文稿效果。

3)【创建快捷批处理】：使用该项可以将一个"动作"创建一个可执行的小程序。

4)【裁剪并修齐照片】：可以裁剪并修齐照片。

5)【联系表 II】：使用该命令可以将多个文件制作成缩略图目录效果。

6)【图片包】：使用该命令可以将一幅图像的众多副本按照设定的格式分布在一张纸上，模拟传统的包装纸效果。

7)【Web 照片画廊】：用来创建电子相册。使用该命令可以自动建立一个缩略图的索引页，并将同一目录下的许多图像以缩略图的形式放置在新页面中。使用鼠标单击缩略图，可以链接到一个新的网页，并且网页上还添加了箭头按钮，方便浏览图片。

8）【Photomerge】：用来合并多幅图像。

9）【合并到 HDR】：可以合并高动态区域的图像。

10）【条件模式更改】：用于快速转换文件的色彩模式。

11）【限制图像】：可以自动调整图像文件的大小。

2. 批处理

执行【文件】|【自动】|【批处理】命令，弹出如图 10.50 所示的对话框。

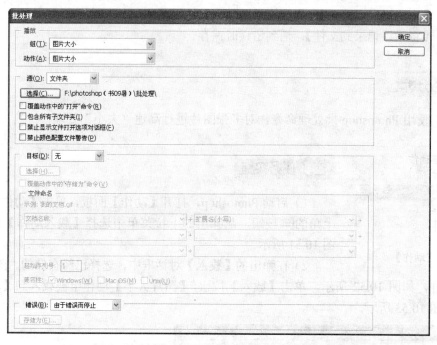

图 10.50 【批处理】对话框

在对话框中设置选项，各选项作用如下。

1）【组】：此处包含了载入动作面板的所有组，从中选择要执行的动作所在的组。

2）【动作】：从中选择要执行的动作。

3）【源】：此项用于选择图片的来源，共有 4 种选择。

● 【文件夹】选项：单击其下面的 选择(H)... 按钮，打开【浏览文件夹】对话框，从中选择需要处理的文件夹。

● 【输入】选项：可以从扫描仪或数码照相机中获取文件。此项只有安装了扫描仪才会被启用。

● 【打开的文件】选项：对当前已经打开的图像文件进行处理。此项只有在打开图像后才可用。

● 【文件浏览器】：可对文件浏览器中被选中的文件进行处理。

4）【覆盖动作中的"打开"命令】：勾选此复选框可以忽略动作中的"打开"命令。

5）【包含所有子文件夹】：勾选此复选框可以对文件夹中的所有子文件执行相同的动作。

6）【禁止显示文件打开选项对话框】：勾选此复选框可以禁止打开文件选项对话框。

7）【禁止颜色配置文件警告】：勾选此复选框可以禁止颜色警告。

8）【目标】：用于设置文件处理后的存储方式。其共有 3 种选择。

- 【无】：对处理后的文件不进行任何保存，只将文件打开并放置在 Photoshop 界面中。
- 【存储并关闭】：将文件保存在原路径中并关闭。
- 【文件夹】：将处理后的文件保存在新的文件夹中，按钮指定文件存储的路径。

9）【覆盖动作中的"存储为"命令】：勾选此复选框可以忽略动作中的"存储为"命令。

10）【错误】：此列表中提供了遇到错误时的两种方案。

- 【由于错误而停止】：遇到错误时停止。
- 【将错误记录到文件】：遇到错误时保存。

本实例使用 Photoshop 批处理命令，对多张图片进行高速"大小"处理。

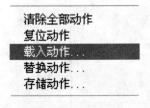

图 10.51 【动作】菜单

1）启动 Photoshop，打开【动作】面板，单击【动作】面板右上角的按钮，从弹出的下拉菜单中选择【载入动作】命令，如图 10.51 所示。

2）在弹出的【载入】对话框中，选择已经存储的"图像大小"动作组文件，如图 10.52 所示，单击【载入】按钮，【图片大小】动作组被载入到【动作】面板中，如图 10.53 所示。

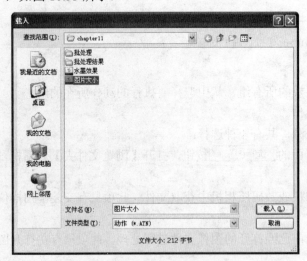

图 10.52 【载入】对话框

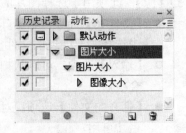

图 10.53 【动作】面板

3）执行【文件】|【自动】|【批处理】命令，在弹出的如图 10.50 所示的对话框中设置选项，在【源】选项中选择"批处理"文件夹。

4）单击【确定】按钮，Photoshop 界面自动演示处理过程，最终效果如图 10.54 所示。

图 10.54　批处理后的图像效果

10.4　自动批处理（二）——电子相册

通过制作如图 10.55 所示的"电子相册"的实例，学习 Photoshop 批处理命令的使用方法。

图 10.55　"电子相册"的效果图

 任务分析

本实例使用 Photoshop 批处理命令，快速制作"电子相册"。

 任务实施

1）素材整理。将要使用的图片放置在同一个文件夹中。

2）执行【文件】|【自动】|【Web 照片画廊】命令，在弹出的对话框中设置各项参数，如图 10.56 所示。

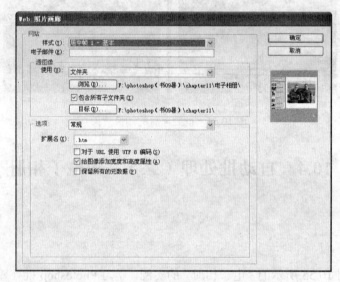

图 10.56 【Web 照片画廊】参数设置

3）如果图片较小，需将图片适当调整，可对【选项】进行设置，如图 10.57 所示。

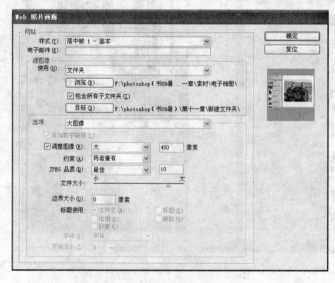

图 10.57 【选项】参数设置

提　示

　　【选项】下拉列表可以对电子相册进行设置，包括横幅文字，照片缩略图大小等。

　　4）单击【确定】按钮，稍等片刻，一个电子相册就会出现在 IE 浏览器中，效果如图 10.58 所示。

图 10.58　制作的电子相册

本 章 小 结

　　在本章中，主要学习了 Photoshop【动作】的使用，包括载入预置动作、应用预置动作制作效果、录制动作、应用录制的动作。此外，还学习了自动批处理，此项功能可以帮助完成许多繁杂细致的工作，大大提高了工作效率。

实 践 探 索

一、选择题

　　1．要想建立一个动作序列，可以单击【动作】面板中的（　　）按钮。

　　　A．■（停止播放/录制）按钮　　　　　　B．●（开始记录）按钮

　　　C．▢（新建组）按钮　　　　　　　　　D．▶（播放）按钮

　　2．要想为已经录制好的【动作】面板中插入其他的命令选项，可以执行【动作】面板下拉菜单中的（　　）命令。

A. 插入菜单项目　　　　B. 插入路径　　　　C. 插入停止　　　　D. 载入动作

3. 在 Photoshop 中，按键盘中的"F7"键可以显示或隐藏【Layers】（图层）面板，那么，按键盘中的（　　）组合键可以显示或隐藏【Actions】（动作）面板。

A."Alt+F6"　　　　　B."Alt+F5"　　　　C."Alt+F9"　　　　D."Alt+F8"

4. 在 Photoshop 中，使用【自动】菜单中的（　　）命令可以制作一个电子相册，并且可以使用 IE 浏览器进行浏览。

A. 裁剪并修齐照片　　　　　　　B. 图片包
C. 创建快捷批处理　　　　　　　D. Web 照片画廊

二、操作题

1. 运用所学的动作知识，使用所提供的【怀旧照片】动作为照片制作怀旧效果，如图 10.59 所示（提示：在【动作】面板下拉菜单中选择【载入动作】命令，执行导入的【怀旧效果】动作）。

图 10.59　怀旧效果

2. 运用本章讲解的【Web 照片画廊】命令，制作一个电子画册。其中用到的素材文件由读者自己搜集整理。完成后，如果有自己的网站，可以直接发布到网上。

第 11 章
项 目 实 训

Photoshop 是 Adobe 公司推出的一款功能十分强大，使用范围广泛的平面图形图像处理软件。它是众多平面设计师进行平面设计，图形、图像处理的首选软件。在本章中主要介绍 Photoshop 在平面广告、网页设计中的应用，通过综合实例的制作，提高软件的综合应用能力。

学习目标

➢ 掌握Photoshop在网页设计中的应用。
➢ 掌握Photoshop在平面海报中的应用。
➢ 掌握Photoshop在商业广告中的应用。

Photoshop CS3案例教程

11.1　网　页　设　计

Photoshop 是一款功能强大的图像处理软件，在网页制作中有着广泛的应用。使用 Photoshop 设计网页，可以实现网页底纹无缝连接，使网页前景和背景紧密配合，提高图像在网络上的传输效率。

通过制作如图 11.1 所示的"网页"的实例，学习使用 Photoshop 软件设计网页的技巧。

图 11.1　"网页"效果图

图 11.2　网页

相关知识

网页界面其基本组成包括网页浏览器（工具栏、地址栏和菜单栏）、导航要素（主菜单，子菜单，搜索栏和历史记录）及各种主页内容（标志，图像和文本）。在网页设计中我们主要制作的是其中的导航要素和主页内容。

1. 导航要素

一般来说，导航是位于主页的上端或者是左端，如图 11.2 所示，利用菜单按钮或移动图像区别于一般内容和其他文本，让浏览者知道这些就是导航用的要素。

几乎每个网页都有导航栏，对同一个网站内的所有网页来说，导航栏必须在风格上力求一致。在统一的风格下，寻求每一组或每一个网页中的细节变化，如图 11.3 所示。

图 11.3　网页

2. 页面内容设计

　　第一印象是非常重要的，因此，网站的主页（首页）必须包含公司或站点所提供的所有的服务内容。主页的设计必须是干净而有组织、有条理，要根据主题内容决定网站的整体风格，只有形式与内容的完美统一，才能达到理想的宣传效果。页面版面编排应主次分明，中心突出，大小搭配，相互呼应，图文并茂，合理使用线条和形状。

　　本实例的制作分为网站背景部分的制作、版面布局的设计、网站中各要素的制作、制作和优化切片 4 个部分。首先分别绘制并填充图像，作为网站背景部分；再分别制作网站各个部分的图像和导航栏部分，完成版面的整体设计；然后进行网站中各要素的制作；最后制作和优化切片。

1. 制作网站背景

　　1）新建文件。执行【文件】|【新建】命令，弹出【新建】对话框，参数设置如图 11.4所示。设置工具箱中前景色为橙色（R：230，G：120，B：25）。

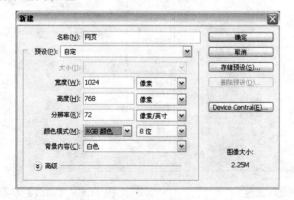

图 11.4　【新建】参数设置

2）执行【窗口】|【图层】命令，弹出【图层】面板，单击【图层】面板下方的▣按钮，新建一个图层"图层 1"，按"Alt+Delete"组合键，在新建的图层上填充前景色。

3）单击【图层】面板下方的▣按钮，新建一个图层"图层 2"。在图像文件上使用工具箱中的矩形选框工具▣创建一个矩形选区。设置工具箱中前景色为绿色（R：132，G：194，B：56），按"Alt+Delete"组合键，在新建的图层上填充前景色，取消选区，效果如图 11.5 所示。

4）单击【图层】面板下方的▣按钮，勾选【内发光】复选框，弹出【图层样式】对话框，【内发光】参数设置如图 11.6 所示。

图 11.5　填充前景色后的效果　　　　　　　图 11.6　【内发光】参数设置

5）单击【图层】面板下方的▣按钮，新建一个图层"图层 3"。在图像文件上使用工具箱中的【矩形选框工具】▣创建一个矩形选区。设置工具箱中前景色为白色，按"Alt+Delete"组合键，在新建的图层上填充前景色，取消选区，效果如图 11.7 所示。

6）单击【图层】面板下方的▣按钮，勾选【描边】复选框，弹出【图层样式】对话框，【描边】参数设置如图 11.8 所示。

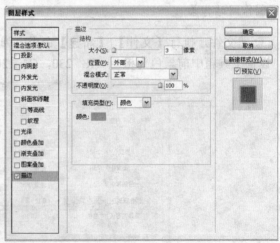

图 11.7　填充前景色　　　　　　　图 11.8　【描边】参数设置

7）单击【图层】面板下方的回按钮，新建一个图层"图层4"。在图像文件上使用工具箱中的【矩形选框工具】回创建一个矩形选区。使用工具箱中的【渐变工具】■，设置渐变类型为【径向渐变】■。单击渐变颜色条，弹出【渐变编辑器】对话框如图11.9所示，渐变色为米色（R：253，G：255，B：83）- 白色（R：255，G：255，B：255）- 橙色（R：230，G：155，B：25）。矩形选区中从左上角到右下角做渐变，取消选区，完成网页背景的制作，效果如图11.10所示。

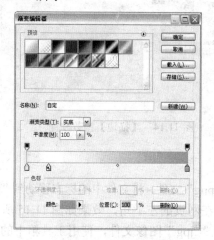 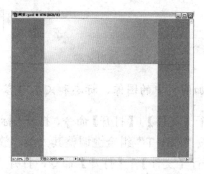

图11.9 设置"渐变编辑器"对话框　　　图11.10 填充渐变色后的效果

2. 制作导航栏

1）单击【图层】面板下方的回按钮，新建一个图层"图层5"。在图像文件上使用工具箱中的自定形状工具，在其属性栏中设置绘制路径回，形状为■，在图像文件上绘制10个路径，效果如图11.11所示。

2）单击【路径】面板下方的回按钮，将路径转成选区。将前景色设置为黑色，按"Alt+Delete"组合键，在新建的图层上填充前景色，取消选区，效果如图11.12所示。

图11.11 创建路径　　　图11.12 填充前景色后的效果

3）执行【窗口】|【样式】命令，弹出【样式】面板，单击【样式】面板右测的回，在弹出的下拉菜单中选择【Web样式】，单击【样式】面板中的回按钮，完成导航栏的制作。

4）使用工具箱中的文本工具T，在导航栏中输入文本，分别是"首页"，"体育娱乐"，"财经资讯"，"社区服务"，"城市"，"新闻"，"视频"，"音乐"，"图片"，"地图"，字体颜色为白色，效果如图11.13所示。

5）给所有文本图层添加【描边】图层样式,【描边】参数设置如图 11.14 所示。

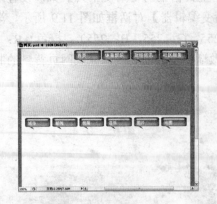

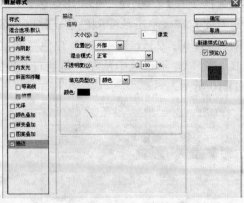

图 11.13 添加文本　　　　　　　　　图 11.14 【描边】参数设置

3. 添加网页中的图像、标志和文本内容

1）执行【文件】|【打开】命令,打开"标志.png"文件,将文件中的标志移动到"网页.psd"文件中。按"Ctrl+T"组合键调整其大小,放置在网页的左上角,效果如图 11.15 所示。

2）执行【文件】|【打开】命令,打开"风景.jpg"图像文件,使用工具箱中的【移动工具】将图像移动到"网页.psd"文件中。按"Ctrl+T"组合键调整其大小,效果如图 11.16 所示。

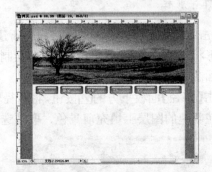

图 11.15 添加标志　　　　　　　　　图 11.16 添加风景

3）执行【图像】|【调整】|【自动颜色】命令,对风景素材调整颜色,效果如图 11.17 所示。

4）设置其图层混合模式为正片叠底,不透明度为 50%,效果如图 11.18 所示。

图 11.17 调整颜色　　　　　图 11.18 设置图层混合模式和不透明度

5）在【图层】面板，单击【图层】面板下方的 按钮，新建一个图层"图层 8"。在图像文件上使用工具箱中的【矩形选框工具】 创建一个矩形选区。设置前景色为橙色（R：230，G：120，B：25），在选区中填充前景色，取消选区。

6）在【图层】面板，单击【图层】面板下方的 按钮，勾选【投影】复选框，弹出【图层样式】对话框，【投影】参数设置如图 11.19 所示，效果如图 11.20 所示。

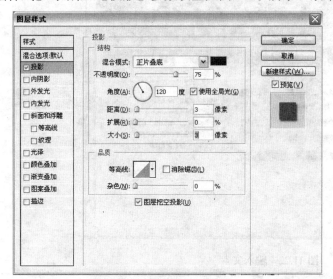
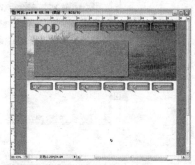

图 11.19 【投影】参数设置　　　　　图 11.20 使用【投影】命令后的效果

7）在橙色区域中使用工具箱中的文本工具 输入文本，效果如图 11.21 所示。

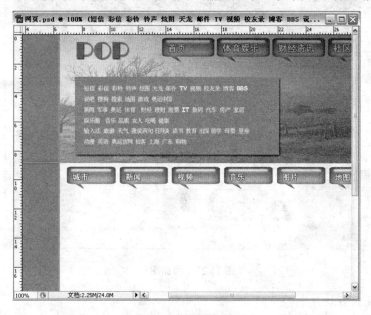

图 11.21 输入文本

8）在导航栏下方的白色区域中使用工具箱中的文本工具 输入文本，效果如图 11.22 所示。

9）执行【文件】|【打开】命令，打开"美女 1.jpg"、"美女 2.jpg"、"美女 3.jpg"、"美女 4.jpg"、"美女 5.jpg"和"美女 6.jpg"图像文件，使用工具箱中的【移动工具】 将图像逐一移动到"网

页.psd"文件中。按"Ctrl+T"组合键调整其大小，使其大小一致，效果如图 11.23 所示。

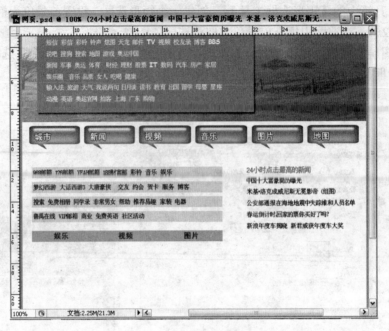

图 11.22　输入文本

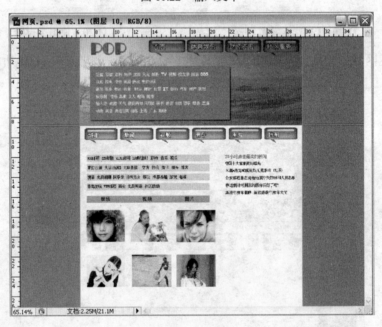

图 11.23　添加图片

4. 制作优化网页切片

1）使用工具箱中的【切片工具】绘制切片，效果如图 11.24 所示。

2）执行【文件】|【存储为 Web 和设备所用格式】命令，弹出【存储为 Web 和设备所用格式】对话框，选择【优化】选项卡，将页面进行优化。使用工具箱中的【切片选择工具】选择每一块切片，设置优化如图 11.25 所示。

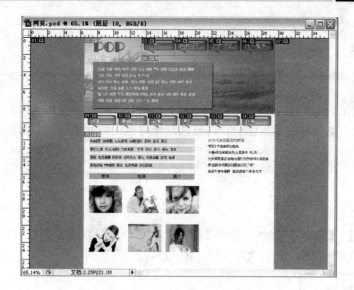

图 11.24　绘制切片　　　　　　　　　　　　图 11.25　设置优化

3）将所有切片优化完后，单击【存储】按钮，弹出【将优化结果存储为】对话框，保存优化结果，可看到存储了.html 文件，可浏览网页效果如图 11.26 所示。

图 11.26　预览网页效果

11.2　制作平面海报

任务目的

通过制作如图 11.27 所示的"文化艺术节海报"的实例，学习使用 Photoshop 软件设计海报的技巧。

本实例的制作分为海报背景部分的制作、版面布局的设计、海报中各元素的制作和组合等几个部分。首先绘制并填充图像，作为海报背景部分；再分别制作海报中各元素图像；最后将其组合，完成版面的整体设计。

任务实施

1）新建文件。执行【文件】|【新建】命令，弹出【新建】对话框，参数设置如图 11.28 所示。设置工具箱中前景色为淡蓝色（R：151，G：195，B：254）。

图 11.27 "文化艺术节海报"效果图

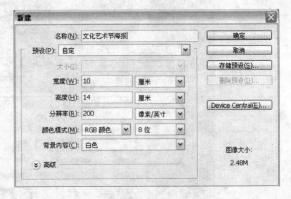

图 11.28 新建文件

2）执行【窗口】|【图层】命令，弹出【图层】面板，单击【图层】面板下方的◙按钮，新建一个图层"图层 1"，按"Alt+Delete"组合键，在新建的图层上填充前景色。

3）在【图层】面板，单击【图层】面板下方的◙按钮，新建一个图层"图层 2"。设置工具箱中前景色为黑色。在图像文件上使用工具箱中的【自定形状工具】◙，在其属性栏中设置绘制填充像素◙，形状为 ♮，在图像文件上绘制一个高音符号。

4）按"Ctrl"键，单击"图层 2"，选中高音符号的图像区域，执行【编辑】|【定义画笔预设】命令，给新画笔命名为"高音符号"。按"Ctrl+A"组合键，选中所有图像区域，按"Delete"键删除选区内的图像，并取消选区。

5）设置工具箱中前景色为淡蓝色（R：195，G：221，B：255）。使用工具箱中的【画笔工具】◙，单击属性栏中的◙按钮，设置画笔属性如图 11.29 所示。在图像文件上绘制一排高

音符号。在将画笔工具的主直径调大，在绘制一排较大的高音符号。使用相同方法绘制一排小高音符号，一排大高音符号，效果如图 11.30 所示。

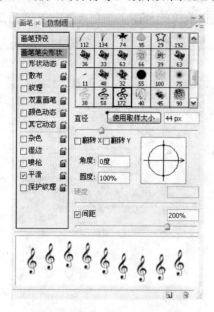

图 11.29　设置画笔工具的属性

图 11.30　绘制高音符号

6）单击【图层】面板下方的 □ 按钮，新建一个图层"图层 3"。使用工具箱中的【多边形套索工具】 ，创建如图 11.31 所示的选区。按"Alt+Delete"组合键，在新建的图层上填充前景色。

7）执行【选择】|【变换选区】命令，将选区的旋转中心调整到左下角，旋转-10°，效果如图 11.32 所示。

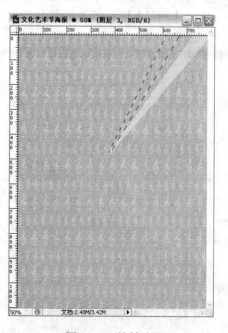

图 11.31　创建选区

图 11.32　旋转选区

8）按"Alt+Delete"组合键，在选区中填充上前景色。按"Alt+Ctrl+Shift+T"组合键，制作出放射状条纹，效果如图 11.33 所示。

9）执行【图层】|【图层蒙版】|【显示全部】命令，给 "图层 3" 添加图层蒙版。使用工具箱中的【画笔工具】，在图层蒙版中给放射状条纹的外围上黑色，效果如图 11.34 所示。

图 11.33　绘制放射状条纹　　　　　图 11.34　给图层蒙版上黑色

10）单击【图层】面板下方的按钮，新建一个图层 "图层 4"。使用工具箱中的【钢笔工具】，创建如图 11.35 所示的路径。打开【路径】面板，单击【路径】面板下方的按钮，将路径转换为选区。在选区中填充上白色，并将该图层的不透明度设置为 50%。

11）单击【图层】面板下方的按钮，新建一个图层 "图层 5"。使用工具箱中的【钢笔工具】，创建如图 11.36 所示的路径。打开【路径】面板，单击【路径】面板下方的按钮，将路径转换为选区。在选区中填充上白色，并将该图层的不透明度设置为 50%。

图 11.35　绘制路径　　　　　　　　图 11.36　绘制路径

12）将"图层5"和"图层4"合并成"图层5"。单击【图层】面板下方的  按钮,新建一个图层"图层6"。按"Alt"键,在【图层】面板中单击"图层5"和"图层6"中间交界处,创建剪贴图层。使用工具箱中的【渐变工具】,设置渐变类型为【线性渐变】。单击渐变颜色条,弹出【渐变编辑器】对话框中,设置渐变色为淡蓝色(R:128,G:159,B:201)-深蓝色(R:13,G:43,B:83),在左上角区域中制作从左上到右下的渐变,效果如图11.37所示。

13）使用工具箱中的【画笔工具】,选择【高音符号】画笔,单击属性栏中的 按钮,设置画笔属性如图11.38所示。设置前景色为白色。

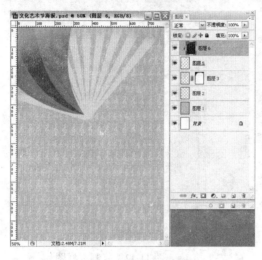

图11.37　创建剪贴图层　　　　　　　　图11.38　设置画笔属性

14）单击【图层】面板下方的 按钮,新建一个图层"图层7"。在新建图层上绘制高音符号,将该图层的不透明度设置为50%,效果如图11.39所示。

15）单击【图层】面板下方的 按钮,新建一个图层"图层8"。在新建图层上绘制高音符号,单击【图层】面板下方的 按钮,勾选【描边】复选框,描边颜色设置为深蓝色,效果如图11.40所示。

图11.39　绘制高音符号　　　　　　　　图11.40　使用【描边】命令后的效果

16）执行【文件】|【打开】命令，打开"第十一章\素材\Music.psd"，使用工具箱中的【移动工具】将素材图像移动到"文化艺术节海报.psd"文件中。按"Ctrl+T"组合键调整其大小和位置，单击【图层】面板下方的按钮，勾选【描边】复选框，效果如图 11.41 所示。

17）再复制几个卡通吉他，效果如图 11.42 所示。

图 11.41 添加素材图片　　　　　　图 11.42 复制素材图片

18）单击【图层】面板下方的按钮，新建一个图层"图层 10"。在新建图层上使用工具箱中的【画笔工具】绘制一条倾斜的白色直线，将该图层位置调整到 "图层 5"的下方，效果如图 11.43 所示。

19）复制倾斜直线的图层，将其向下移动，在图像区域填充上深蓝色（R：78，G：144，B：231），效果如图 11.44 所示。

 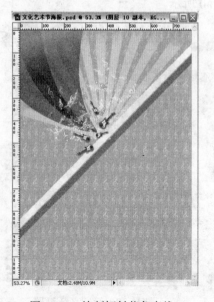

图 11.43 绘制倾斜白色直线　　　　　　图 11.44 绘制倾斜蓝色直线

20）选中白色直线的图层，单击【图层】面板下方的█按钮，勾选【投影】、【斜面和浮雕】和【外发光】复选框，【斜面和浮雕】参数设置如图 11.45 所示，【外发光】参数设置如图 11.46 所示。

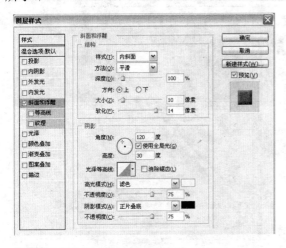
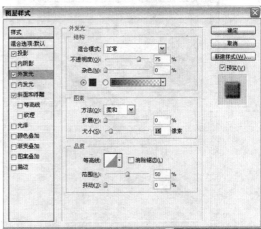

图 11.45 【斜面和浮雕】参数设置　　　　　图 11.46 【外发光】参数设置

21）单击【图层】面板下方的█按钮，新建一个图层"图层 11"，在【图层】面板将该图层拖至图层 10 下方。使用工具箱中的【多边形套索工具】█，创建如图 11.47 所示的选区。设置前景色为淡蓝色（R：151，G：195，B：254），按"Alt+Delete"组合键，在新建的图层上填充前景色。

22）单击【图层】面板下方的█按钮，新建一个图层"图层 12"，在【图层】面板将该图层拖至最上方。在图层上填充上白色。创建一个圆角矩形选区，删除选区中的图像，取消选区，效果如图 11.48 所示。

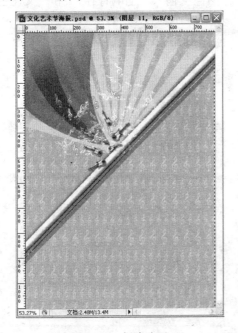
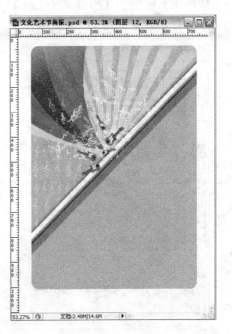

图 11.47 创建选区　　　　　　　图 11.48 删除图像

23）在图像上方创建一个圆角矩形选区，效果如图 11.49 所示，填充上白色。

24）在图像左下方创建如图 11.50 所示选区，填充上白色。

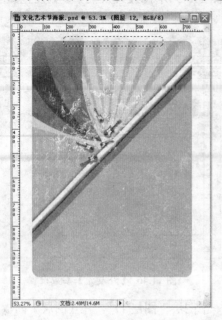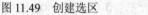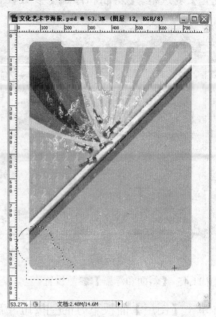

图 11.49　创建选区　　　　　　　　　　　　图 11.50　创建选区

25）单击【图层】面板下方的 回 按钮，新建一个图层"图层 13"。设置前景色为白色，使用工具箱中的【自定形状工具】 。单击属性栏中 按钮，根据画面效果需要，选择花边形状的图案制作花边效果。复制包含花边的图层，按"Ctrl+T"组合键自由变换图像后将其移动到倾斜直线的另一边，效果如图 11.51 所示。

26）使用工具箱中的【横排文字工具】 T，在图像上输入"唱响青春！"和"文化艺术节组委会宣"字样，效果如图 11.52 所示。

图 11.51　绘制花边　　　　　　　　　　　　图 11.52　输入文本

27）选择"唱响青春！"图层，执行【图层】|【栅格化】|【文字】命令，将文本图层转化为普通图层，调整文本中字的位置和大小，为其添加【投影】、【斜面和浮雕】和【渐变叠加】等图层样式。

28）执行【文件】|【打开】命令，打开"箭头图案.psd"，使用工具箱中的【移动工具】，将素材图像移动到"文化艺术节海报.psd"文件中。按"Ctrl+T"组合键调整其大小和位置。

29）执行【文件】|【存储】命令，将图像文件保存。最终图像效果如图11.53所示。

图11.53　最终效果图

11.3　制作笔记本电脑创意广告

通过制作如图11.54所示的"笔记本电脑创意广告"的实例，提高使用Photoshop软件综合制作能力。

本实例制作的是数码类产品创意广告，年轻、时尚、科技是笔记本电脑（规范术语为笔记本式计算机，笔记本电脑为其俗称）的特点，通过色彩的处理来突出其特点。本实例是创意广告，广告意思明确，文字较少。实例的制作分为平面广告背景的制作、广告中各元素的制作和组合等几个部分。首先，在背景图层中填充渐变色，使用滤镜做效果，添加花纹，完成背景部分的制作。其次，将广告中各主要的图像元素添加进来。最后，添加文字，完成广告的整体设计制作。

任务实施

1）新建文件。执行【文件】|【新建】命令，弹出【新建】对话框设置如图 11.55 所示，宽度为 7.5 厘米，高度为 10.5 厘米，分辨率为 300 像素/英寸。

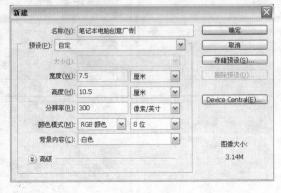

图 11.54　"笔记本电脑创意广告"效果图　　　　　图 11.55　新建文件

2）单击【图层】面板下方的□按钮，新建一个图层，命名为"背景色"。使用工具箱中的【渐变工具】□，设置渐变类型为【径向渐变】□。单击渐变颜色条，弹出【渐变编辑器】对话框中，设置渐变色为淡蓝色（R：173，G：190，B：251）- 深蓝色（R：13，G：9，B：65），从图像文件中心向外做渐变，效果如图 11.56 所示。

3）执行【滤镜】|【素描】|【水彩画纸】命令，在弹出的对话框中设置纤维长度为 15，亮度为 50，对比度为 70，效果如图 11.57 所示。

图 11.56　填充渐变色　　　　　　　　　图 11.57　执行【水彩画纸】命令后的效果

4）在【图层】面板中将"背景色"图层复制一个，在"背景色 副本"图层中执行【滤镜】|【纹理】|【染色玻璃】命令，设置"单元格大小"为10，"边框粗细"为2，"光照强度"为3，效果如图11.58所示。将"背景色 副本"图层的不透明设置为15，图层混合模式设置为"滤色"。

5）执行【文件】|【打开】命令，打开"花纹.png"，使用工具箱中的【移动工具】将花纹图像移动到"笔记本电脑创意广告.psd"文件中，调整其大小和位置。再复制两个花纹图层，调整大小和位置，效果如图11.59所示。

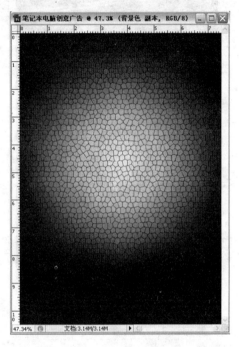
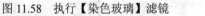

图11.58 执行【染色玻璃】滤镜

图11.59 添加花纹素材

6）将所有的花纹图层合并，命名为"花纹"，设置花纹图层的不透明为30%。

7）使用工具箱中的【矩形选框工具】，在文件中创建一个长条形选区，效果如图11.60所示。

8）单击【图层】面板下方的按钮，新建一个图层，命名为"晾衣杆"。使用工具箱中的【渐变工具】，设置渐变类型为【线形渐变】。单击渐变颜色条，弹出【渐变编辑器】对话框中，设置渐变色为灰色（R：114，G：101，B：108）- 白色- 灰色（R：51，G：53，B：55）- 白色- 灰色（R：73，G：73，B：74）- 灰色（R：99，G：96，B：94），在选区中从上到卜做渐变。按"Ctrl+T"组合键，调整长度和位置，完成晾衣杆制作，效果如图 11.61所示。

9）执行【文件】|【打开】命令，打开"衣架.png"文件，使用工具箱中的【移动工具】将衣架移动到"笔记本电脑创意广告.psd"文件中，调整其大小和位置。执行【编辑】|【变换】|【斜切】命令，调整衣架，增强立体感。按"Ctrl+T"组合键，调整其角度，效果如图11.62所示。

10）执行【图层】|【图层蒙版】|【显示全部】命令，给该图层添加图层蒙版。在蒙版中使用黑色画笔，在衣架和晾衣杆的交叉处添上黑色，效果如图11.63所示。

11）按"Ctrl+M"组合键，弹出【曲线】对话框，参数设置如图11.64所示。

12）执行【文件】|【打开】命令，打开"笔记本电脑.png"，使用工具箱中的【移动工具】
将衣架移动到"笔记本电脑创意广告.psd"文件中，调整其大小和位置。按"Ctrl+T"组合
键，调整其角度。执行【编辑】|【变换】|【水平翻转】命令，再执行【编辑】|【变换】|【扭
曲】命令，调整笔记本电脑，效果如图 11.65 所示。

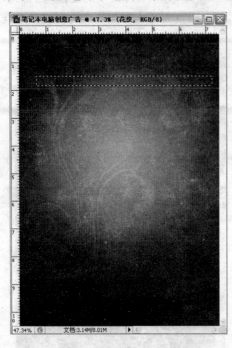

图 11.60　创建选区

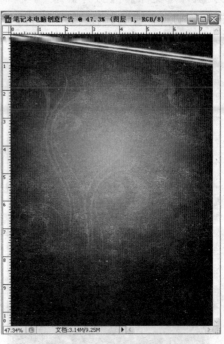

图 11.61　制作晾衣杆

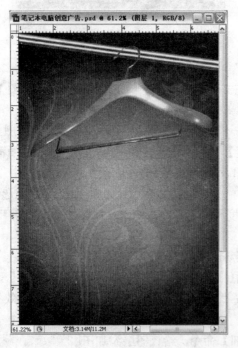

图 11.62　调整衣架

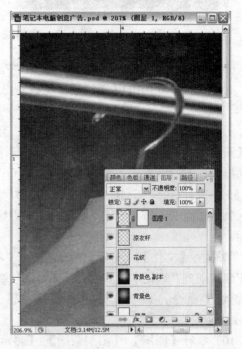

图 11.63　添加图层蒙版

13）执行【编辑】|【变换】|【扭曲】命令，调整笔记本电脑的侧边，使其向内稍微弯曲，

效果如图 11.66 所示。

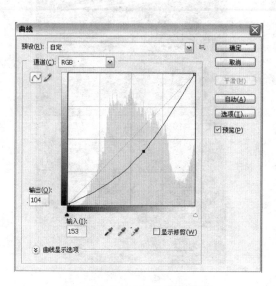

图 11.64 【曲线】参数设置

图 11.65 笔记本电脑调整后的效果

14）使用工具箱中的【磁性套索工具】 🔲，沿衣架和笔记本电脑交界处做如图 11.67 所示的选区。

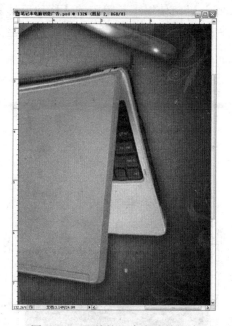

图 11.66 调整笔记本电脑的侧边

图 11.67 创建选区

15）单击【图层】面板下方的 🔲 按钮，新建一个图层"图层 3"。设置前景色为黑色，在选区中填充上黑色，将该图层移动到笔记本电脑图层的下方。选中笔记本电脑的图层，执行【图层】|【图层蒙版】|【显示全部】命令，给该图层添加图层蒙版。在蒙版中从上到下填充黑色到白色的渐变，使笔记本电脑图层和"图层 3"有很好的过渡，效果如图 11.68 所示。

16）使用工具箱中的【钢笔工具】 ，绘制如图 11.69 所示的路径。

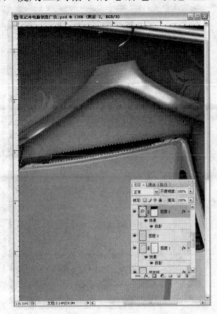

图 11.68 添加图层蒙版　　　　　　　　　图 11.69 创建路径

17）将路径转换成选区，将选区羽化 1 像素。单击【图层】面板下方的 按钮，新建一个图层"图层 4"，在选区中填充上白色，如图 11.70 所示。

18）执行【文件】|【打开】命令，打开"蝴蝶.jpg"，使用工具箱中的【移动工具】 将蝴蝶图像移动到"笔记本电脑创意广告.psd"文件中，将该图层命名为"蝴蝶"，调整其大小和位置，如图 11.71 所示。

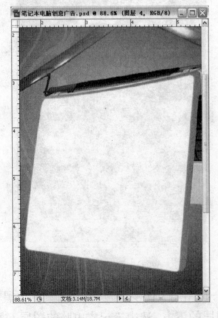

图 11.70 填充白色　　　　　　　　　图 11.71 添加蝴蝶素材

19）按"Alt"键，在【图层】面板中单击"蝴蝶"和"图层 4"中间交界处，创建剪贴图层，效果如图 11.72 所示。

　　20）选择"蝴蝶"图层。设置前景色为蓝色（R：50，G：57，B：112）。单击【图层】面板下方的 回 按钮，新建一个图层"图层 5"。在图像下方创建一个矩形选区，填充前景色，取消选区，效果如图 11.73 所示。

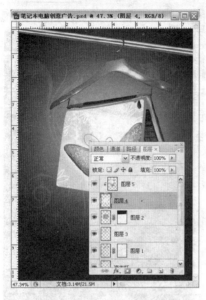

图 11.72　创建剪贴图层　　　　　　　　　图 11.73　填充蓝色

　　21）使用工具箱中的【横排文字工具】 T ，文字颜色设置为白色，在蓝色区域中输入文字"B&C"字样，效果如图 11.74 所示。

　　22）将"B&C"图层再复制一个，执行【编辑】|【变换】|【垂直翻转】命令，然后执行【图层】|【图层蒙版】|【显示全部】命令，给该图层添加图层蒙版。在蒙版中从上到下填充白色到黑色的渐变，将该图层的不透明度设置为 50%，完成文字倒影的制作，效果如图 11.75 所示。

图 11.74　输入文字　　　　　　　　　　图 11.75　制作文字倒影

23）使用工具箱中的【横排文字工具】T，在右下角输入公司名称和电话等相关文字信息，效果如图 11.76 所示。

24）执行【文件】|【打开】命令，打开"字.png"，使用工具箱中的【移动工具】将素材图像移动到"笔记本电脑创意广告.psd"文件中，调整大小和位置，效果如图 11.77 所示。

图 11.76　输入文字　　　　　　　　　　　　图 11.77　添加文字素材

25）执行【窗口】|【样式】命令，弹出【样式】面板，单击面板右上方下拉菜单按钮，在弹出菜单中选择【Web 样式】命令，如图 11.78 所示。在新出现的样式中选择【蓝色回环】，修改【描边】图层样式，将其中的渐变颜色设置为灰色（R：166，G：166，B：166）- 白色 - 白色 - 灰色（R：166，G：166，B：166），如图 11.79 所示。

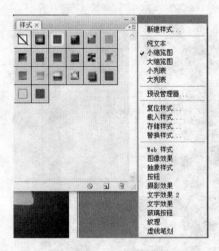
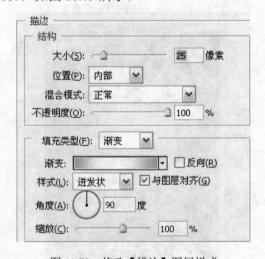

图 11.78　添加【Web 样式】　　　　　　　图 11.79　修改【描边】图层样式

26）将"图层 5"向下移动，移动至"背景色 副本"上方，单击【图层】面板下的，选择【色相/饱和度】调整图层，在弹出的【色相/饱和度】对话框中，勾选【着色】复选框，可随意调整背景色的色调，设置色相为 267，饱和度为 25，明度为 0，将背景调为紫色色调。
最后保存文件，最终效果如图 11.80 所示。

图 11.80 最终效果图

11.4 制作房产广告

任务目的

通过制作如图 11.81 所示的"房产广告"的实例，学习使用 Photoshop 软件设计平面房产
广告的技巧。

图 11.81 "房产广告"效果图

本实例的制作分为广告背景制作、广告中各元素的制作和组合等几个部分。首先制作房产广告中的标志；其次制作广告背景，将山水画、花和房产标志素材添加到图像文件中，将花去色，完成背景制作；再添加广告中各种元素，水墨画笔，瓷器和石头；最后添加文字部分，完成房产广告的制作。

任务实施

1）新建文件。执行【文件】|【新建】命令，弹出【新建】对话框，参数设置如图 11.82 所示，宽度为 35 厘米，高度为 15 厘米，分辨率为 100 像素/英寸。

2）执行【文件】|【打开】命令，打开"山水风景.jpg"图像，使用工具箱中的【移动工具】将风景图移动到"房产广告.psd"文件中，命名为"蓝色笔刷"，调整好大小和位置。

3）执行【图像】|【调整】|【去色】命令，生成灰度图像。设置该风景图层的不透明度为40，效果如图 11.83 所示。

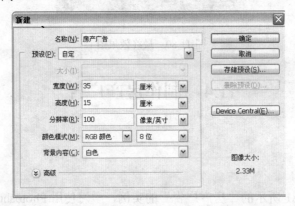

图 11.82　新建文件

4）执行【文件】|【打开】命令，打开"蓝色笔刷.png"文件，使用工具箱中的【移动工具】将蓝色笔刷移动到"房产广告.psd"文件中，调整好大小，放置在图像文件的左上角位置，效果如图 11.84 所示。

图 11.83　添加风景图

图 11.84　添加蓝色笔刷

5）执行【文件】|【打开】命令，打开"山水画 1.jpg"和"山水画 2.jpg"图像文件，分

别命名为"水墨山"和"水墨花",使用工具箱中的【移动工具】将素材图像移动到"房产广告.psd"文件中,调整好大小和位置,效果如图 11.85 所示。

6)选择"水墨山"图层,按"Ctrl"键同时单击蓝色笔刷所在图层,此时选区为蓝色笔刷区域,按"Shift+Ctrl+I"组合键将选区反选,将此时选区中的图像删除。设置该图层的图层混合模式为线性加深,效果如图 11.86 所示。

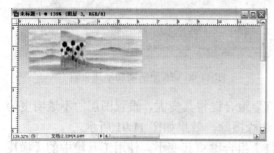
图 11.85　添加水墨山水和水墨花

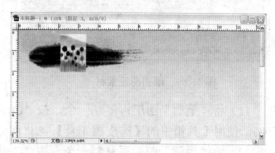
图 11.86　修改水墨山

7)选择"水墨花"图层,按"Ctrl"键同时单击蓝色笔刷所在图层,此时选区为蓝色笔刷区域,按"Shift+Ctrl+I"组合键将选区反选,将此时选区中的图像删除。使用工具箱中的【橡皮擦工具】,将花的边缘擦除,使其更好的融合到蓝色笔刷中,设置其图层不透明度为 70%,效果如图 11.87 所示。

8)使用工具箱中的【横排文字工具】,在图像上输入"山水雅苑"4 个字,为其添加【外发光】图层样式,参数设置如图 11.88 所示。

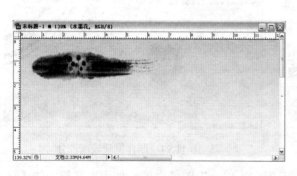
图 11.87　修改水墨花

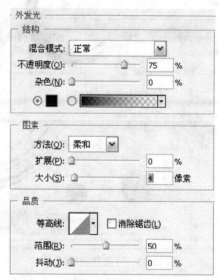
图 11.88　【外发光】图层样式参数设置

9)执行【文件】|【打开】命令,打开"荷花.png"文件,使用工具箱中的【移动工具】将荷花移动到"房产广告.psd"文件中,为该图层命名"荷花",调整好大小和位置。执行【图像】|【调整】|【去色】命令,效果如图 11.89 所示。

10)执行【文件】|【打开】命令,打开"笔刷 1.png"和"墨渍 1.png"文件,使用工具箱中的【移动工具】将笔刷和墨渍移动到"房产广告.psd"文件中,分别命名为"笔刷"和

"墨渍",调整好大小角度和位置,效果如图 11.90 所示。

图 11.89　添加荷花素材

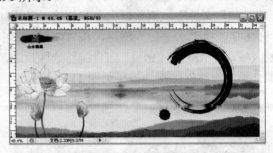

图 11.90　添加笔刷和墨渍素材

11)将"笔刷"图层再复制一个,按"Ctrl+T"组合键将其变大,设置图层的不透明度为20%,使用工具箱中的【橡皮擦工具】 将部分边缘擦除,效果如图 11.91 所示。

12)将"墨渍"图层再复制一个,按"Ctrl+T"组合键将其变小,使用工具箱中的【橡皮擦工具】 将图层边缘擦除,将"墨渍"图层的不透明度设置为 80%,效果如图 11.92 所示。

13)将"墨渍"图层再复制一个,执行【编辑】|【变换】|【透视】命令,将其变形,效果如图 11.93 所示。

14)同 13 步方法,制作墨渍中间颜色较深部分,效果如图 11.94 所示。

图 11.91　复制笔刷

图 11.92　复制墨渍

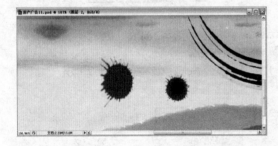

图 11.93　再次复制墨渍

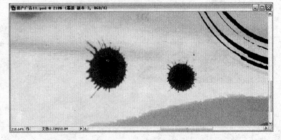

图 11.94　制作墨渍较深部分

15)执行【文件】|【打开】命令,打开"天空 1.jpg"图像文件,使用工具箱中的【移动工具】 将天空素材移动到"房产广告.psd"文件中,命名为"天空",调整好大小和位置,效果如图 11.95 所示。

16)执行【文件】|【打开】命令,打开"荷叶瓷器.jpg"图像文件,用【魔棒工具】将荷叶瓷器选中,使用工具箱中的【移动工具】 将素材移动到"房产广告.psd"文件中,命名为"荷叶瓷器",调整好大小和位置,效果如图 11.96 所示。

图 11.95　添加天空素材

图 11.96　添加荷叶瓷器素材

17）将"天空"图层移动至"荷叶瓷器"图层上方。按"Ctrl"键单击"荷叶瓷器"图层，此时出现的选区为"荷叶瓷器"图层的图像区域。执行【图层】|【图层蒙版】|【显示选区】命令，给"天空"图层添加图层蒙版。设置"天空"图层的图层混合模式为柔光，图层不透明度设置为50%。将"天空"图层和"荷叶瓷器"图层都选中，按"Ctrl+T"组合键将其稍微调小，效果如图 11.97 所示。

18）选择"荷叶瓷器"图层，设置【外发光】图层样式，发光颜色为黑色，设置如图 11.98 所示。

19）在【图层】面板中选择最上方图层，单击【图层】面板下方的 按钮，新建一个图层"图层 2"。使用工具箱中的【钢笔工具】 绘制"石头"路径，效果如图 11.99 所示。

图 11.97　给"天空"图层添加图层蒙版

图 11.98　【外发光】图层样式参数设置

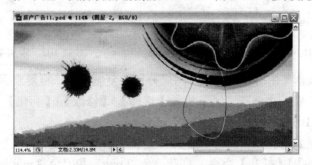

图 11.99　绘制石头路径

20）设置前景色为土黄色（R：156，G：118，B：63）。将路径转换成选区填充前景色，取消选区，按"Ctrl+T"组合键，调整石头的大小。给石头图层添加【投影】、【内阴影】、【斜面和浮雕】、【颜色叠加】和【图案叠加】效果，各项参数设置如图 11.100 所示。

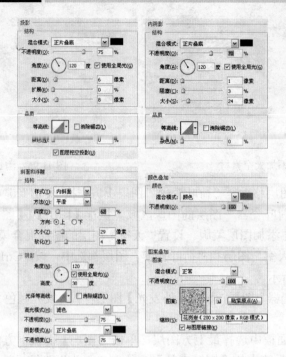

图 11.100　设置图层样式

21）将"石头"图层再复制两个，执行【编辑】|【变换】|【缩放】命令，对其变形，改变【颜色叠加】图层样式中的颜色，效果如图 11.101 所示。

22）执行【文件】|【打开】命令，打开"鱼 1.psd"文件，将鱼移入图像文件中，图层命名为"水墨鱼"，调整大小和位置。复制"水墨鱼"图层，按"Ctrl+T"组合键，调整大小和位置，执行【编辑】|【变换】|【水平翻转】命令，如图 11.102 所示。

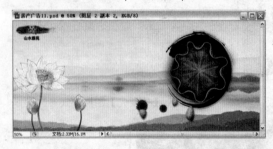

图 11.101　复制石头

图 11.102　添加水墨鱼素材

23）将"荷叶瓷器"图层和"天空"图层分别各复制一个，将复制后的两个图层合并。使用【椭圆选框工具】做一个椭圆选区。执行【选择】|【修改】|【羽化】命令，羽化半径为 20像素，效果如图 11.103 所示。

24）执行【滤镜】|【扭曲】|【水波】命令，做【水波】滤镜，参数设置如图 11.104 所示。

25）执行【文件】|【打开】命令，打开"鱼 2.png"和"鱼 3.png"文件，将金鱼素材移入图像文件中，调整大小和位置，效果如图 11.105 所示。

26）使用工具箱中的【横排文字工具】 T，在文件中分别输入"雅"，"心超乎于行"，"感受行云流水之间的静谧"字样，在右下角分别输入房产公司的名称、联系电话和地址等文字信息，设置适当的字体和大小。最终效果如图 11.106 所示。

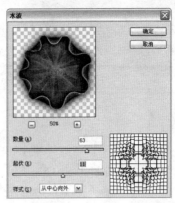

图 11.103 创建选区

图 11.104 【水波】参数设置

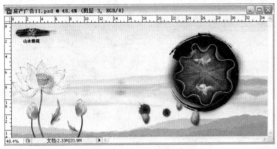

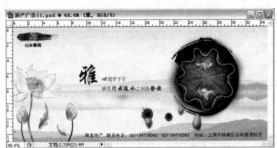

图 11.105 添加金鱼素材

图 11.106 最终效果图

实 践 探 索

操作题

根据给定的习题素材（天空 2.jpg）制作如图 11.107 所示的牙膏创意广告（提示：首先背景使用所给的草原和天空构成，利用图层蒙版使其过渡自然；其次中部的牙刷和牙膏主要使用"树"素材进行组合，给牙膏上部添加绿色和黄色，使其更亮，再添加"牛"素材和"花"素材；最后添加文字，调整文字的大小和位置）。

图 11.107 牙膏创意广告

参 考 文 献

蔡泽光，潭福新，周爱民．2009．Photoshop CS3 图像处理从新手到高手．北京：中国铁道出版社．

高志清．2006．边用边学 Photoshop CS2．北京：清华大学出版社．

洪光，赵倬．2009．Photoshop CS3 图形图像处理案例教程．北京：北京大学出版社